Clemens Berger
Der Präsident

Clemens Berger

Der Präsident

Roman

Residenz Verlag

MIX
Papier aus verantwortungsvollen Quellen
FSC www.fsc.org
FSC® C014496

Wir danken für die Unterstützung

Stadt Wien Kultur
Kulturland Burgenland

Bibliografische Information der Deutschen Nationalbibliothek
Die Deutsche Nationalbibliothek verzeichnet diese Publikation in der Deutschen Nationalbibliografie; detaillierte bibliografische Daten sind im Internet über http://dnb.dnb.de abrufbar.

www.residenzverlag.com

Umschlaggestaltung: Thomas Kussin / buero 8
Typografische Gestaltung, Satz: Lanz, Wien
Lektorat: Jessica Beer
Gesamtherstellung: GGP Media GmbH, Pößneck

ISBN 978 3 7017 1733 0

In Erinnerung an meine Großeltern

Meinen Eltern
Für Katharina und Amalia

Einmal oben, einmal unten.

LUCY IMMER (1927–2017)

VORHANG AUF

1

Er war Polizist, als er Präsident der Vereinigten Staaten von Amerika wurde. Er war fünfundfünfzig Jahre alt. Sein Haar war schwarz und voll, sein Gang aufrecht, seine Kraft ungebrochen. In sechs Jahren wollte er sich nicht zur Ruhe setzen. Er wollte die Uniform an den Nagel hängen. Er hatte noch sehr viel vor.

2

Im Sommer 1981 schöpfte Jay Immer Verdacht. Seine Frau benahm sich sonderbar. Seit er auf Urlaub war, also seit er zuhause arbeitete, wurde Lucy um die Mittagszeit nervös, schielte nach der Wanduhr, tat, als läse sie, schützte vor, fernzusehen oder etwas zu erledigen – wirkte aber immer abwesend dabei. Sie schien auf den Briefträger zu warten, einen dicken, pausbäckigen Einfaltspinsel namens Jim, dem die Redlichkeit ins Gesicht geschrieben stand. Jay mochte Jim. Der Briefträger war stets gut gelaunt und nie um einen Scherz verlegen. Warum wartete Lucy auf ihn? Sobald sie sein Moped hörte, verließ sie das Haus und nahm ihm lächelnd die Post ab.

Hast du etwas bestellt?

Nein.

Wartest du auf etwas?

Worauf sollte ich warten?

Auf Jim, zum Beispiel?

Lucy brach in schallendes Gelächter aus und schlug die Hände vorm Gesicht zusammen. Sie wollte etwas sagen; es gelang ihr nicht. Es hatte weniger witzig geklungen, als es hätte klingen sollen. Jay schämte sich ein bisschen, und weil er nicht unangebracht eifersüchtig erscheinen wollte, meinte er abends beim Essen, er könne zwar nicht so viel verdrücken wie Jim, aber –

Lucy winkte ab.

Schauspielen musst du vielleicht noch üben.

Wartest du auf einen Liebesbrief?

Hab an einem Preisausschreiben teilgenommen. Man kann einen Swimmingpool gewinnen. Ich will auch einmal Glück haben.

Einmal hattest du Glück, sagte Jay und deutete auf sich.

Als der Brief kam, mähte Jay gerade den Rasen vor ihrem Weißen Haus. Der Himmel war dunkelblau und wolkenlos, die Garageneinfahrt schimmerte. Er hatte den heißen Asphalt abgespritzt; in drei Tagen würde er wieder die Uniform anziehen und Streife fahren. Jay schwitzte, sein weißes Unterhemd war nass, Grashalme klebten auf seinen Armen, der Brust und im Gesicht. Er fragte sich, wie viel ein Swimmingpool kostete.

Jim war davongebraust, Lucy auf der Straße stehen geblieben. Sie hatte ein dünnes rotes Tuch um ihren Körper geschlungen, darunter trug sie einen getigerten Bikini, in dem sie bei Sonnenschein stundenlang auf einer Liege im Garten hinter dem Haus brutzelte. Sie war so braun, dass Jay sie bisweilen fragte, ob sie tatsächlich weiß sei. Er warnte sie eindringlich vor Hautkrebs, sie wischte seine Bedenken ein ums andere Mal milde lächelnd beiseite. Neben dem Briefkasten riss sie einen Umschlag auf, faltete das Papier auseinander, überflog die Zeilen und – erstarrte.

Sie hielt sich die Hand vor den Mund, dem trotzdem ein kurzer, greller Laut entfuhr, bevor sie den Brief mehrmals hintereinander küsste. Jay schaltete den Rasenmäher ab, die Nachbarin gegenüber öffnete das Küchenfenster. Lucy blickte Jay entgeistert an. Sie wollte etwas sagen, presste aber bloß den Brief an sich.

Das –

Außer Atem stand sie vor ihm, sie war gelaufen, wann hatte er sie zum letzten Mal laufen gesehen?, fuchtelte mit dem Brief vor seinen Augen herum –

Ich –

Sie nahm seinen Kopf in die Hände, zog Jay an sich und küsste ihn schmatzend auf den Mund. Sie hatte Tränen in den Augen. Als er etwas sagen wollte, reichte sie ihm den Brief. Er war übersät von roten Kussmündern.

Er war längst Präsident, als er sich immer wieder jenen Moment vorzustellen versuchte, in dem Lucy hinter seinem Rücken die Bewerbung abgeschickt hatte. Es war, wie sie behauptete, das erste und einzige Mal, dass sie ihn hintergangen hatte.

Wie oft hatte Jay Immer zu hören bekommen, er sehe diesem Schauspieler so verblüffend ähnlich. Diesem Gewerkschaftschef der Schauspielervereinigung. Diesem Werbemaskottchen von General Electric. Diesem Gouverneur von Kalifornien. Diesem Präsidentschaftskandidaten der Republikaner. Dem neuen Präsidenten.

Aber Jay war fünfzehn Jahre jünger! Fünf-zehn Jahre!

Einerseits fühlte er sich geschmeichelt. Ronald Reagan sah fabelhaft aus, die Frauen himmelten ihn an. Er war immer der Gute, der einfache Amerikaner mit dem Herz am rechten Fleck, der nie zu viel sagte, aber immer strahlte dabei. Dessen blendende Laune alle anderen blendete. Dessen Lachen ansteckend war. Andererseits ging es Jay auf die Nerven, ständig mit einem anderen verglichen zu werden. Die Augen: auf jeden Fall! Der Mund: sowieso! Die Haare, wenn er sie bloß anders trüge: klar! Die Nase: etwas mehr nach unten, aber doch! Nur die Zähne: nicht weiß und nicht gerade genug.

Obwohl Jay hin und wieder zur Unterhaltung seiner Freunde und Kollegen Reagan spielte und dafür begeisterten Applaus erntete, hatte er sein Aussehen so zu verändern begonnen, dass man ihn nicht mehr ständig auf diese Ähnlichkeit ansprach. Wie aus dem Gesicht gerissen! Er wollte keinem anderen aus dem Gesicht gerissen sein, er hatte sein eigenes. Wie ein Ei dem anderen! Er war in der Alten Welt geschlüpft, seine Eltern hatten gerackert und geschuftet, damit es ihrem Sohn einmal besser ginge. Zum Verwechseln ähnlich! Warum war immer er der, der einem anderen ähnelte? Hatte er nichts geleistet? Tat er nichts, um seinen Mitmenschen zu helfen? Sein Leben aufs Spiel setzen, zum Beispiel?

Einmal noch, hatte Lucy gesagt, bitte, nur zum Spaß und zur Erinnerung, als sie an einem Sonntag im Frühjahr den Esstisch vor das Regal mit den Büchern geschoben hatte. Es hatte Wiener Schnitzel gegeben, das heißt, er hatte Fleisch geklopft und paniert und in die Fritteuse gelegt, und weil Wiener Schnitzel seine, aber keineswegs ihre Lieblingsspeise war, hatte er ihren Wunsch nicht ausschlagen können.

Jay hatte seinen einzigen schwarzen Anzug, der noch dazu überall spannte, angelegt, sich eine rote Krawatte binden und das Haar mit Brillantine nach hinten frisieren lassen, seine Hände auf dem Tisch gefaltet und neben der kleinen Flagge mit den Sternen und Streifen, die Lucy kürzlich gekauft haben musste, nachdenklich und zuversichtlich in die Linse des Fotoapparates geblickt, den seine Frau an ihr rechtes Auge gepresst hielt. Es hatte ihm, wie er später sagte, sogar Spaß gemacht. Auch wenn er damals das Gegenteil behauptet hatte und danach sofort in seinen Trainingsanzug geschlüpft war.

Während er im Streifenwagen saß, Papiere kontrollierte oder Verdächtige auf dem Wachzimmer vernahm, während die Sonne stärker wurde und die Menschen in immer leichterer Kleidung das Ufer des Lake Michigan entlangspazierten, setzte sich Lucy zuhause, im Nordwesten der Stadt, an den Tisch und tippte auf seiner alten Schreibmaschine mit beiden Zeigefingern langsam und behutsam den Text ab, den sie zwei Wochen lang immer wieder mit der Hand geschrieben hatte. Tag für Tag hatte sie ihn umformuliert, verändert und verbessert, bis sie zufrieden war. Sie vertippte sich zwei Mal, riss das Papier aus der Maschine, zerknüllte es, warf es zu Boden, aber beim dritten Mal kam sie bis zum Schluss, tippte das Komma nach den besten Grüßen, weil ihr *herzlich, aufrichtig* und vor allem *Ihr* unangemessen erschien – und unterschrieb mit seinem Namen. Die Unterschrift hatte sie ebenfalls zwei Wochen lang geübt; sie ging ihr leicht von der Hand. Dann faltete sie den Brief, steckte ihn mit einem Foto in ein Kuvert, adressierte und verschloss es.

Am nächsten Tag küsste sie auf dem Postamt den Brief, gab ihn auf und steckte die Quittung in ihre Tasche. Sie war gläubig und abergläubisch.

Das ist der Liebesbrief, auf den ich seit Wochen warte!

Lucy lachte und klatschte, während Jay nicht verstand, was er las, während er allmählich zu verstehen begann, was er las, es aber nicht verarbeiten konnte, während er immer noch eine Hand auf dem Griff des Rasenmähers hatte und schwitzte, seine Haut ölig war und nach der Sonnencreme roch, die auf Lucys Körper glänzte. Er war wütend, er war geschmeichelt, er war gerührt und verärgert. Er schüttelte den Kopf, überflog noch einmal die Zeilen: ausgewählt unter 179 Einsendungen.

Er sah etwas vor sich, dann wieder nichts, ein anderes Leben blitzte auf, das ihn lockte und verschreckte, er war gern Polizist, obwohl er es manchmal kaum aushielt, er würde vielleicht noch einmal befördert, er hatte nie an ein anderes Leben gedacht, er mochte sein Leben, wie es war, mit Lucy und seinem Beruf und ihren Freunden, mit dem Haus, das sie gebaut hatten, ausgewählt unter 179 Einsendungen, mit –

Das ist Urkundenfälschung! Ur –

Geh duschen. Dann reden wir in Ruhe.

Lucy küsste ihn auf beide Wangen, zog seine Hand in die Höhe und drehte sich einmal unter seinem Arm. Die Nachbarin schloss das Fenster.

3

Zwei Wochen später flogen Jay und Lucy nach Kalifornien. Sie saßen vorne in der Ersten Klasse; getrennt vom Rest der Fluggäste, stießen sie mit Prosecco auf ein neues Leben an. Sie hatten das Wort noch nie gehört; es war so unbekannt und aufregend wie alles, was mit dem Eilpostbrief in ihr Leben geflattert war. Stewardessen wuselten um sie herum, reichten Erfrischungstücher und schenkten lächelnd nach, während Vorbeigehende verwundert ihre Köpfe drehten, um einen zweiten Blick auf Jay und Lucy zu erhaschen.

Nein, sagte Jay und schüttelte kurz den Kopf, wenn sich wieder jemand umdrehte, ich bin's nicht.

Sagt er nur meinetwegen, sagte Lucy und senkte die Stimme, weil ich nicht Nancy bin.

Sie bekamen vorzügliches Essen serviert, dazu schweren Rotwein, der sie aufdrehte, vor allem Lucy, die äußerst selten Alkohol trank. Ihre Wangen röteten sich, ihre Stimme wurde heller. Im Flugzeug durften sie bestellen, was und wie viel sie wollten. Sie bestellten viel. Sie wollten mehr.

Nicht die Air Force One, sagte Lucy, aber ein passabler Beginn.

Jay verschluckte sich. Er musste prusten und hielt sich die Hand vor den Mund. Die Finger wurden zum Sieb; sein weißes Hemd war von Rotweinspritzern übersät.

Wir haben kein zweites mit, sagte Lucy.

Bin doch nicht Breschnew, sagte Jay.

Sieht aus wie nach einem Attentat.

Jetzt mal im Ernst: Die haben mich nicht etwa dafür ausgewählt?

Du brauchst eine weiße Weste. Oberste Priorität.

Natürlich. Viel wichtiger als die Frage, ob ich Attentäter anziehen und für einen anderen zersiebt werden soll. Wann ist er angeschossen worden?

Im März, glaube ich. Hauptsache weißes Hemd.

Sie lachten. Es war egal. Sie würden entweder ein weißes Hemd kaufen oder darauf vertrauen, dass der Präsident alles darf. Immerhin nannte man ihn den mächtigsten Mann der Welt. Wahrscheinlich durfte er sogar nackt oder als Einhorn verkleidet auftauchen. Sie sahen einen Film, der sie amüsierte, aßen Schokotörtchen und tranken Kaffee und stießen einander in die Seite, wenn der Schnösel im Anzug zwei Reihen vor ihnen besonders gewählt mit den Stewardessen sprach, die sich aber weder von selten gehörten Worten noch von Stecktuch und protziger Uhr beeindrucken ließen.

Er redet nicht, flüsterte Lucy, er konversiert.

Ihre Flüge waren von der Agentur bezahlt worden. Sie waren beide noch nie in Kalifornien gewesen, nie Erste Klasse geflogen. Überhaupt waren sie nicht viel herumgekommen, es war ihnen auch nicht wichtig gewesen: hin und wieder auf die andere Seite des Sees, einmal nach Kanada an die Niagarafälle, alle paar Jahre für ein paar Tage nach New York. Jay hatte lange Dienste und selten frei, und wenn er freihatte, mähte er den Rasen, reparierte etwas im Haus oder kümmerte sich um sein Gemüsebeet. Dass er die Wäsche bei gutem Wetter im Garten aufhängte, fanden die Nachbarn seltsam. Schon seine Mutter hatte die Familienwäsche ins Freie gehängt; Garten hatten sie keinen gehabt.

Als sie in Los Angeles aus dem Flugzeug stiegen, hielten sie sich die Hände vor die Augen und lächelten einander zu. Zwei Arbeiter am Ende der Brücke deuteten tuschelnd in ihre Richtung.

Eigentlich müsste ich hier leben, sagte Lucy, nicht in der Windstadt.

Lass uns gleich an den Strand fahren!

Neben dem Förderband, von dem er ihre Koffer gehoben hatte, fasste ihn Lucy fest an der Hand.

Zuerst die Arbeit, dann das Vergnügen.

Der Termin ist erst in –

Musst nicht nervös sein. Die wollen was von dir. Nicht umgekehrt.

Vor dem Flughafen rief Lucy ein Taxi, im Fond legte sie ihre Hand auf seine. Schweigend blickten sie aus den Fenstern. Der Taxifahrer musterte sie im Rückspiegel. Ihr neues Leben begann unter Palmen.

Jay schloss die Augen. Er war Polizist. Er hatte keine Ahnung, wie er sich in einer Agentur verhalten sollte. Allein das Wort: Agentur! Er war aufgekratzt. Aber auch stolz. Man hatte ihn eingeladen.

Weil er einem anderen ähnelte.

Das Sprechen sollten Sie lieber lassen. Sie haben einen etwas seltsamen Akzent. So spricht er nicht.

Jay spürte, wie er errötete. Seine Mundwinkel strebten nach unten, während er sich bemühte, weiterhin zu lächeln. Lächeln, hatte Lucy gesagt, souverän bleiben, ausgewählt unter 179 Einsendungen. Ein Präsident errötete nicht. Also legte Jay Immer den Kopf schief, als hätte er nicht genau gehört, was er eben gehört hatte, und schlug die Augen weit auf. Der dicke

Agenturchef trug einen leichten blauen Anzug, sein rosarotes Hemd war weit aufgeknöpft, er wischte über den Schweißfilm auf seiner Glatze. Er lachte und schüttelte den geröteten Kopf.

Ich fass es nicht. Es ist, als –

Der Agenturchef stand auf, nestelte an seinem Sakkokragen herum und setzte sich auf die Tischkante, die Beine übereinandergeschlagen, den massiven Oberkörper Jay zugewandt. Er holte ein kariertes Stofftuch mit seinen Initialen aus der Sakkotasche und tupfte die Schweißperlen über seiner Oberlippe weg.

Als säße ich mit dem Präsidenten in meinem bescheidenen Büro. Unwahrscheinlich, diese Ähnlichkeit. Phänomenal! So, hier, von Angesicht zu Angesicht, sehen Sie ihm noch ähnlicher als auf dem Foto. Ich fühle mich ganz –

Er lachte.

Unbedeutend. Ohne Ihre Frau würden Sie noch immer Ganoven jagen, stimmt's?

Noch bin ich Polizist.

Ab in den Ruhestand! Sie werden mehr verdienen, die Arbeit ist weniger anstrengend, noch dazu viel sicherer, und Sie werden Spaß haben dabei, Spaß, Spaß und noch mal Spaß!

Mister –

Ron, ich bin Ron. Keine Förmlichkeiten.

Der Agent steckte das Stofftuch zurück in seine Sakkotasche, fasste Jays Rechte, sagte: Herr Präsident, drückte fest zu und schüttelte sie lange. Seine Hand war warm und etwas feucht. Er atmete schwer.

Nur die Zähne.

Jay blickte auf das blütenweiße Hemd, das er mit Lucy in einem feinen Geschäft erstanden hatte. Es war ihm wie ein Tempel erschienen. Beim Eintreten hatte er seine Stimme gesenkt, auch Lucy hatte nur geflüstert. Es war das teuerste Hemd seines Lebens. Er hatte es nicht kaufen wollen; Lucy hatte darauf bestanden. Er setzte sein strahlendstes Lächeln auf, hob langsam den Blick und sah Ron direkt an. In diesem Moment schwor sich Jay Immer, seine Zähne nicht bleichen zu lassen. Auch ihre Begradigung hatte er sich nie leisten können – oder wollen. Das Haus war wichtiger gewesen. Die Tochter.

Österreich, sagte Ron. Da sind Sie den Kommunisten noch mal entkommen.

Eher den Nazis.

1929.

Ron stand auf und trat an die Fensterfront. Eine Möwe flog vorbei, eine Sirene heulte auf. Er wiegte seinen großen Kopf.

Ihre Eltern müssen ganz schön mutig gewesen sein. Mitten in der Großen Depression! Da war Reagan noch im College.

Was ich fragen wollte.

Fragen Sie nur. Sie sind der Präsident.

Bekomme ich einen Leibwächter?

Einen was?

Na ja, wegen der Attentatsgefahr.

Ron lachte so heftig, dass er sich verschluckte. Er fächelte sich Luft zu und blickte Jay belustigt an.

Sie werden nicht im offenen Wagen durch Dallas gefahren.

Sie blieben zwei Nächte.

Die Sonne schien unerbittlich, der Verkehr war zum Verrücktwerden, aber Lucy konnte am Strand liegen und im Ozean schwimmen, während Jay in einer Badehose durch das salzige Wasser watete und einmal Gott und dann wieder dem Schicksal dankte, für diese Frau, um deren Hand er fünf Jahre nach dem Krieg angehalten hatte, draußen in New Jersey, wo sie mit ihren Eltern und jüngeren Geschwistern in einer kleinen Wohnung lebte, umgeben von Polen und Juden und Italienern, Österreicher auch sie, keine Deutschen – aber eigentlich waren sie längst Amerikaner, nichts anderes. Lucys Großeltern waren aus dem Habsburgerreich in die Neue Welt aufgebrochen, geboren in Deutschwestungarn, also in jenem Teil, den seine Eltern Burgenland zu nennen gelernt hatten, ehe sie sich acht Jahre später in Hamburg einschifften.

Lucys Eltern hatten ein amerikanisches Englisch gesprochen, während er sich bisweilen für die Seinen geschämt hatte, die weder Englisch noch Deutsch richtig sprachen, deren Englisch einen seltsamen Akzent hatte und deren Deutsch schon Wiener Emigranten kaum verstanden. Seine Mutter fiel ihm ein, während er durchs Wasser stapfte und Lucy weit draußen eine rote Boje umklammern sah, und er erinnerte sich, wie sie ihm ein paar Monate vor ihrem Tod verraten hatte, dass sie sich anderthalb Jahre nach ihrer Ankunft erstmals allein in eine Fleischerei gewagt hatte. Sie hatte durch Radio und Fernsehen, aber auch durchs Zuhören die neue Sprache zu erlernen versucht, hatte ein Buch mit Redewendungen gekauft und zuhause, wenn sie allein war, die Worte und Wendungen laut wiederholt. Noch auf dem Weg in die Fleischerei hatte sie halblaut den einen Satz wiederholt, den sie sagen wollte. Als sie dann aber einem blassen Lehrling mit weißer Schürze gegenüberstand, sagte sie:

Hello, I want a piece of beefpork.

Der Lehrling sah sie verdattert an.

What now, beef or pork?

In diesem Moment kam der Fleischermeister von hinten in den Laden. Er sah seinen Lehrling böse an und sagte:

Dummer Bub, warum redest nicht Deutsch mit der Dame? Was hätten Sie denn gern, Gnädigste?

Jays Mutter hatte gelacht, als sie die Geschichte erzählte, kurz darauf war sie verstummt und hatte ihn lange angesehen. Kannst dir gar nicht vorstellen, wie sehr ich mich geschämt hab. Ich glaub nicht, dass ich jemals in meinem Leben so rot angelaufen bin. Nicht einmal, als mich dein Vater zum ersten Mal fragte, ob er mich küssen darf.

Sie waren beide seit Langem unter der Erde, Mutter und Vater, und auch wenn sie oft, und je älter sie wurden, desto häufiger und inbrünstiger, von der Heimat erzählt hatten, von zuhause, vom Burgenland, von den kleinen Dörfern und großen Festen, von der Kleinstadt, in die sie gezogen waren und in der sie nichts verdient hatten, vom vielen Schnee im Winter, wenn sie über tiefverschneite Felder und Wiesen zur Sonntagsmesse stapften, von der harten Arbeit auf den heißen Feldern im Sommer, von den Zigeunern, die mit Wagen fuhren und Scheren schliffen und Kessel flickten und Körbe banden, von den Katholischen, den Evangelischen, den Reformierten und den Juden, von den Ungarn, den Deutschen und den Kroaten, hatte er sich doch immer das eine gefragt, das er stets für sich behalten hatte: Was war das für eine Heimat, die erst in der Erinnerung dazu wurde?

Jay bemerkte, wie ihn eine junge Frau in rotem Badeanzug und mit verspiegelter Sonnenbrille beobachtete. Sie lachte schrill und rief ihm zu, ob ihm bewusst sei, wie ähnlich er dem Präsidenten sehe. Und das sage sie jetzt auch nur, weil sie sich umgesehen und keinen Leibwächter entdeckt habe. Sie schwamm ihm entgegen.

Kann meinen Leib selbst bewachen, sagte Jay. Die junge Frau lachte. Er setzte den Blick von dem Foto auf, das ihn hierhergebracht hatte.

Sie wissen ja, sagte Jay, dass die Menschen in der Sowjetunion jahrelang auf ein Auto warten müssen?

Die junge Frau blickte ihn verdutzt an.

Nun hat ein kleiner Arbeiter Glück und bekommt einen Anruf, er soll zum Autohändler kommen, die Zeit des Wartens ist vorbei. Der kleine Arbeiter hat das Geld beisammen, er kommt zum Autohändler, der reicht ihm den Kaufvertrag und sagt, er kann seinen neuen Wagen heute in zehn Jahren abholen. Der kleine Arbeiter sagt: Vormittags oder nachmittags? Was macht denn das für einen Unterschied, Genosse, sagt der Autohändler, ob Sie Ihren Wagen heute in zehn Jahren vormittags oder nachmittags abholen? Na ja, sagt der Arbeiter, vormittags kommt schon der Installateur.

Die junge Frau lachte, fuhr mit beiden Händen ins Wasser und spritzte es in seine Richtung.

Jetzt war ich mir kurz nicht sicher, sagte sie, aber der Akzent. Schönen Tag noch! Bewahren Sie uns in Gottes Namen vorm Atomkrieg!

Wie jung Jay war, als er in den Krieg eingezogen wurde. Achtzehn Jahre, noch fast ein Kind, aber als er zurückkam aus Europa, war er erwachsen – und nie wieder Kind. Er watete durchs Wasser, den Strand entlang, ohne sich um die Blicke der anderen zu scheren. Wie seltsam, hier und jetzt, an einem Tag, an dem er sich freuen, den er genießen sollte, an Angst und Blutvergießen zu denken. Er stand unter der Sonne Kaliforniens, die Menschen ringsum waren ausgelassen und heiter wie die junge Frau, die ihn mit Wasser zum Präsidenten getauft hatte, Lucy genoss ihren ersten Tag als First Lady, während er –

Diese Chance ergreifen musste. Er wollte nicht wieder von einer Kugel getroffen, in einen Hinterhalt gelockt, mit all dem Jammer, dem Elend, der Gewalt konfrontiert werden, die er

Tag für Tag erlebte. Er wollte die Menschen nicht länger von ihrer schlechtesten Seite kennenlernen.

Das Schicksal, das Lucy war, meinte es gut mit ihm. Als seine Eltern so alt waren wie er jetzt, hatten sie viel älter ausgesehen. Gezeichnet vom Leben – jetzt verstand er die Phrase. Wie schön es gewesen wäre, hätten sie miterleben können, wie ihr kleiner Julius Imre, geboren am 9. November 1926 in Oberwart oder Felsőőr, als Jay Immer Präsident der Vereinigten Staaten von Amerika wurde.

Der Krieg ließ ihn nicht los, Möwen flatterten über ihm, Eisverkäufer priesen ihre Ware an, Kinder tranken mit Strohhalmen aus Kokosnüssen. Er dachte nicht oft daran, zumindest nicht willentlich, nur manchmal fuhr er schwitzend aus bösen Träumen hoch, hörte Lucy neben sich atmen oder leise schnarchen, schlich zur Toilette, trank Wasser und kuschelte sich wieder an sie, um in einen ruhigeren Schlaf zu finden. Wie atemberaubend das Leben war. Sein stinknormales, durchschnittliches Leben, das außer ein paar Menschen nur Versicherungen, Rechnungssteller und Parteien kurz vor der Wahl interessierte. Und jetzt auf einmal das – die Möglichkeit eines Neuanfangs.

Wären seine Eltern damals nicht mit ihm und Eduard in die Vereinigten Staaten ausgewandert, wäre er als Soldat an die Ostfront geschickt worden, nach Polen oder in die Sowjetunion, hätte sich an unschuldigen Zivilisten vergangen, Deserteure von Laternenmasten baumeln sehen, vielleicht an noch viel schlimmeren Verbrechen teilgehabt, wäre wahrscheinlich gefallen für Führer und Vaterland und arisches Blut. Er wäre einer von jenen gewesen, von denen er als Soldat der US Army die Welt befreit hatte. Julius Imre gegen Jay Immer. Oder umgekehrt. Auch wenn sein Beitrag ein kleiner war, war er stolz darauf, gegen Hitler und seine Mörderbanden gekämpft zu haben, nicht an vorderster Front, aber doch. Eduard, damals längst Edward oder Ed, war im Krieg geblieben, niedergemäht in der Normandie wie Abertausende andere junge Männer, sein großer Bruder, der Astronaut hatte werden wollen, mit dem er bis Einbruch der Dunkelheit auf der Straße Fußball gespielt hatte, was bloß die Italiener auch taten, den er bewundert und geliebt – und seit siebenunddreißig Jahren nur im Traum gesehen hatte. Sein Vater hatte die Nachricht scheinbar unbewegt hingenommen, während seine Mutter sich nie davon erholt hatte. Vater auch nicht, dachte er jetzt.

Jay, hey, so warte doch!

Er drehte sich um, Lucy kam ihm entgegen. Sie sah so glücklich aus, dass er lachen musste.

Du schlurfst vielleicht durch die Gegend! Als müsstest du im Oval Office eine Entscheidung über Krieg und Frieden fällen. Freust du dich denn nicht?

Doch. Natürlich. Sehr sogar. Hab mich entschieden: Ich werde den Dienst quittieren.

War doch klar!

Jay umarmte Lucy.

Mit so einer First Lady überlebe ich jedes Attentat.

Den nächsten Tag verbrachte Jay in der Agentur. Weil sie noch nie auch nur ansatzweise ein derart opulentes Frühstücksbuffet gesehen hatten, hatten Lucy und er so viel gegessen, dass er beim Maßnehmen eine um zwei Größen weitere Hose benötigte.

Jay wurde abgetupft und geschminkt, sein Gesicht gepudert, der Haaransatz im Nacken rasiert, sein Haupthaar getrimmt und mit Brillantine schwungvoll nach hinten gezogen. Seine Fingernägel wurden manikürt, seine Augenbrauen gestutzt, die Krähenfüßchen mit einem Pinsel abgedeckt. Einmal musste er die Augen schließen, sie dann wieder so weit wie möglich aufreißen, dann sollte er den Mund leicht öffnen, um ihn kurz darauf wieder zu schließen, allerdings so, dass die Lippen sanft aufeinander ruhten.

Jay ließ es geschehen. Es war nicht einfach, Präsident zu sein. Nur als der junge Mann mit dem langen, blonden Lockenhaar, der wie eine Frau geschminkt war und wunderbar leuchtende Augen hatte, einen kleinen Rasierer an Jays Nasenloch führte, zuckte er zurück.

Sie werden leichter atmen, sagte der junge Mann und zwinkerte ihm zu, Ihre Nase wird befreit sein, und die Popel werden nicht mehr –

Machen Sie schnell. Bitte.

Das kleine runde Rasierblatt, das ihn an einen Rasenmäher erinnerte, kitzelte seine Nasenscheidewand, er musste kichern und niesen, und als der kleine Rasenmäher kurz darauf an sein Ohr geführt wurde, schloss Jay seufzend die Augen und ließ über sich ergehen, was immer kommen mochte. Macht und Ruhm mussten gepflegt sein. Er machte das für Lucy. Ein kleines Surren für ihn, ein freies Ohr für die Menschheit.

Nicht einmal sein teures weißes Hemd durfte er anbehalten. Man reichte ihm ein frisches, das gestärkt war und nach Lavendel roch, man brachte ihm ein elegantes schwarzes Sakko mit weißem Einstecktuch, die um zwei Größen weitere schwarze Hose hing in der Umkleidekabine, und als Jay zurückkam, band ihm der junge Mann, der wie eine Frau roch, eine bordeauxrote Krawatte um. Jay trug selten Krawatte; eine derart kunstvoll gebundene hatte er nicht einmal zu seiner Hochzeit getragen. Selbst damals, fiel ihm ein, als der junge

Mann zufrieden seinen Knoten betrachtete, vor mehr als dreißig Jahren, hatte Lucys Cousine gefragt, ob Lucy bewusst sei, wie sehr ihr zukünftiger Mann dem Schauspieler Ronald Reagan ähnle. Oder umgekehrt, hatte Jay gesagt. Die Cousine hatte gelacht. Es hatte nicht lustig geklungen.

Jay war noch nie von einem Mann angekleidet worden. Der junge Mann, den er insgeheim Engelchen nannte, holte zwei vergoldete Manschettenknöpfe von seinem Schminktisch, hielt sie zwischen Daumen und Zeigefinger in die Höhe und strahlte dabei, als wären es seine eigenen. Dann schloss er Jays Manschetten, zog an den Ärmeln des Sakkos und strich es sorgfältig glatt.

Das Hemd muss immer ein wenig hervorstehen. Sonst wären die Goldknöpfchen umsonst.

Der junge Mann schritt einmal um Jay herum, ehe er direkt vor ihm stehen blieb und sein Gesicht studierte. Dann nestelte er am Stecktuch herum. Jay hielt den Atem an.

Sie sehen fabelhaft aus. Wenn ich in Ihrem –

Bin fünfzehn Jahre jünger.

Der junge Mann sah ihn verständnislos an.

Als Reagan.

Der junge Mann verdrehte die Augen und schüttelte übertrieben langsam den Kopf.

Ich habe gesagt: *Sie* sehen fabelhaft aus.

Locker. Natürlich. Nachdenklich.

Entschlossen. Mitfühlend. Erfreut.

Gelöst. Verständnisvoll. Standhaft.

Die Anweisungen schwirrten um Jay herum, dass es ihn schwindelte. Einmal saß er am Tisch des Oval Office, dann trat er aus einem Portal und schritt einen Boulevard entlang;

saß auf einer Parkbank, ließ sich in einer Limousine nach hinten sinken; stand kurz darauf an einem Fenster, wurde von hinten und von der Seite fotografiert; hob eine Sektflöte zum Toast und fasste sich ans Herz, während er die Hymne sang, die er vor der Fotografin und ihrem Assistenten natürlich nicht sang; griff nach einem Telefonhörer, lachte über einen Witz, den er eben erzählt hatte – und winkte viel.

Natürlich, bekam er immer wieder zu hören, seien Sie natürlich. Aber jedes Mal, wenn er *natürlich* hörte, fühlte er sich nur ungemein unnatürlich.

Gehen Sie ganz normal, ganz natürlich.

Aber da war die Kamera, und schon ging er nicht natürlich, sondern künstlich. Er wusste nicht, wohin mit seinen Armen, wusste vor allem nicht, wohin mit seinen Händen, dachte nur daran, was natürlich sei, und verkrampfte sich dabei. Sollten sie anliegen? Sich bewegen? Hinter dem Rücken verschränkt sein? Er hatte sich noch nie Gedanken über das Tragen seiner Hände gemacht.

Am späten Nachmittag fanden sie sich in einem Studio ein. Auf eine große Leinwand wurde die Freiheitsstatue projiziert. Der Himmel war grau, ein heftiger Wind wehte, man sah es an den flatternden Flaggen. Im Hintergrund hielt die schmutzig grüne Lady Liberty ihre Fackel in die Luft, der Hudson River kräuselte sich auf der Leinwand. Davor stand ein echtes Rednerpult.

Das Engelchen half Jay aus dem Sakko, ehe es ihm die Manschettenknöpfe abnahm und die Ärmel bis knapp unter die Ellenbogen hochkrempelte. Jay musste auf einem Stuhl Platz nehmen; im Hintergrund nickte Ron mit einem Zahnstocher im Mundwinkel. Schon fuhr der junge Mann Jay durchs Haar, zerraufte es, zupfte an einzelnen Strähnen, trat einen Schritt zurück, zog die Scheitellinie scharf mit dem Kamm nach, zupfte an anderen Strähnen und verwuschelte noch einmal Jays Haar, ehe er begeistert nickte. Dann knöpfte er flink die obersten vier Knöpfe des Hemdes auf.

Jetzt aber, sagte er, bitte. Das Rednerpult ist Ihres.

Jay nahm dahinter Aufstellung.

Letzten September, sagte Ron, Sie erinnern sich. Natürlich erinnern Sie sich, Sie haben ja die Rede gehalten! Rezession ist, wenn Ihr Nachbar den Job verliert. Depression ist, wenn auch Sie Ihren Job verlieren. Und Aufschwung ist, wenn Jimmy Carter seinen Job verliert. Diesen Geist wollen wir. Sie sind kampflustig, Sie halten sich mit beiden Händen am Pult fest, um nicht die Fäuste zu ballen und die Luft zu boxen, Sie sagen den großen Satz, mit dem er nach zwanzig Minuten seine Rede beendet: *We will make America great again.*

Jay erinnerte sich an die Rede, während er auf das Pult klopfte und ein Assistent einen riesigen Ventilator heranschob, der auf Maximum gestellt war und Jays Haar aufbrachte. Ron hatte sich mit vor der Brust verschränkten Armen an die Tür gelehnt. Jay blickte über ihn hinweg.

Er erinnerte sich anders an die Rede. Er erinnerte sich an ihren Beginn, als Reagan sagte, er sei der erste Republikaner seit 1968, der im demokratischen Hudson County auftrete, weil auch viele Demokraten von dem Klüngel enttäuscht seien, der das Land regiere. Vor allem erinnerte sich Jay daran, wie Reagan mit festem Blick von der Freiheitsstatue in seinem Rücken sprach, von Ellis Island, wo Millionen von Menschen aus aller Herren Länder eingetroffen seien, um ein neues Leben zu beginnen, hart zu arbeiten und diese wunderbare glänzende Stadt zu erbauen, von der sie nur noch das Wasser getrennt habe. Und nicht nur diese Stadt, noch viele andere Städte und Gemeinden und Farmen in den Vereinigten Staaten. Er sprach von ihrem Mut, ihrem Ehrgeiz, ihrem Verständnis von Familie und Nachbarschaft, von ihrem Verlangen nach Frieden und Freiheit, weil so viele nicht zuletzt vor Verfolgung, Verachtung und Tyrannei geflohen seien. Sie alle gemeinsam hätten der Freiheit die größte Heimstatt der Geschichte errichtet.

Während Jay an diese Worte dachte, sah er seine jungen Eltern vor sich, den Vater in seinem abgetragenen Sonntagsanzug, der seine bäuerliche Herkunft nicht verbergen konnte, die Mutter in einem langen, weißen Kleid mit einer gestrickten Weste darüber, wie sie sich nach der langen Überfahrt schüchtern und hoffnungsvoll mit ihren kleinen Söhnen in der riesigen Eingangshalle von Ellis Island in eine schier endlose Schlange einreihten, um untersucht und befragt und mit weißer Kreide am Gewand markiert zu werden. Und er sah sich selbst, obwohl er sich nicht sehen konnte, obwohl er sich nicht an den kleinen Jungen zu erinnern vermochte, der ihm so nah und so fremd war und der Julius Imre hieß, inmitten all der Menschen und Gepäckstücke und Polizisten und Ärzte. Er hatte nur noch die vage Erinnerung, dass alles auf einmal um so vieles größer war.

Während es unentwegt blitzte und Ron beide Daumen hochhielt, fiel Jay ein, dass er, dessen Vater zeitlebens von Roosevelt und dem New Deal geschwärmt und die Republikaner verachtet hatte, weshalb Jay sozusagen natürlich Demokrat geworden war, zum ersten Mal Reagan zugehört hatte. Ihm hatte gefallen, was er hörte. Reagan war mit einer Verneigung vor Jays Eltern in den Wahlkampf gestartet. Er hatte die Schwierigkeiten unterstrichen, die sie auf sich genommen hatten, von den einfachen Leuten gesprochen, die so gern vergessen wurden.

Jay strich seinen schwarzen Schopf nach hinten, blickte verärgert auf den Ventilator, umklammerte das Pult mit beiden Händen und lehnte sich weit nach vorn.

Ohne euch, dachte er, Mama, Papa, während er lautlos die Lippen bewegte, wäre ich nicht hier. Und ohne Hier wäre ich ein anderer, oder gar nicht mehr. Und ohne Lucy wäre ich ein verhärmter Polizist.

Wunderbar, rief Ron, fabelhaft! Tränen in den Augen! Ganz große Emotion! Danke, danke, danke!

Lucy war müde von der Sonne und Jay müde vom stundenlangen Posieren, und auch wenn sie vorgehabt hatten, Los Angeles zumindest ein wenig zu erkunden, blieben sie an ihrem letzten Abend auf dem Zimmer. Am liebsten hätten sie es mitgenommen.

In weißen Bademänteln lagen sie auf einem riesigen Bett mit angenehmer Matratze, der Raum war so groß wie das Wohnzimmer in ihrem Weißen Haus, das Licht mit Fernbedienung zu steuern, über den Fernsehschirm liefen lautlos Bilder. Solange sie nicht dreimal täglich Lobster bestellten, hatte Ron gesagt, dürften sie alles bestellen, die Agentur komme selbstverständlich dafür auf. Selbstverständlich hatte Jay noch nie Lobster gegessen – und auch keine Lust darauf. Mit Muscheln, Tintenfischen und anderem Meeresgetier konnte man ihn ebenfalls jagen. Er öffnete die zweite Dose Bier aus der Minibar, Lucy trank Mineralwasser und Orangensaft.

Auf unsere Präsidentschaft, Urkundenfälscherin!

Immer schön am Boden bleiben, mächtigster Mann der Welt.

Sie lehnten an den großen flauschigen Polstern, vor beiden

befand sich jeweils ein kleines Tischchen, das ein schwarzer Angestellter in weißem Anzug und mit schwarzer Fliege behutsam abgestellt hatte, während er sie höflich gebeten hatte, einfach liegen zu bleiben und sich verwöhnen zu lassen. Auf jedem Tischchen stand ein Porzellanteller mit dem Wappen des Hotels, auf dem massiven Schreibtisch gegenüber lagen vor einem großen Spiegel die Messinghauben, die der Angestellte lächelnd von ihren Tellern gelupft hatte, ehe er einen schönen Abend wünschend verschwunden war.

Messer und Gabel, sagte Jay, die spinnen! Wer isst Burger mit Messer und Gabel? Vielleicht auch noch die Pommes!

Ich. Und die oberen Zehntausend. Das Ding ist so riesig, dass man es unmöglich mit den Händen zum Mund führen kann.

Ich kann's.

Darum siehst du schon wieder wie nach einem Attentat aus.

Jay blickte auf seinen Bademantel. Er war von roten und gelben Schlieren verunstaltet. Kurz befürchtete er, für die Reinigung aufkommen zu müssen. Dann fiel ihm das *Selbstverständlich* der Agentur ein.

Deine Mundwinkel! Wie ein Kleinkind!

Trotzdem ließ Jay Messer und Gabel auf dem Boden liegen. Er tastete nach der Stoffserviette, die er neben das Bett geworfen hatte, und strich sie über seiner Brust glatt.

Bin ich ein feiner Herr? Fast eine Franzose.

Das ist der beste Burger, den ich je gegessen hab.

Fleisch aus Argentinien. Steht zumindest auf der Karte.

Was er wohl gerade macht?

Wer?

Der Präsident.

Lobster essen. Lobsterburger. Mit goldenem Besteck.

Jay beobachtete Lucy im Spiegel. Sie hatte ein weißes Handtuch um den Kopf gebunden, ihr makellos weißer Bademantel ließ ihre Bräune noch stärker zur Geltung kommen. Trotz all der Sonnenanbetung hatte sie die Haut einer jungen Frau. In ihrem Badezimmer standen unzählige Tuben und Dosen mit Cremes, von denen er nicht wusste, wofür sie gut waren. Er wusste bloß, dass sie immer zahlreicher wurden. In der Mitte ihres Burgers steckte der lange Zahnstocher, den er sofort aus dem seinen gezogen hatte. Sie stach mit der Gabel in das Brötchen und versuchte, mit dem Messer ein Stück herunterzuschneiden. Was Salat und Fleisch betraf, war diese Operation mit gewissen Schwierigkeiten verbunden. Jay schmunzelte, Lucy wiederholte die Operation hartnäckig, bis sie den Burger in Stücke geschnitten hatte. Dann legte sie Messer und Gabel beiseite und führte das erste Häppchen zwischen Daumen und Zeigefinger in den Mund.

Weißt du, First Lady, was der große Unterschied zwischen ihm und mir ist?

Nicht geschieden, nur einmal verheiratet. Außerdem bist du nicht der älteste Präsident aller Zeiten.

Dafur der erste Burgenlander.

Burgenländer!

Sie schüttelte den Kopf.

Hast du noch nie gesagt! Fang jetzt nicht an, zu diesen Folkloreveranstaltungen zu pilgern, wo alle vorm Tanzen die Krücken an die Wände lehnen. Jeder Verein wählt seine Miss Burgenland, sogar die Sterbegesellschaft! Und keine war jemals dort. Lass uns um Gottes willen nicht mit dem Wurzelstechen beginnen!

Wurzelstechen. Jay lachte. Er wunderte sich manchmal,

was aus Lucy kam. Und wie in sie gekommen war, was aus ihr kam. Er sah sich im Garten Wurzeln stechen, aus dem Boden ziehen und rufen: Hundert Prozent Burgenland, davon siebzig Prozent deutsch, dreißig Prozent ungarisch, also hundert Prozent Deutschwestungarn! Aber wenn er an seinen Vater und an dessen – auch seinen – Teint dachte, waren da vielleicht auch ein paar Prozent Zigeuner dabei. Er sah sich die Wurzeln mit ein wenig Erdreich hochhalten und den Nachbarn anpreisen. Tata! Das bin ich! Euer Präsident!

Nach dem Essen ließ er sich wieder in die Polster sinken, legte seinen Arm um Lucys Schultern und berichtete ihr von seinem Tag, wobei er die Größe der Schweißflecken unter Rons Achselhöhlen etwas übertrieb. Dann erzählte er von möglichen Aufträgen, für die Ron ihn buchen wollte, von den zwanzig Prozent, die die Agentur –

Du hast aber nichts unterschrieben?

Na ja, das ging alles sehr schnell und –

Diese Leute sind Halsabschneider! Das muss vorher ein Anwalt prüfen!

Zwanzig Prozent gehen in Ordnung. Ohne Ron hätte ich keine achtzig.

Die schreiben allerhand Klauseln und Fußfesseln und was weiß ich –

Jay stand auf, ging zur Garderobe und kramte eine blaue Mappe aus seinem Rucksack. Dann ging er zu Lucy, verbeugte sich kurz und legte ihr die Mappe auf den Bauch.

Hab zu Ron gesagt: Zuerst muss die First Lady den Vertrag absegnen.

4

Auf einmal saß ihm der Schalk im Nacken, sagte seine Tochter drei Jahrzehnte später.

Barbara erkannte ihren Vater kaum wieder, als er Präsident wurde. Er war ein guter Vater gewesen, auch streng und jähzornig, leicht aufbrausend. Bisweilen hatte er sich dermaßen aufgeregt, dass ihm die Luft wegblieb und das Schnappen danach die Worte zerhackte, die er hatte loswerden wollen. Dann waren es keine Worte mehr, nur unverständliche Laute und wütendes Zischen.

Er hatte es nicht leicht gehabt als Einwandererkind, hatte nach und nach Behördengänge und Telefonate für seine überforderten Eltern erledigen müssen, die sich zeitlebens schwergetan hatten mit der neuen Sprache und lieber unter ihresgleichen geblieben waren. Sie kamen vom Land, aus Dörfern, in denen es mehr Tiere als Menschen gab. Oberwart, die größere Gemeinde, in der sie ein paar harte Jahre verbracht hatten, war für sie bereits groß, in Wien oder Budapest waren sie nie gewesen. Plötzlich standen sie in New York. In der Hauptstadt der Welt taten sie das, wofür sie gekommen waren: arbeiten, arbeiten, arbeiten. Jays Vater rackerte jahrelang am Bau, ehe er nach dem dritten Bandscheibenvorfall in einer deutschen Bäckerei unterkam, seine Mutter verdingte sich als Haushälterin und Kindermädchen. Gleichzeitig führte sie den eigenen Haushalt und kümmerte sich um ihre beiden Söhne.

Barbara hatte jedes Mal Tränen in den Augen, wenn sie davon sprach. Anschluss, Freunde, das Glitzern der Stadt, die eine Insel war – das alles war nicht für Jays Eltern und ihresgleichen gewesen. Sie bauten Brücken, Straßen und Wolkenkratzer und hüteten die Kinder und Wohnungen derer, die Brücken, Straßen und Wolkenkratzer erbauen ließen. Sie selbst hausten in einer kleinen feuchten Wohnung auf der Lower East Side.

Es war und blieb eine fremde Welt. Sie hielten sich in der neuen an die alte. Dort ein Ball, da ein Faschingsfest, hier eine Tanzveranstaltung mit burgenländischer Volksmusik und deutschen Schlagern – darauf hatten sich ihre Vergnügungen beschränkt. Auf einem dieser Bälle sollte ihr Sohn 1949 Lucy Fuith kennenlernen. Drei Jahrzehnte später nannte Lucy Immer derlei Veranstaltungen Wurzelstechen.

Vor allem den Verlust seines Bruders hatte Jay, auch wenn er seiner Tochter gegenüber nie davon gesprochen hatte, nicht verdaut. Er war ein guter Fußballer, sagte er, Ed war größer und stärker als ich, hätte es zu etwas gebracht, im Leben, und überhaupt. Er konnte sich durchsetzen, nahm es mit jedem auf, zog nicht den Kopf ein, wenn ein Größerer Streit suchte, er ließ sich nicht einschüchtern. Und er war besser in der Schule, lernte schnell und leicht, sein Kopf schien ein zwitscherndes Vogelnest voller verrückter Ideen zu sein. Sein Schopf war blond; niemand wusste, woher das kam. Die Mädchen liefen ihm hinterher.

Ihr Vater war gutherzig, wenn auch auf seine Weise: War die Fahrradkette gerissen, fand Barbara das Rad am nächsten Tag mit intakter und gut geölter Kette in der Garage wieder; es lief besser als zuvor. Er war kein großer Umarmer, keiner, der andere hielt oder streichelte; da schien etwas zu sein, das ihn davon abhielt. Seine seltenen Umarmungen, zu Weihnachten oder zum Geburtstag, hatten stets etwas Unbeholfenes, im Rückblick beinahe Schüchternes. Er schien eine Welt in sich zu tragen, die er vor anderen verbarg. In den sechziger und siebziger Jahren war er für seine Tochter lediglich ein Spießer mit Spießermoral, der eine Spießergesellschaft verteidigte, die Gouverneur Reagan sogar in Kalifornien durchsetzen wollte.

Jay Immer zeigte seine Zuneigung anders. Waren die Nachbarn auf Urlaub, holte er die Post aus ihren Briefkästen, damit potenzielle Einbrecher nicht auf die Idee kämen, es sei niemand zuhause. Er goss ihre Pflanzen und Bäume, bevor er in den Dienst fuhr oder wenn er nach Hause kam. Er versorgte zurückgelassene Katzen, streute Futter in Aquarien und merkte sich Kennzeichen unbekannter Autos, die einmal zu oft ihre Straße entlanggefahren waren. Er wollte, dass die, die er liebte, es leichter hätten als er. Er war keiner von denen, die einem sagten, man müsse selbst erst durchmachen, was er durchgemacht habe, um mitreden zu dürfen. Er sprach nicht viel, am wenigsten von sich. Mit der Uniform zog er den Polizisten aus, wurde zum Hausmann in Trainingsanzug und weißem Unterhemd. Er war drahtig und stark. Wenn er die Hände hinter dem Kopf verschränkte, spannte sich sein Bizeps, obwohl er keinen Sport trieb. Zuhause las er Zeitung, schaute im Fernsehen Baseball und Boxen. Meistens arbeitete er. Man konnte ihm niemals, auch wenn es seine Tochter bisweilen so gern getan hätte, in den Kopf schauen.

Ich glaube, sagte sie, das hat mit dem Krieg zu tun. Oder mit der Polizei. Ist ja fast dasselbe.

Auf einmal lachte er am Telefon. Barbara, die mit ihrem Mann Bob in Cincinnati lebte, konnte sich nicht erinnern, ihren Vater jemals lachen gesehen zu haben. Er hatte gegrinst, wenn sie etwas anders gemacht hatte, als er es für richtig befunden hatte, und damit auf die Nase gefallen war. Er hatte geschmunzelt, wenn ihn etwas amüsierte. Er hatte seine Frau liebevoll, manchmal stolz, niemals begehrend betrachtet; zumindest nicht vor seiner Tochter. Er hatte sich keinen Luxus erlaubt, so viel wie möglich zur Seite gelegt, um den Kredit und die Zinsen für das Haus Stück für Stück abzubezahlen. Er hatte keine neuen Schulden aufnehmen, keine Kreditkarten unnötig belasten wollen. In dieser Hinsicht, sagte seine Tochter, sei er nie Amerikaner geworden. Er hielt das für eine Seuche der jüngeren Generation.

In ihrer Jugend hatte Barbara die Beruhigung in seinem Gesicht gesehen, wenn er sie abends mit dem Auto abgeholt hatte und sie wohlbehalten aus einer Bar oder von einer Party gekommen war. Als Kind war sie stolz gewesen, zu ihrem Vater in einen Polizeiwagen zu steigen, hatte sich besonders und behütet gefühlt, die Funksprüche und das Knacken in der Verbindung waren aufregend gewesen, auch wenn er nicht ein einziges Mal, sosehr sie ihn auch darum anbetteln mochte, das Blaulicht angestellt hatte. Als sie in die Pubertät kam, sagte er, sollte ihr jemals ein Junge oder Mann etwas antun, müsse sie es ihm unverzüglich berichten. Er werde sich darum kümmern, dass es nie wieder geschehe, und zwar niemandem.

Vor allem aber, sagte sie, konnte er auf einmal über sich selbst lachen. Auf einmal freute ich mich über seine Anrufe. Ich bin's, sagte er, dein Präsident. Hab gerade Lobster gegessen. Getrüffelten.

5

Auch wenn er weder Lobsterburger mit goldenem Besteck noch getrüffelte Austern aß, wurde Jay Immer in den ersten Jahren seiner Präsidentschaft zu Mahlzeiten eingeladen, die er sich nie geleistet hätte. Er eröffnete Automessen, pries neue Gesichtscremes an und ließ sich mit Menschen ablichten, die bis zu hundert Dollar ausgaben, um sich in eine lange Schlange für ein Foto mit jenem Mann einzureihen, den man unter anderen Umständen für Ronald Reagan gehalten hätte. Lokalpolitiker ließen die Fotos rahmen, Unternehmer hängten sie an ihre Bürowände, Menschen trieb es Tränen in die Augen, wenn er ihnen zuwinkte.

Jay arbeitete viel. Er nannte es *spielen*. Endlich konnte er das Kind sein, das er nur so kurz gewesen war. Er hatte nie davon geträumt, Rennfahrer zu werden oder zum Mond zu fliegen. Eisenbahner vielleicht, aber dann war er in den Krieg geschickt worden, und eins hatte sich aus dem anderen ergeben. Am liebsten aß er immer noch, was Lucy kochte, vor allem die Speisen aus dem Burgenland, die alten Rezepte mit den lustigen Namen, die ihre Freunde nicht aussprechen konnten. Aber das machte nichts. Amerikaner sprachen alles amerikanisch aus. Er sprach alles amerikanisch aus.

Ron schien mit seinem Reagan zufrieden, aber längst nicht mehr so euphorisch wie in Los Angeles. Wenn Jay die Agentur anrief, bekam er in neun von zehn Fällen eine der häufig wechselnden Sekretärinnen zu sprechen, die ihm einen Rückruf des Chefs versprach, der in neun von zehn Fällen nicht einging. Jay und Lucy fuhren durch Illinois, Wisconsin, Indiana und Ohio, manchmal bis Kentucky und Tennessee. Reagan wurde geliebt. Die Geiseln, die jahrelang im Mittleren Osten festgehalten worden waren, waren am Tag seiner Angelobung wie von Zauberhand freigekommen. Was seinen Vorgänger die letzten Sympathien gekostet hatte, hatte Reagan mit einem Paukenschlag zum Retter erhoben. Als er nach den Schüssen auf ihn zum ersten Mal den Kongress betreten hatte, waren drei Viertel der Amerikaner für ihn. Die Abgeordneten hatten minutenlang frenetisch im Stehen applaudiert – und ihm die nötigen Stimmen für seine Haushaltskürzungen gegeben.

Ronald Reagan war ein Held. Ein nicht unbeträchtlicher Abglanz seines Ruhms fiel auf Jay. Andere Männer hätten davon anderen Gebrauch gemacht. Jay Immer aber wusste, wem er sein neues Leben zu verdanken hatte. Und auch wenn er nur Einkaufszentren oder Vergnügungsparks einweihte, neue Schwimmbäder mit langen, gewundenen Wasserrutschen oder ein weiteres Wunderprodukt bewarb – seine Welt wurde größer. Er lernte die Menschen von ihrer besseren Seite kennen.

Meist blieb er stumm. Oft genügte ein *Guten Morgen*, Name des Ortes, und Jay fragte sich, ob das mit einer Stallorder der Agentur zusammenhänge, derzufolge der Präsident mit dem etwas seltsamen Akzent nur ja nicht den Mund aufmachen solle. Bisweilen grämte er sich darüber. Aber dann lachte Lucy schallend, tippte ihm auf die Stirn und fragte, ob er wieder auf Drogendealer schießen wolle.

Lieber als die Auftritte hatte er die langen Autofahrten mit Lucy. Während unbekannte Landschaften an ihnen vorüberzogen, redeten oder schwiegen sie stundenlang und hörten

Musik. Wenn seine First Lady auf der Rückfahrt einnickte, musste er bisweilen den Kopf schütteln und staunen über diese Welt und seinen Platz in ihr.

Sein Platz in dieser Welt war das Foto. An jedem beliebigen Tag, an dem er in Toledo oder Youngstown, in Bloomington oder Lafayette, in Grand Rapids oder Flint auftrat, wurden dutzendmal mehr Fotos von ihm geschossen als von seinen Eltern insgesamt erhalten waren. An jedem dieser Tage wurde er öfter fotografiert als in seinem gesamten Leben vor der Unterschrift auf dem Agenturvertrag. Bisweilen fielen ihm auf diesen Rückfahrten die Menschen ein, die zufällig auf Fotos mit ihm gelandet waren, weil sie gerade vorbeigegangen waren, es fielen ihm die Momente ein, in denen er mit Lucy und Barbara vor Sehenswürdigkeiten auf fremden Fotos gelandet war, weil ein Vater gerade seine Familie oder eine Verliebte eben ihren Liebsten fotografiert hatte.

Das Archiv der unfreiwillig abgelichteten Existenzen, sagte er.

Jetzt redest du nicht wie Reagan, sagte Lucy, sondern wie ein Professor im Fernsehen.

Ich rufe die Studenten aber nicht zur Revolution auf.

6

Im Frühsommer 1983 rief ihn Lucy aus dem Garten. Jay war gerade dabei, seine Tomaten zu gießen. Sie hielt ihre Faust ans Ohr.

Wer stört?

Ein gewisser Bamrants.

Es war ein gewisser Rafe Pomerance, der wissen wollte, ob Jay Immer eine Stunde seiner wertvollen Zeit für ihn und einen Kollegen erübrigen könne. Sie seien demnächst in Chicago und würden sich gern mit ihm unterhalten. Es gehe um einen großen Auftrag. Um eine Mission. Er lachte. Ob man den wahren Präsidenten zum Essen einladen dürfe?

Kommen Sie doch in mein Weißes Haus, sagte Jay. Als er den Hörer auf die Gabel legte, fragte Lucy, wer das gewesen sei.

Weiß ich noch nicht.

Und diesem Weiß-ich-noch-nicht gibst du unsere Adresse?

Ich kann uns verteidigen. Bei diesem schönen Wetter will ich nicht in der Stadt schwitzen.

Trotzdem.

Als sich Jay wieder seinen Tomaten zuwandte und Lucy auf ihrer Sonnenliege im Garten lag, wusste er, dass seine Frau recht hatte.

Reagan hört uns nicht zu, sagte Rafe Pomerance in dem Diner neben der Tankstelle, an der Jay für gewöhnlich seinen blauen Ford LTD nachfüllen ließ. Pomerances schwarzes Haar kräuselte sich; er trug eine große randlose Brille. Vor allem war er riesig, mindestens anderthalb Köpfe größer als Jay. Pomerance hatte sich nach vorn gebeugt. Seine Hände schienen den Präsidenten schütteln zu wollen, der ihnen nicht zuhörte.

Kann er gar nicht, sagte sein Kollege James Hansen. Seine Sekretäre und Sekretärssekretäre lassen uns abblitzen.

Hansens Gesicht war ruhig. Er sprach konzentriert und wirkte um einiges weniger aufgeregt als sein Kollege. Er war auffallend blass.

Sie wollen uns aufs Glatteis führen, sagte Pomerance, wobei –

Er lachte.

Es mit dem Eis bald vorbei sei. Vor allem in der Antarktis. Und das schmelzende Eis die Meeresspiegel um fünf Meter anheben werde. Wenn nicht noch höher. Überschwemmungen, das Ende der Küstenstädte, der Untergang herrlicher Inseln, die Vernichtung ganzer Arten, tote Korallenriffe, Dürren, Flächenbrände, Versumpfung, Hitzewellen, Ernteeinbußen unvorstellbaren Ausmaßes, kein Schnee in New England – ihre Enkel würden die Schönheiten der Welt, die alle in diesem Diner für ewig hielten, nicht mehr zu sehen bekommen.

Pomerance blickte Jay direkt in die Augen, Hansen legte ein Magazin auf den Tisch. Auf den Stufen des Kapitols stand ein dicklicher Kerl mit Brille und Anzug, seine Linke erhoben; fast wie zum Hitlergruß, dachte Jay, behielt es aber für sich. *CO_2 könnte unser Klima ändern und die Erde überfluten – bis hierher* stand neben dem Foto auf dem Cover. Hansen nickte traurig.

Große Teile Nordamerikas, Asiens und Afrikas würden unbewohnbar, wenn das Eis im Norden, sozusagen die natürliche Klimaanlage des Planeten, verschwände, ein Viertel der Menschheit könnte sich aufmachen, um bewohnbare Gebiete zu finden, also Gebiete, die noch bewohnbar und bewirtschaftbar wären, alles wegen des Treibhauseffekts –

Die Menschheit, unterbrach Hansen, führt ein unumkehrbares Experiment mit unkontrollierbaren Folgen durch. Ohne es zu wissen.

Aber sie könnte es wissen!, rief Pomerance. Ein paar Menschen im Diner drehten sich in ihre Richtung. Wir wissen es, die Wissenschaft weiß es, Politiker wissen es, die Industrie weiß es, aber das Weiße Haus, der Präsident –

Hansen winkte ab. Er holte eine Papierrolle aus seiner Aktentasche und breitete sie auf dem Tisch aus. Darauf war eine blaue Linie zu sehen, flankiert von roten Punkten. Während die roten Punkte wie verrückt in einem einzigen Auf und Ab zu tanzen schienen, wies die blaue Linie steil nach oben.

Die Keeling-Kurve, sagte Hansen. CO_2-Konzentration in der Atmosphäre. Ich erspare Ihnen die Details –

Stecken in diesem Dossier, sagte Pomerance und deutete auf eine grüne Mappe. Geben wir Ihnen mit. Inklusive Reagans Radioansprache zum Umweltschutz von letzter Woche.

Ganz einfach, sagte Hansen. Je mehr CO_2 in der Atmosphäre, desto wärmer der Planet. Weiß man seit 1859.

Wenn wir den Ausstoß nicht drastisch reduzieren, was heißt: stoppen!, sagte Pomerance und klopfte auf den Tisch, ist hier bald Ende der Vorstellung.

Sein rechter Zeigefinger beschrieb einen immer größer werdenden Kreis.

Weniger als 1,5 Grad Erwärmung könnten wir überleben, sagte Hansen.

Jay lehnte sich zurück. Er blickte aus dem Fenster. Es war ein schöner, warmer Frühsommertag. Etwas weniger Kälte im Winter machte ihm beileibe nichts aus. Ihn beschlich das Gefühl, einem Irren und einem Melancholiker gegenüberzusitzen.

Also Autos schlecht?

Ja, sagte Pomerance.

Zumindest mit Verbrennungsmotoren, sagte Hansen. Wir müssen alternative Energieformen finden.

Fabriken auch schlecht?

Ja, sagte Pomerance. So wie sie sind: eindeutig!

Wenn ich mich recht entsinne, sagte Jay, stoße ich mit jedem Atemzug CO_2 aus.

Er zog die Stirn in Falten.

Schauen Sie auf die Kurve, sagte Hansen. Menschen haben auch im Jahr 1958 geatmet. Wenn wir so weitermachen, wird sich das globale Klima um drei bis vier Grad erwärmen. Das wäre das Ende für unseren Planeten. Wenn die Vereinigten Staaten heute – ich wiederhole: heute, am 14. Juni 1983 – die Verbrennung fossiler Brennstoffe komplett stoppten, würde das Erreichen des Kipppunkts im nächsten Jahrhundert um ganze fünf Jahre verzögert. Drei Grad Erderwärmung sind dieser Kipppunkt. Wenn der Westen heute durch ein Wunder seine Emissionen stabilisierte, hätten wir ihn um ganze acht Jahre hinausgezögert.

Wie im Frühsommer, sagte Pomerance. Wenn Sie vorm Einschlafen ein Laken zu viel nehmen, schwitzen Sie nicht sofort. Aber wenn Sie aufwachen!

Pomerance erzählte von ersten Anhörungen im Kongress. Etwas bewege sich. Republikaner und Demokraten hätten erkannt, welch gewaltige Probleme auf die Menschheit zukämen. Selbst die Ölindustrie wisse, sie müsse etwas grundlegend ändern. Die Jasons, eine Gruppe von Elitewissenschaftlern, die sich ansonsten mit dem Abfangen feindlicher Raketen, den Auswirkungen von Atombomben oder der Züchtung pestverseuchter Ratten zur unkonventionellen Kriegsführung beschäftige, habe Alarm geschlagen. Aber das alles sei noch viel zu wenig, um eine breite Öffentlichkeit zu erreichen. Die Menschen müssten aufwachen: Nur dann folgten ihnen die Politiker. Es gehe nicht ums Heute, sondern ums Morgen und Übermorgen. Überübermorgen. Kinder und Kindeskinder. Kindeskindeskinder. Die Politik denke in Legislaturperioden und Wahlkämpfen. Der Planet brauche eine soziale Bewegung. Und jede soziale Bewegung einen Helden.

Der könnten Sie sein, sagte Hansen.

Sollten Sie sein, sagte Pomerance.

Und sprach darüber, wie Jay Immer die Menschen aufrütteln könnte, einen, den Präsidenten, besonders, und während Rafe Pomerance von der Rettung des Planeten, von jenem entscheidenden Moment in der Geschichte der Menschheit sprach, in dem die Katastrophe noch abzuwenden sei, *jetzt!*, wenn man nur die Zusammenhänge richtig erkläre, weil man die erhitzte Atmosphäre nicht so wahrnehme wie eine verstrahlte Landschaft oder einen vergifteten Fluss, sah Jay Immer die Reflexion seines Gesichts in der verspiegelten Sonnenbrille vor sich auf dem Tisch.

Er war nur ein kleiner Mann mit einem etwas seltsamen Gesicht. In welche Situationen ihn dieses Gesicht brachte! Auf einmal saß er einem verrückten Wanderprediger gegenüber, der von einer sozialen Bewegung träumte. Das erinnerte ihn an Barbara und Berkeley, an Streiks, Besetzung, Revolution.

Er verdiente ein wenig mit diesem Gesicht, aber sein Mund sollte geschlossen bleiben. Der Verrückte und der Trübsinnige hatten nichts von einer Gage erwähnt.

Kurzum, sagte Pomerance, seien Sie der andere Reagan.

Der bessere, sagte Hansen.

Sie könnten den Planeten retten!

Und zwar wie?

Für einen Moment war es still. Der Verrückte blickte den Trübsinnigen an; der Trübsinnige blickte noch trübsinniger zurück. Darüber hatten diese beiden Genies nicht nachgedacht.

Wir könnten ein Video aufnehmen, sagte Pomerance. In der Antarktis oder in New Orleans. Dort, wo etwas geschehen wird, wenn wir nicht handeln. Sie könnten den nationalen Notstand ausrufen!

Wäre nicht mal übertrieben, sagte Hansen. Eher untertrieben. Wir haben einen internationalen Notstand. China, Sowjetunion, Japan.

Jay blickte Pomerance an. Er mochte verrückt sein, aber er hatte Charisma. Dann blickte er Hansen an. Für einen Wissenschaftler konnte er überaus verständlich erklären. Auch wenn das Erklärte apokalyptisch klang. Jay blickte aus dem Fenster. Die beiden hatten ihn mit einem Auto abgeholt – und wollten die Beschäftigten an der Tankstelle und die Arbeiter im Mittleren Westen arbeitslos machen. Er verstand, warum Reagan ihnen nicht zuhörte.

Werd's mir überlegen, sagte Jay.

Zuhause verstaute er das sogenannte Dossier in einer Lade. Am nächsten Tag musste er nach Cleveland, um in den marmorverfliesten Arkaden einer der ältesten Shopping Malls des Landes eine neue Zigarre zu bewerben.

7

Am 4. Juli 1986 schien die Sonne über Manhattan. Der Himmel war dunkelblau, keine einzige Wolke zu sehen. Jay Immer war früh aufgestanden, um in seinem Hotel unweit vom Grand Central Terminal ausgiebig zu frühstücken. Er bedauerte, dass Lucy nicht bei ihm war. Sie wollte sich diesen Wahnsinn nicht zumuten: Menschen, die um die Wette fressen, während anderswo Millionen verhungern. Wenn die Menschen, die sie nicht sehen wolle, nicht um die Wette fräßen, hatte er zu bedenken gegeben, würden die Hungernden auch nicht satt. Als er Lucys Blick gesehen hatte, hatte er schnell hinzugefügt: Wenn ich mal tatsächlich Präsident bin, lass ich Tonnen von Hot Dogs nach Afrika bringen. Mit Senf und Ketchup. Schwachsinn, hatte Lucy gesagt.

Mit Mütze, Sonnenbrille, Jeans und einem weißen Leinenhemd streunte er durch sein altes Viertel. Er ließ sich treiben. Obwohl sich so viel verändert hatte, erinnerte ihn jede Ecke an etwas, an sich, an seine Eltern und natürlich an Ed. Als Jay vor dem Haus seiner Kindheit stand, musste er kurz um Luft ringen. Seine Brust wurde eng, aber mit einem Mal überflutete ihn ein Gefühl von Dankbarkeit. Es war traurig, dass seine Eltern nicht mehr lebten. Es würde immer traurig sein, dass sie zu früh gestorben waren. Aber es war schön, dass sie gelebt hatten. Er sollte nicht traurig sein. Sie hätten es nicht gewollt. Sie hatten gewollt, dass es ihm gut gehe.

Es ging ihm gut. Ein chinesischer Jugendlicher mit großen Kopfhörern trat aus dem Haus. Jay Immer sah sich in ihm. Der da hatte eine ähnliche Geschichte. Die Eltern dieses jungen Mannes waren von weiß Gott wo aufgebrochen, um ein neues und besseres Leben zu suchen. Mit einem Mal war er sicher, dass der junge Mann in der Wohnung lebte, in der Jay selbst aufgewachsen war. Er wollte ihn ansprechen und fragen, ob er die Wohnung sehen könnte. Jay trat einen Schritt auf ihn zu, lächelte den jungen Mann an, aber als ihn dieser nur merkwürdig anblickte und sich gleich darauf mit leisem Kopfschütteln abwandte, ließ Jay die Worte, die er sich eben zurechtgelegt hatte, unausgesprochen. Was hätte der junge Jay getan, wenn ihn ein beinahe Sechzigjähriger vor seiner Haustür gefragt hätte, ob er seine Wohnung sehen könnte? Nimm dich in Acht, hatte ihm sein Vater eingeschärft, geh mit niemandem mit, lass dir keine Süßigkeiten schenken, in dieser Stadt sind alle Verrückten und Perversen dieser Welt versammelt. Was Perverse waren, hatte Jay nicht gewusst. Verstanden hatte er es.

Jay Immer war kein sentimentaler Mensch. Als er sich in seinem Hotelzimmer umkleidete, Hemd und Anzug anlegte und die Krawatte band, was ihm mittlerweile recht ordentlich gelang, und als er in den Spiegel sah und Ronald Reagan zurückblickte, musste er grinsen. *So* hätte ihm der junge Mann die Wohnung gezeigt. Andererseits hätte er *so* nicht unbehelligt durch sein altes Viertel streunen können. Hätte er allerdings die Mütze gelüftet und die Sonnenbrille abgenommen, hätte er dem jungen Mann erklären können, auf welcher Mission er an diesem wolkenlosen Unabhängigkeitstag war. Vielleicht wäre die Mutter des Jungen zuhause gewesen. Sie hätte sich bestimmt über diesen unerwarteten Besuch gefreut.

Jay schüttelte den Kopf. Was ihm alles einfiel, wenn er allein war. Er vermisste Lucy. Anstatt mit sich zu sprechen und vom Hundertsten ins Tausendste zu geraten, hätte er ihr alles erzählen können. Jetzt sah er auf einmal Chinesen vor sich in seiner alten Wohnung, die deutlich anders aussah als früher. Er klatschte sich Rasierwasser aufs Gesicht; es brannte ein wenig. Morgen um diese Zeit war er wieder in Chicago. Das beruhigte ihn. Er musste den Rasen mähen.

Als Jay aus dem Zimmer trat, hielt eine kleine Südamerikanerin, die gerade ein Wägelchen über den Flur schob, inne. Sie blickte ihn aus großen, dunklen Augen an.

Guten Tag, sagte er. Wie geht's?

Sie schrak zurück.

Gut. Danke. Sehr gut.

Haben Sie mich schon mal gesehen?

Sie nickte und senkte den Blick. Jay griff in seine Hosentasche und reichte ihr zwei Zehndollarscheine, die sie mit gesenktem Kopf in eine Tasche ihres weißen Kittels steckte.

Haben Sie einen wunderbaren Tag!

Kurz darauf trat Jay aus dem Fahrstuhl in die Lobby. Ein Mann mit Cowboyhut, rot-schwarz kariertem Hemd und dünner Lederkrawatte kam auf ihn zu. Ein paar Menschen drehten sich nach Jay um. Ihre Blicke waren ihm unangenehm.

Herr Immer, sagte der Mann, Herr Präsident. Herzlich willkommen!

Der Mann schüttelte ihm grinsend die Hand. Er drückte etwas zu fest zu.

Kommen Sie. Unser Fahrer wartet. Sie sehen – verblüffend echt aus.

Bin echt, sagte Jay.

Der Möchtegerncowboy klopfte ihm lachend auf die

Schulter. Die Blicke der Umstehenden änderten sich. Jay setzte seine Sonnenbrille auf.

Ja, dachte er, als sie in einer schwarzen Limousine südwärts fuhren, alle Verrückten und alle Perversen und überhaupt alle tummeln sich in dieser Stadt. Die Baustellen, der Rauch aus den Kanalgittern, die gelben Taxis, das Gewusel, die hastigen Schritte. Wie ihn Midtown als Jugendlicher fasziniert hatte. Staunend war er vor den riesigen Gebäuden aus Stein und Glas gestanden, den Kopf im Nacken, als trüge er die kleinen Häuschen der Alten Welt, in der er geboren war und an die er keine Erinnerung hatte, noch in sich. Er sah Männer in schwarzen Anzügen mit Aktenkoffern über die Gehsteige eilen, wohlhabende Damen in Boutiquen treten und diese mit großen Tragetaschen wieder verlassen, er sah Bettler die Hände ausstrecken, Verliebte in U-Bahn-Eingängen verschwinden, Erleuchtete ihre wahnwitzigen Parolen verkünden. Seine Augen gingen auf. Er fühlte sich leicht. Wer hätte gedacht, dass Jay Immer so nach New York zurückkehren würde!

Ich stelle Sie vor, sagte der Möchtegerncowboy und drehte den Kopf nach hinten, Sie sprechen kurz, um Punkt zwölf schlagen Sie den Gong.

Kein Problem.

Nach zehn Minuten überreichen Sie den Gelben Senfgürtel. Und schon ist Ihr Arbeitstag beendet. Mann, Sie haben's gut.

Solange niemand auf mich schießt.

Der Fahrer, der bislang stumm durch den Verkehr gesteuert war, lachte auf. Der Möchtegerncowboy steckte sich eine Zigarette an und blickte in den Rückspiegel. Er hatte kleine

Löcher im Gesicht, wahrscheinlich eine Kinderkrankheit. In Jays Klasse war ein Junge mit einem ähnlich vernarbten Gesicht gesessen. Sie hatten ihn Bienenstich genannt. Jays Mutter hatte eine Mehlspeise Bienenstich genannt. Der Bienenstich vor ihm blies Rauch durch die Nase.

Nennt man wohl Berufsrisiko.

Ist er's? Oder ist er's nicht?, brüllte der Möchtegerncowboy in sein Mikrofon, als Jay Immer von zwei großen schwarzen Männern durch die Menge gelotst wurde. Menschen streckten ihre Hände nach ihm aus, die beiden bahnten ihm einen Weg und hielten fremde Hände von ihm fern. Wenn mir jetzt einer ein Messer in den Rücken rammt, dachte er, bin ich am Ort schöner Erinnerungen gestorben. Vielleicht waren es erst die Leibwächter, die Gefahr auf den Bewachten zogen. Reagan war inmitten seiner Leibwächter von einem Irren angeschossen worden, der Jodie Foster beeindrucken wollte. In *Taxi Driver* hatte sie eine junge Prostituierte im politischen Sumpf Washingtons gespielt. Ein ehemaliger Soldat wollte sie rächen, indem er einen korrupten Präsidentschaftskandidaten niederknallte. Der Irre war in die Rolle des Soldaten geschlüpft. Jodie Foster hatte er damit nicht für sich gewinnen können.

Für uns, meine Damen und Herren, ist er's: Begrüßen Sie mit mir den vierzigsten Präsidenten der Vereinigten Staaten von Amerika! Vergessen Sie, dass Sie ihn eben im Fernsehen gesehen haben. Er ist hier, auf Coney Island, vor Nathans berühmter Hot-Dog-Bude!

Die Menge kreischte und johlte, als Jay auf den Gehsteig an der Hinterseite des Imbisses trat. Über ihm schien die Sonne, hinter ihm war Nathans Schriftzug an die Feuermauer gepinselt, darüber hingen riesige Reklametafeln. Wenige Meter neben ihm stand ein langer Tisch, hinter dem zweiundzwanzig Männer und zwei Frauen Aufstellung genommen hatten. Jay hörte vor allem die gellenden Pfiffe, die sich in den Applaus mischten. Arschloch!, brüllte jemand, eine Frau rief: Mörder!

Jay klopfte dem Möchtegerncowboy auf die Schulter und griff nach dem Mikrofon. Er setzte sein gewinnendstes Lächeln auf und streckte die Linke zum Gruß aus. Ihm war, als segnete er die Menge, die Hot Dogs und den Senf. Der Möchtegerncowboy puffte ihn in die Seite. Jay blickte auf die Uhr. Sieben vor zwölf. Er holte tief Luft, griff kurz in seine Sakkotasche. Er hatte die Rede auswendig gelernt. Trotzdem war es beruhigend, sie bei sich zu wissen. Im Hintergrund drehte sich ein Riesenrad. Auch wenn alle ihm zujubelten, konnte er Kinder kreischen hören.

Mitbürger! Freunde des Hot Dogs!

Jay strich seinen schwarzen Schopf nach hinten.

Heute vor siebzig Jahren stritten an diesem Ort vier europäische Immigranten. Sie stritten darüber, wer Schuld habe an dem fürchterlichen Blutvergießen, das die Alte Welt überzog. Natürlich konnten sie sich nicht einigen. Nathan Handwerker, der Gründer dieses famosen Lokals, konnte und wollte nicht länger zuhören. Die anderen Gäste murrten bereits. Es ist ganz einfach, sagte er: Ihr seid hier, weil euch die Neue Welt andere Möglichkeiten bietet. Ihr seid nicht hier, um euch über die Alte Welt zu streiten. Wer von euch die meisten Hot Dogs verdrückt, hat recht – und basta!

Die Menge johlte.

Heute ist der Tag unserer Unabhängigkeit. Es geht nicht darum, wer von diesen zwei Frauen und zweiundzwanzig Männern recht hat. Es geht darum, wer den Gelben Senfgürtel mit nach Hause nimmt – und basta!

Die Menge klatschte und pfiff, der Bienenstich strahlte, während Nathans Mitarbeiter Unmengen von Hot Dogs auf dem Tisch verteilten. Jay blickte auf die Uhr. Zwei vor zwölf. Er hob beschwichtigend die Hände.

Nathans wichtigstes Vermächtnis aber lautet: Es ist egal, woher man kommt. Wer hier lebt, ist von hier.

Der Bienenstich warf ihm einen sonderbaren Blick zu.

Sie sind doch auch nicht aus Texas, oder?

Der Angesprochene zog die Schultern hoch, Jay hielt ihm das Mikrofon vor den Mund.

Aus Brooklyn.

Ich wünsche allen einen fairen Wettkampf, rief Jay in den tosenden Applaus und nahm dem Cowboy aus Brooklyn den Klöppel aus der Hand.

Guten Appetit!

Es war 11:59:51.

Neun Sekunden später schlug er den Gong.

Achtundvierzig Hände packten Hot Dogs, vierundzwanzig Münder standen sperrangelweit offen, die Menge feuerte ihre Favoriten an, Flaggen wurden gewedelt, ein paar Blocks weiter kreiste ein Hubschrauber über der Strandpromenade. Es roch nach Schweiß, Küche und Sommer.

Der Geschäftsführer brachte Jay einen Hot Dog auf einem Pappteller. Das Brötchen war seitlich aufgeschnitten, die Wurst mit Senf und Ketchup auf rohe Zwiebeln gebettet, über ihr lagen dünne Streifen von Essiggurken und geröstete Zwiebeln.

Während Jay alles andere als bedächtig einen Hot Dog aß, verschlang eine dicke Weiße mit kurzem blonden Haar dreieinhalb, ein großer fetter Schwarzer schien nicht zu kauen, sondern sich die Brötchen und Würste hintereinander in den Mund zu stopfen, Zählrichter klappten in atemberaubenden Abständen Tafeln mit Zahlen nach hinten.

Als Jay seinen Hot Dog im Magen hatte, reichte ihm der Geschäftsführer den nächsten. Der Möchtegerncowboy brüllte seine Kommentare über die Anfeuerungsrufe. Unglaublich!, rief er, schauen Sie, wie Mary McDonald einen Hot Dog nach dem nächsten verschlingt, meine Herren, so eine Frau käme Ihnen teuer, aber da, Richard Radburn, ihn wollen Sie auch nicht bekochen müssen – das sind keine Menschen, liebe Freunde, das sind Mähdrescher!

Es waren Mähdrescher, Fressmaschinen, vornübergebeugt stopften sie keuchend und schwitzend Hot Dog um Hot Dog in sich, als hätten diese ihnen etwas zuleide getan. Jay erinnerte sich an den Tag, an dem ihn seine Eltern zum ersten Mal nach Coney Island geführt hatten. Es war ein Sonntag gewesen. 1939. Am Tag seiner Konfirmation war er mit dem Riesenrad gefahren und hatte einen von Nathans berühmten Hot Dogs bekommen. Er hatte himmlisch geschmeckt, am nächsten Tag hatte er allen seinen Freunden in der Schule davon erzählt. Wieder hatte in der Alten Welt ein Krieg getobt; nicht im Traum hätte der Dreizehnjährige daran gedacht, in fünf Jahren selbst in einer Uniform zu stecken und am schrecklichsten Blutvergießen der Menschheitsgeschichte teilzunehmen.

Das hier war ein anderer Krieg, und Jay verstand, warum Lucy nicht einmal als Zaungast daran teilnehmen wollte. Das war nichts für einen schwachen Magen. Er schob das letzte Stück seines zweiten Hot Dogs in den Mund, die gerösteten Zwiebeln schmeckten so wunderbar wie damals. Plötzlich hielt sich ein kleiner Weißer mit großer Goldkette um den

Hals, der mit irrsinnigem Tempo begonnen hatte, die Hand vor den Mund und stürmte vom Podium, als wäre der Teufel hinter ihm her. Obwohl außer Gebrüll und Gekreische nichts zu vernehmen war, meinte Jay ihn kotzen zu hören. Sie schlangen, sie würgten, sie spülten Wasser nach, kleine Menschen und große, Weiße und Schwarze, Jay erspähte einen dünnen Asiaten, der so gar nicht zu den massiven Körpern und gigantischen Bäuchen ringsum passte. Drei Männer hatten über zehn Hot Dogs vertilgt, als Jay auf die Uhr blickte.

Es war 12:07:39. Er hatte zwei Hot Dogs gegessen. Mit Mühe hätte er vielleicht einen dritten verdrückt. Mit Ed hatte er Bohnensterz um die Wette gegessen. Dabei war es nicht um Zeit, sondern um Portionen gegangen. Eine Spezialität aus der Heimat, wie ihre Mutter gesagt hatte, zu der Bohnensuppe aufgetragen wurde. Die wichtigste Frage war, ob man den Sterz in die Suppe gab oder Sterz und Suppe getrennt aß. Mit sechzehn hatte Jay Bohnensterz nicht mehr riechen können. Jetzt bettelte er Lucy darum an.

Eine Cola, sagte er, bitte, als er den dritten Hot Dog ablehnte. Verstehe, sagte der Geschäftsführer. Das sind keine Esser, brüllte der Bienenstich, auch keine Fresser, das, meine Damen und Herren, sind Athleten!

Als Jay um 12:10:00 den Gong schlug, schien das Bild einzufrieren. Wer einen Hot Dog im Mund hatte, legte ihn vor den strengen Blicken der Zählrichter auf den Pappteller zurück – über all die ungegessenen, die sich darauf stapelten. Manche gingen in die Hocke, einige hielten sich am Tisch fest und atmeten tief durch, die dicke Blonde, Mary McDonald, setzte sich auf den Boden und stützte ihren hochroten Kopf in die Hände. Fotoapparate klickten, Kamerateams bahnten sich einen Pfad durch die Menge, der Bienenstich drückte Jay einen breiten, mit blinkenden Steinchen verzierten gelben Bauarbeitergürtel in die Hand, bevor er zu einem dicken Weißen mit kurzgeschorenem braunen Haar eilte. Der Bienenstich riss seine Hand in die Höhe, wobei er auch das weiße T-Shirt des Giganten in die Höhe riss und einen enormen Wabbelbauch enthüllte.

Meine sehr geehrten Damen und Herren, Applaus für den diesjährigen Meister von Coney Island, Applaus für Mark Heller!

Die Menge johlte, Jay trat näher.

Dieser Mann hat in zehn Minuten sage und schreibe fünfzehn –

Ein Zählrichter trat an den Möchtegerncowboy heran und flüsterte ihm etwas ins Ohr.

Sage und schreibe fünfzehn Hot Dogs und einen halben verdrückt. Nennen wir ihn ab heute Mark *der Mähdrescher* Heller!

Jay bekam das Zeichen, auf das er gewartet hatte. Er wandte sich dem Publikum zu, das Riesenrad im Hintergrund drehte sich. Jay hielt den sogenannten Gelben Senfgürtel vor seine Brust, drehte seinen Oberkörper langsam nach links und nach rechts. Auf einmal musste er lachen. Er lachte wie der Präsident, der seinen Mitbürgern erklärt, in ihrem Land scheine von nun an für immer die Sonne. Vor Kurzem noch hatte Jay Schlagstock, Pistole und Handschellen präsentiert.

Er schritt auf Mark Heller zu, schüttelte seine Hand und flüsterte ihm *Gratuliere* ins Ohr. Dann überreichte er ihm den Gürtel. *Der Mähdrescher* stemmte ihn in die Höhe, Jay sah die kindliche Freude in seinem Gesicht. Das war der Tag, von dem er seinen Enkeln erzählen würde. Mark Heller ballte die Fäuste und brüllte etwas Unverständliches in das Gekreische der Menge.

Für den Weltrekord, schrie der Bienenstich, seine Stimme war heiser geworden, hat's diesmal nicht gereicht! Aber Mark, keine Sorge, es fehlen nur anderthalb Stück. Was meinst du?

Er hielt dem Sieger das Mikrofon vor den Mund.

Neunzehn, sagte Mark Heller außer Atem, nächstes Jahr. Vielleicht zwanzig.

8

An Lucys sechzigstem Geburtstag wurde sich Jay Immer seiner Macht bewusst. Ein Jahr zuvor hatte er kaum Zeit gehabt, seinen eigenen Sechziger zu feiern. Als Polizist wäre er an diesem Tag in Pension gegangen, hätte es das Schicksal nicht anders mit ihm gemeint und ihn zur Eröffnung eines Traktorenwettrennens nach Bowling Green in Ohio geschickt. Er hatte noch das Tuckern der Motoren im Kopf, die Anfeuerungsrufe der Zuseher. Ein gelber Traktor und ein rotgesichtiger Bauer hatten gewonnen.

Seit fünf Jahren trat er als Präsident der Vereinigten Staaten auf. Er war besser und sicherer geworden. Er hatte gelernt, was er mit seinen Händen zu tun hatte. Er hatte *nachdenklich* und *entschlossen* und *leutselig* verinnerlicht. Er ging *natürlich*. Er war Reagan geworden.

Manchmal wusste man, dass er nicht Reagan war. Manchmal wusste man es nicht. So oder so – die Menschen applaudierten und jubelten. Sie johlten und strahlten. Sie wollten ihn anfassen, ihn berühren. Jay hatte viel gegrüßt, viel gelächelt, viele Hände geschüttelt, in viele Kameras und viele Fotoapparate geblickt und wenig gesprochen. Lucy begleitete ihn gern. Seit ihrer Hochzeit hatten sie noch nie auch nur annähernd so viel Zeit miteinander verbracht. Zu den Abendessen durfte Lucy häufig nicht mit. Sie sah tatsächlich nicht wie Nancy aus.

Als Jay an ihrem Geburtstag erwachte, schlief Lucy. Er stand leise auf, duschte kurz und schlich im Morgenmantel in die Küche. Es war der sechste März. Er drehte die Jalousien auf, blickte zwischen den Lamellen aus dem Fenster. Die ersten Knospen trieben aus, auf der Straße war es ruhig, ein Nachbar fuhr zur Arbeit. Jay kochte Kaffee, bereitete Ham and Eggs zu, toastete Weißbrot und öffnete die Flasche Prosecco, die er vor dem Schlafengehen in den Kühlschrank gestellt hatte. Dann holte er aus der Garage die Sachertorte, die er in einem Spezialitätengeschäft bestellt und im Kofferraum seines Autos gelassen hatte.

Auf dem Küchentisch klappte er die weiße Holzschachtel auf. Die Torte lag auf einer weißen Serviette. Er hob sie behutsam aus der Schachtel, legte ein Kuvert hinein, über das Serviette und Torte kamen, ehe er sechs rote Kerzen in die Torte steckte. Dann tastete er die linke Tasche seines Morgenmantels ab. Die kleine Schachtel mit den Perlenringen war darin.

Da fielen ihm die Tischchen ein. Er eilte noch einmal in die Garage. Als er mit den zwei Tischchen in die Küche zurückkam, bemerkte er, dass Kaffee und Milch warm, die Ham and Eggs und vor allem das Toastbrot allerdings höchstens lauwarm waren. Jay wurde von Ärger angeweht. Er blickte kurz in den Spiegel, atmete tief durch, rief sich zur Ruhe. Er wollte sich nicht mehr aufregen. Wegen dergleichen durfte er nicht wütend werden. Er lernte. Jay verteilte das Frühstück auf zwei Tabletts und trug sie nacheinander auf den beiden Tischchen vor die Schlafzimmertür.

Im Zimmer zog er vorsichtig den dicken dunklen Vorhang beiseite. Lucy schnarchte leise. Jay strich ihr Haar nach hinten und blickte ihr lange ins Gesicht. Wie entspannt es war. Wie jung. Seine sechzigjährige Mutter war eine alte Frau gewesen. Er küsste Lucy auf die Stirn.

Guten Morgen, First Lady!

Lucy fuhr hoch, blickte ihn verdattert an und ließ sich zurück auf den Polster sinken.

Gott im Himmel, ich will nur, dass dieser Tag –

Du bist nicht alt. Schau mich an. Du wirst immer jünger sein als ich. Bin ich alt?

Lucy lachte. Was kam zuerst? Er wusste es nicht. Seine Berater hatten es ihm nicht eingeflüstert.

Einen Moment.

Jay verließ das Zimmer. Die Torte. Natürlich, die Torte. Er zündete die sechs Kerzen an.

Ein Lächeln huschte über Lucys Gesicht, als er durch die Tür trat. Sie blickte ihn erstaunt an. Das Lächeln wurde breiter.

Alles Gute, mein Schatz! Ich kann Witze erzählen, singen kann ich nicht. Ich hoffe, du siehst es mir nach.

Er wusste nicht, was als Nächstes kam. Jay setzte sich mit der Torte an den Bettrand und wandte sich seiner Frau zu.

Pusten, junge Dame.

Lucy holte tief Luft. Sie pustete alle sechs Kerzen auf einmal aus.

Gibt's auch eine Gabel?

Später, mein Schatz, später.

Jay stellte die Holzschachtel auf ihren Nachttisch, verschwand aus dem Zimmer und kehrte mit Tischchen und Tabletts zurück. Als Ham and Eggs und Toastbrot beinahe kalt waren, lagen die beiden endlich nebeneinander im Bett, die Tischchen mit den Tabletts waren aufgestellt, und sie stießen mit dem Prosecco an.

Ich wünsche dir das Beste. Von allem. Und viel davon. In erster Linie aber Gesundheit.

Lucy fasste nach Jays Hand. Das Geschenk. In ein paar Monaten wurde er einundsechzig. Er hatte noch viel zu lernen.

Ein Geschenk ist hier.

Er deutete auf seine Manteltasche.

Zuerst das Frühstück.

Lucy schnitt in die Ham and Eggs und hob ein Stück auf ein Toastbrot. Sie biss ab. Sie verzog nicht den Mund. Er hätte alles in die Mikrowelle stellen sollen. Wir erleben den Mikrowellen-Effekt, hatte der Verrückte im Diner gesagt, der Planet wird gebacken. Es sah aus, als schmeckte es Lucy. Sie sah, dass er sie ansah, und lächelte. Er seufzte.

Tut mir leid. Alles kalt. Die Reihenfolge. Werde meine Berater feuern müssen.

Es kommt auf die Absicht an. Er hat das bestimmt nie getan.

Können wir heute bitte nicht von *ihm* sprechen?

Lucy küsste ihn auf die Wange.

Ein ums andere Mal sagte Lucy, das sei nicht nötig gewesen. Dass er so viel Geld ausgebe, sei Irrsinn. Aber die Ohrringe. Diese Ohrringe! Sie stand im weißen Morgenmantel vor dem Badezimmerspiegel und betrachtete die kleinen Perlen in ihren Ohrläppchen. Jay saß auf dem heruntergeklappten Klodeckel. Er freute sich, dass sie sich freute.

Was so eine gefälschte Unterschrift alles bewirken kann!

Lass uns ein Stück Torte essen. Sachertorte. Direkt aus Wien.

Die haben gerade einen Nazi zum Präsidenten gewählt.

Man hat mich darüber unterrichtet.

Die Schokolade war zart und cremig, die Marillenmarmelade dazwischen herrlich süß, Jay hatte auf keinem Bankett eine bessere Torte bekommen. Ein Lichtstrahl fiel schräg auf den Küchentisch, im Garten zwitscherten Vögel. Er meinte, eine Wanderdrossel herauszuhören. So früh war sie noch nie aus dem Süden zurückgekehrt. Lucy war mit ihrem zweiten Stück beschäftigt.

Will ja nicht undankbar klingen. Aber weißt du, was ich wirklich sehr gern täte?

Die ganze Torte essen?

Einmal richtig fein speisen. Bei Gaetano's. Hab so viel darüber gelesen. Jetzt hab ich sogar Ohrringe, mit denen ich gehen könnte. Und –

Jay stand auf, ging zum Telefon, wählte die Auskunft und ließ sich mit Gaetano's verbinden. Nach dem vierten Klingeln meldete sich eine tiefe Stimme am anderen Ende und fragte, womit man behilflich sein könne. Jay nannte seinen Namen. Er wolle für heute Abend zwanzig Uhr einen Tisch für zwei –

Leider völlig unmöglich. Sind auf Wochen ausgebucht.

Meine Frau feiert heute ihren sechzigsten –

Tut mir leid, Sir.

Jay meinte ein kurzes Lachen zu hören. Es klickte in der Leitung. Man hatte einfach aufgelegt.

Und?, fragte Lucy. Sie führte die Gabel mit einem Stück Torte an ihren Mund und blickte ihn erwartungsvoll an.

Jay atmete tief durch. Wut stieg in ihm hoch. Der Mann am anderen Ende der Leitung hatte ihn nicht ernst genommen. Er hatte ihn nicht nur nicht ernst genommen, er hatte ihn verhöhnt. Vielleicht war es sein Akzent, vielleicht die Art und Weise, wie er sprach, auf jeden Fall war ihm mitgeteilt worden, dass einer wie Jay Immer in hundert Jahren keinen Tisch bei Gaetano's bekomme, weil er nicht einmal wusste, dass – Wer war denn Gaetano? Was sollte das? Er lebte in einem freien Land. Jeder durfte gehen, wohin er wollte. Jeder sollte gehen dürfen, wohin er wollte.

Alles ausgebucht. Anscheinend auf Wochen.

Kann man nichts machen.

Lucy winkte ab.

Dann halt zum Siebziger. Wenn ich dann noch –

Heb mal die Torte aus der Schachtel.

Lucy tat, als machte es ihr nichts. Sie fasste die Serviette mit beiden Händen zwischen Daumen und Zeigefinger und hob sie langsam hoch. Sie blickte ihn mit betonter Vorfreude an. Jay sah die Enttäuschung in ihrem Gesicht. Er wollte nicht, dass seine Frau enttäuscht war. Sie hatte es verdient, dort zu essen, wo sie an ihrem sechzigsten Geburtstag essen wollte. Vielleicht sollte er Collin, seinen besten Freund bei der Polizei, anrufen. Er habe dies und jenes über ein Lokal namens Gaetano's gehört. Die Bücher. Und die Angestellten in der Küche. Nicht registriert. Er wolle es nur gesagt haben. Im Vorjahr hatte Reagan über drei Millionen illegale Einwanderer, vor allem Mexikaner, legalisiert. Menschen ohne Papiere durfte man trotzdem nicht anstellen.

Ein Liebesbrief?

Lucy drehte das längliche grüne Kuvert zwischen ihren Fingern.

Sagen wir: Singen *und* Schreiben sind nicht meine größten Stärken. Darum hab ich Redenschreiber. Mach schon auf.

Lucy öffnete die Lasche und brachte zwei Tickets zum Vorschein.

Wien?

Sie stand auf und umarmte ihn.

Hin und zurück.

Das ist –

Von Ron. Hab's mir für dich gewünscht. Also für uns. Wir fahren ins Burgenland. Werde zwei, drei Auftritte haben. Er ruft dich heute noch an. Wenn im Westen die Sonne aufgeht.

Lucy fiel ihm um den Hals, küsste und drückte ihn. Jay wusste nicht, wohin mit seinen Händen. Sie umklammerte ihn so heftig, dass er kaum Luft bekam. Er schlang seine Arme um ihren Rücken und hielt sie einfach fest. Sie roch gut. Sie hatte immer gut gerochen.

Komm mit. Da ist noch was.

Jay nahm Lucy an der Hand und führte sie ins Wohnzimmer. Er öffnete die Tür zur Terrasse. Die Luft war frisch, ein leichter Wind fuhr durch Äste und Sträucher, die Wiese war gleichmäßig gemäht. Er sah eine Wanderdrossel auffliegen, legte seinen Arm um Lucys Schulter und zog sie an sich. Mit dem Kopf deutete er auf die Stelle, an der bei gutem Wetter ihre Sonnenliege stand.

Was tust du dort am liebsten?

Mich von der Sonne streicheln lassen.

Du hast mich einmal hintergangen. Darum bin ich jetzt hier und nicht im Ruhestand. Im Herbst werde ich ein paar gut bezahlte Aufträge haben. Deshalb ist *mein* Geschenk zu deinem besonderen Geburtstag – was?

Sonnencreme auf Lebenszeit?

Du hast das Preisausschreiben gewonnen.

Es dauerte eine Weile, bis es Lucy zu dämmern schien. Dazu musste Jay sie allerdings fragen, ob sie sich zufällig daran erinnere, was sie damals auf seine Frage, ob sie auf Jim oder auf einen Liebesbrief warte, geantwortet habe. Lucy schlug die Hände vorm Gesicht zusammen. Sie sah ihn mit großen Augen, beinahe ängstlich an. Jay zog die Brauen hoch und nickte.

Vielleicht bringst du mir Rückenschwimmen bei.

Du bist verrückt, Jay.

Du weißt gar nicht, wie verrückt ich bin, dachte Jay, und als er am frühen Abend vom Schlafzimmer ins Wohnzimmer trat und die Arme ausbreitete, sah er etwas in ihrem Gesicht, das er noch nie gesehen hatte: Verblüffung. Lucy kniff die Augen zusammen, legte eine Glückwunschkarte beiseite und musterte ihn. Dann lachte sie hellauf. Er liebte ihr Lachen. Sie lachte viel und gern, was ihn von Anfang an zu ihr hingezogen hatte. Ihr Lachen tat ihm gut. Es war ansteckend. Es war echter als Reagans.

Wollten wir heute bitte nicht von *ihm* sprechen?

Wenn Sie dann freundlicherweise die Abendgarderobe anlegen könnten. Der Präsident der Vereinigten Staaten würde Sie gern zu Gaetano's entführen.

Weiß nicht, Jay, das ist doch –

Man ist nur einmal jung.

Eine Stunde später saßen sie in Jays blauem Ford LTD, der trotz Tausender zurückgelegter Meilen so gepflegt und glänzend in Schuss war, dass man ihn für neu halten konnte. Unter dem Pelzmantel, den er Lucy zu ihrem fünfzigsten Geburtstag geschenkt hatte, trug sie ein langes schwarzes Kleid. In ihren Ohrläppchen steckten die Perlen, um den Hals hatte sie die passende Kette gelegt, die er ihr zum dreißigsten Hochzeitstag geschenkt hatte. Lucy hatte ihre Fingernägel dunkelrot lackiert und schwarze Lackschuhe angezogen. Vielleicht hatte sie sich ein bisschen zu stark geschminkt. Aber das wollte Jay nicht sagen. Es war nicht wichtig. Sie gefiel ihm. In den letzten Jahren hatte sie deutlich zugenommen. Auch das gefiel ihm. Sie konnten sich mehr leisten, mehr auf den Tisch stellen.

Im Auto war es still. Manchmal räusperte sich Jay. Er war sich seiner Sache alles andere als sicher. Lucy umklammerte mit beiden Händen ihre Knie und blickte geradeaus. Sie schien die Luft anzuhalten.

Mir ist nicht ganz wohl dabei, Jay. Gar nicht eigentlich. Wollen wir nicht anderswo hin?

Wer ist Jay?

Der Polizist in ihm gab zu bedenken, dass er nichts Illegales tue. Der Ehemann wies auf den einen Wunsch seiner Frau hin, dessen Erfüllung ihnen ein arroganter Pinkel verwehren wollte, der sich für etwas Besseres hielt, weil er bei einem sogenannten Luxusitaliener angestellt war. Der Präsident raunte ihm zu, dass Jay nie gefragt habe, was das Land für ihn, sondern immer nur, was er für das Land tun könne – und sei es, an seinem sechzigsten Geburtstag als Ronald Reagan bei einem Traktorenwettrennen in Bowling Green, Ohio, von der Tribüne zu winken. Jay fuhr unbeirrt weiter, der Verkehr wurde dichter. Er stellte das Radio an, Lucy stellte es wieder ab. Wann hatten sie zuletzt in Downtown gegessen? Er wusste es nicht mehr. Als er in den Loop kam, hatte er einen Plan gefasst. Jay hielt auf einem Parkplatz unweit des Lokals.

Andererseits, sagte Lucy beim Aussteigen, was soll schon passieren?

Sie hakte sich bei ihm unter, er klappte seinen Mantelkragen hoch. Auf einmal dachte er an all die Mafiageschichten aus dem alten Chicago, die bei der Polizei erzählt worden waren. Als sie um die Ecke bogen, ließ er Lucys Arm los. Sie sah ihn fragend an. Er zwinkerte ihr zu.

Vor dem Eingang zu Gaetano's lag ein nicht mehr ganz sauberer roter Teppich. Er bedeckte die drei Stufen zur Straße und war von vier mit roten Kordeln verbundenen Ständern umrahmt. Auf den Teppich waren eine Haube über zwei gekreuzten Kochlöffeln und der Name des Lokals gestickt. Ein hagerer Mann stand in einem zu großen schwarzen Frack neben dem Pult, auf dem ein goldenes Buch lag. Er musste frieren, ließ sich aber nichts anmerken.

Guten Abend, sagte Lucy.

Guten Abend, sagte der Mann. Auf welchen Namen?

Wir haben nicht reserviert, aber wir dachten –

Tut mir schrecklich leid, wir sind –

Wir würden wirklich sehr gern bei Ihnen essen, sagte Jay und trat neben Lucy. Haben nur das Beste über Ihr Lokal gehört. Vielleicht findet sich ja doch ein Tisch für uns.

Der Mann wollte etwas sagen. Als er aufblickte, verstummte er. Sein Blick pendelte von Jay zu Lucy und wieder zurück.

Ich … also … Verzeihen Sie, Herr Präsident. Vielmals. Ich … Es tut mir … Man hat mir –

Kein Aufhebens bitte. Meine Leute sind ums Eck. Zwei sitzen bereits drin. Wenn Sie einen ruhigen Tisch für uns fänden, wären wir Ihnen äußerst verbunden.

Eine Sekunde.

Der Mann nahm die drei Schritte zum Eingang, zischte einen Namen, kurz darauf erschien ein Kellner. Sie tuschelten, der Kellner verschwand, der Hagere im Frack kehrte zu ihnen zurück. Jay wunderte sich, wie tief und beruhigend seine Stimme klang, wenn er in den Präsidenten schlüpfte. Sie war fester und sicherer als sonst. Sie klang anders.

Bitte folgen Sie mir. Wenn es Ihnen nichts ausmacht, führen wir Sie durch die Küche. Gaetano erwartet Sie.

Kücheneingänge sind mir ohnehin am liebsten.

Jay lachte und klopfte dem Mann auf die Schulter. Der Hagere drehte sich kurz um. Seine Augen strahlten, seine

Wangen waren gerötet. Er führte sie zu einer Tür unweit des Eingangs und hielt sie ihnen auf. Ein etwa Fünfzigjähriger in legerem dunkelblauem Anzug kam ihnen mit ausgebreiteten Armen entgegen. Die oberen beiden Knöpfe seines roten Hemds waren offen, sein dichtes schwarzes Haar war mit Brillantine nach hinten frisiert. Trotzdem waren seine Löckchen nicht zu bändigen; sie erinnerten Jay an das gekräuselte Meer.

Herr Präsident, es ist mir eine unaussprechliche Ehre! Aber, wenn Sie erlauben, zuerst die Dame.

Der Hausherr strahlte, als wäre der Retter erschienen. Er nahm Lucys Hand, verbeugte sich leicht und deutete einen Kuss an.

Herzlich willkommen! Ich bin Gaetano. Herr Präsident.

Er umfasste Jays Hand mit beiden Händen und schüttelte sie lange. Er schien sie nicht mehr loslassen zu wollen. Seine Zähne waren sehr weiß.

Schön, dass Sie einen Tisch für uns gefunden haben. Meine überaus geschätzte Mitarbeiterin feiert heute, auch wenn man es nicht glauben mag, ihren –

Jay senkte die Stimme:

Ihr sechstes Dezennium. Manchmal darf selbst ich spontan sein.

Folgen Sie mir bitte.

Gaetano wollte sie so rasch und unauffällig wie möglich durch die Küche lotsen. Männer und Frauen standen in weißen Schürzen und mit weißen Hauben an großen Gasherden, schwenkten Pfannen über Flammen und schoben Bleche in Öfen. Eine Dunstglocke hing über ihnen. Es zischte und blubberte. Gehilfen zerkleinerten Gemüse, rührten in Töpfen und wischten noch einmal über Teller, ehe das Essen darauf angerichtet wurde. Ein Handgriff ging geschmeidig in den nächsten über. Hier würden keine Ham and Eggs lauwarm, bevor sie ihr Ziel erreichten. Wenn jemand die Arbeit unterbrach und über die Schulter blickte, bedeutete Gaetano ihm oder ihr, zu schweigen und sich wieder umzudrehen.

Na, wie geht's? Riecht fabelhaft.

Jay blickte einem dicken kleinen Koch über die Schulter. Der Koch hob gerade ein mit Speck umwickeltes Stück Fleisch auf einen Teller. Dann legte er ein raues grünes Blatt über den Speck und goss mit einer Kelle ein wenig Saft darüber. Als er sich umdrehte, blieb sein Mund offen.

Kann mich nicht beklagen, Herr Präsident!

Die Anrede war etwas lauter ausgefallen. Der Koch stand kerzengerade da, seine Arme lagen seitlich an. Mit einem Mal drehten sich alle in ihre Richtung.

Was ist das Feines?

Saltimbocca alla Romana, Herr Präsident.

Gaetano, rief Jay, ist schon bestellt!

Gaetano stand grinsend neben Lucy. Jay sah den Stolz in seinem Gesicht. Der Chef zwinkerte einer Köchin zu.

Ich will Sie ja nicht von der Arbeit abhalten, sagte Jay, aber kennen Sie den?

Es wurde still, manche legten Kochlöffel und Messer beiseite, eine Frau wischte ihre Hände in die Schürze.

Ein Amerikaner und ein Russe haben ein paar Gläser miteinander gehoben und sind ins Diskutieren geraten. Der Amerikaner sagt: Wenn ich will, gehe ich ins Weiße Haus und dort schnurstracks ins Oval Office, klopfe auf den Tisch und sage: Präsident Reagan, ich bin nicht einverstanden damit, wie Sie Ihr Land regieren. Und mir passiert nichts. Sagt der

Russe: Das kann ich auch. Der Amerikaner blickt ihn ungläubig an. Ich kann in den Kremlin gehen, sagt der Russe, direkt ins Zimmer des Generalsekretärs, auf den Tisch klopfen und sagen: Genosse Gorbatschow, mir gefällt nicht, wie Präsident Reagan sein Land regiert.

Alle, ausnahmslos alle, lachten. Die Köche lachten, die Gehilfinnen lachten, die Tellerwäscher lachten. Gaetano lachte, Lucy lachte. Jay lachte auch. Er hatte den Witz gut erzählt. Er hatte ihn schon einige Male angebracht, diesmal hatte er die Pointe besser gesetzt. Er hatte die Pause vor *Präsident Reagan* weggelassen und nur unmerklich verzögert. Er hatte gespürt, wie alle an seinen Lippen hingen, als der Russe sagte, das könne er auch. Er hatte *Präsident Reagan* nicht betont. Er hatte einfach und ruhig weitergesprochen.

Meine Damen und Herren, ich will Sie nicht länger von der Arbeit abhalten. Ich wünsche Ihnen jetzt schon einen wunderbaren Feierabend mit Ihren Liebsten. Aber vorher freue ich mich auf die Köstlichkeiten aus dieser Küche!

Man applaudierte. Jemand pfiff. Manche lachten noch immer, hielten die Hand vor die Brust oder rieben sich die Augenwinkel. Im Vorbeigehen schüttelte Jay Hände und klopfte auf Schultern, und als sie Gaetano kurz darauf in einem Hinterzimmer an einen Tisch führte, erhoben sich die beiden Männer, die mit zwei Frauen an dem anderen Tisch saßen.

Schon gut, sagte Jay, lassen Sie sich's schmecken. Die Damen, die Herren.

Ich konnte sie nicht mitten im ersten Gang rauswerfen, flüsterte Gaetano, während er seinen Gästen zunickte. Jay schüttelte leise den Kopf. Er war hungrig.

Ist das herrlich!

Lucy schnitt in das warme, weiche Herz der Artischocke. Sie schloss die Augen, als sie das Stück in ihren Mund führte und bedächtig kaute. Jay legte Messer und Gabel beiseite und brach ein knuspriges Blatt nach dem nächsten vom Rand ab.

Wie Chips aus dem Paradies, sagte er, nahm einen Schluck Wein und spürte ihm nach. So tat man das doch. Ein schöner Brunello, hatte Gaetano gesagt, aus einem kleinen Gut in der Toskana. Er hatte noch den Namen des Winzers genannt, Jay hatte ihn nicht behalten. Seine Finger waren fettig, er wischte sie hin und wieder in die Stoffserviette über seinem Schoß. Wenn niemand zusah, schleckte er seine Finger ab, und Lucy verdrehte die Augen.

Das Zimmer war in ein fahles Licht getaucht, an den bordeauxroten Wänden hingen bunte Ölgemälde, auf denen Landschaften, das glatte Meer und bröckelnde Mühlen zu sehen waren. In den Ecken brannten auf schwarzen Ständern große weiße Kerzen. Das Wachs war in mehreren dicken Schichten getrocknet, die Wände waren leicht angerußt.

Gruß aus der Küche, sagte Jay, da wink ich gern zurück.

Carciofo alla giudia.

Lucy versuchte, Gaetanos Worte so getreu wie möglich zu wiederholen. Sie hatte ihm zweimal nachgesprochen, er hatte anerkennend genickt. Jay klatschte lautlos.

Carciofo alla giudia. Gaetano hatte jedes Wort in die Länge gezogen. Ein kleiner Gruß aus der Küche, hatte er gesagt, als er an ihrem Tisch zu stehen gekommen war und ein Kellner in weitem weißen Sakko zwei glänzende Teller mit einer bräunlichen Blume vor sie gestellt hatte.

Artischocke auf jüdische Art. Altes römisches Rezept. Sie können alles essen. Auch den Stängel.

Er sei ein einfacher Mensch, hatte Jay gesagt, als Gaetano ihnen die Speisekarte hatte reichen wollen. Er brauche keinen Lobster und keine Austern, die Jubilarin sei da nicht anders. Überraschen Sie uns einfach. Also: *einfach*. Wir vertrauen Ihnen.

Wie machen die das?, sagte Lucy. Innen warm und zart – und außen knusprig. Hab so was noch nie gegessen. Ganz schön füllend.

Jay hatte noch nie Artischocke gegessen. Er hatte überhaupt nicht gewusst, dass man Artischocken essen konnte. Bei einem Vietnamesen hatte er einmal Artischockentee getrunken; er hatte ihn kaum hinunterbekommen. Er war mit Vietnamkriegsveteranen, die ihre Traumata bewältigen sollten, in dem Lokal gesessen. Sie sollten sehen, dass Vietnamesen auch Amerikaner waren, sie nicht töten wollten, aber gut kochten. Jay war wochenlang von den Geschichten der ehemaligen Soldaten verfolgt worden. Sie hatten das Essen kaum angerührt. Der Mann neben ihm hatte jedes Mal, wenn ein Kellner kam, die Fäuste geballt und die Luft angehalten.

Lucy versuchte, die knusprigen Blätter mit der Gabel zu essen. Weil sie zersprangen, wenn sie hineinstach, beförderte sie die Blätter mit dem Messer auf die Gabel. Nach der Artischocke wurde ein großer Teller mit Vorspeisen aufgetragen, keine fünf Minuten, nachdem sich Gaetano und der Kellner zurückgezogen hatten, wussten sie nicht mehr, was genau es war, das ihnen so gut schmeckte. Wer kam auf die Idee, Kalbfleisch in Thunfischsauce mit Kapern zu servieren? Aber es schmeckte. Und wie.

Auf die Vorspeise folgte Pasta. Jay konnte seine Augen nicht von Lucy nehmen. Sie war glücklich. Bisweilen schmatzte sie.

Er konnte nicht glauben, dass sie sechzig war. Zwei Drittel des Lebens vorbei, wenn man optimistisch rechnete.

Lucy aß mit einer Wonne, an der er sich nicht sattsehen konnte, und auch wenn sie alle paar Augenblicke meinte, sie könne eigentlich nicht mehr und sei kurz vorm Platzen, aß sie munter weiter. *Amatriciana* hieß seine, *Cacio e pepe* ihre Speise, die Namen der Nudeln hatten sie noch im selben Moment vergessen, in dem Gaetano sie ausgesprochen hatte. Zwischendurch tauschten sie die Teller. Der Chef hatte gut gewählt: Jay schmeckte seine Pasta besser, Lucy bevorzugte die ihre, obwohl beide die jeweils andere mit Vergnügen gegessen hätten. Der Kellner schenkte Wein nach, Lucy ließ sich zu einem dritten Glas überreden, und als Gaetano und der Kellner mit dem Fleisch kamen, das Jay in der Küche bestellt hatte, flüsterte Lucy, es wundere sie, dass nicht alle Italiener wahnsinnig dick seien. Sie deutete auf ihre Uhr. Es war kurz vor elf.

Als Jay um die Rechnung bat, drehte Gaetano die Handflächen nach außen, zog die Schultern hoch, legte den Kopf schief und sah ihn an, als wäre er nach der Telefonnummer seiner siebzehnjährigen Tochter gefragt worden. Er flüsterte dem Kellner etwas ins Ohr, das ihn davoneilen ließ. Gaetano half Lucy beim Aufstehen, rückte ihren Stuhl zurecht und reichte ihr eine Flasche Wein. Zur Erinnerung, sagte er, damit Sie unser *einfaches* Lokal nicht vergessen. Als der Kellner mit einer Kamera zurückkam, bat Gaetano um ein Foto. Dabei machte er deutlich, dass er nicht aus Unhöflichkeit, sondern aus Diskretion mit dem Präsidenten allein abgelichtet sein wolle. Jay stellte sich neben Gaetano, der Kellner setzte sich mit dem Fotoapparat auf einen Stuhl. Als der Blitz klickend aufsprang, streckte Jay den rechten Daumen aus. Der Kellner spulte den Film weiter und drückte wieder ab. Jay drehte sich zu Gaetano. Der Hausherr strahlte.

Beim Gehen fasste Jay nach Lucys Hand. Sie entzog sich schnell und funkelte ihn an, als hätte er etwas Unziemliches getan. Gaetano lächelte, der Kellner verzog keine Miene. Zur Verabschiedung steckte ihm Jay zwanzig Dollar in die Sakkotasche und klopfte ihm auf die Schulter.

In der Küche war es mittlerweile ruhiger. Töpfe wurden geschrubbt, Pfannen gesäubert, Teller abgetrocknet. Die Dunstschwaden hatten sich verzogen, zwei Gehilfen aßen nebeneinander mit den Fingern Nudeln aus einem Topf. Als sie bemerkten, wer gekommen war, legte einer den Deckel auf den Topf, während der andere seine Hände hinter dem Rücken verschränkte. Ein junger Mann mit brauner Haut kam auf sie zu.

Herr Präsident, darf ich Ihnen etwas sagen?

Aber natürlich.

Jay bedeutete Gaetano, mit Lucy vorzugehen. Gaetano blickte ihn fragend an. Jay nickte und zog den jungen Mann beiseite.

Wo drückt's, junger Mann?

Mein Name ist Manuel Vega. Herr Präsident, mir gefällt nicht, was Sie in Südamerika tun.

Jay blickte ihm in die Augen. Der junge Mann hielt seinem Blick stand. Er hatte etwas Aufrechtes und Melancholisches. Jay streckte seine Hand aus. Der junge Mann zögerte einen Moment, ehe er sie kurz schüttelte.

Danke für Ihre Aufrichtigkeit.

Jay holte einen Hundertdollarschein aus seiner Hosentasche, hielt ihn kurz in die Höhe und reichte ihn dem jungen Mann.

Für die Küche. War fabelhaft! Gute Nacht allerseits!

Auf dem Weg zum Parkplatz kicherte Lucy, als wäre sie gerade in die Pubertät gekommen. Ein voller Mond stand dunkelgelb über der Stadt, sein Licht schien direkt über sie zu fließen. Lucy hatte sich bei ihm untergehakt, ihren Kopf an seine Schulter gelehnt. Sie summte eine Melodie, die er nicht kannte. Als ihm unter einer alten Eisenbahnbrücke Gaetanos Weinflasche beinahe aus der Hand geglitten wäre, bemerkte er, dass er alles andere als nüchtern war. Brunello, Brunelli, Brunella, säuselte er zu Lucys Melodie. Jay fühlte sich beschwingt. Auch wenn ihm war, als könnte er jeden Moment platzen. Sein Schritt war leicht. In seinem Kopf war es still.

Was wollte der junge Mann?

Ist nicht einverstanden mit dem, was wir in Nicaragua tun.

Das wäre?

Kommunisten bekämpfen. Auf die harte Tour.

Und die wäre?

Ihre Feinde im Land unterstützen. Und deren Anführer bei uns ausbilden. Wir sind nicht zimperlich, wenn es um Freiheit und Demokratie geht.

Im Auto stellte Lucy das Radio an. Jemand sang von den Weiten des Landes, von Freiheit und unerwiderter Liebe; Jay ertappte sich dabei, leise mitzupfeifen. Wenn er seinen Kopf nach rechts drehte, sah er Lucy mit geschlossenen Augen ans Fenster gelehnt. Sie wirkte so friedlich und einverstanden, dass er sich diesen Anblick für immer merken wollte. Der Mond schien noch voller geworden zu sein. Ein Teil von Lucys Gesicht war beleuchtet.

Verdammt!

Was ist?

Lucy schreckte hoch, Jay bremste behutsam und fuhr an den Straßenrand. Er deutete in Richtung eines roten Lichtes.

Zum Glück hatte er sich beim Losfahren ein Minzbonbon in den Mund gesteckt. Er hatte sich an die Geschwindigkeitsbegrenzung gehalten. Glaubte er jedenfalls. Jay hielt am Fahrbahnrand und kurbelte das Fenster herunter. Ein Polizist beugte sich zu ihm. Jay wandte ihm langsam das Gesicht zu.

Wunderschönen guten Abend. War ich zu schnell?

Sie waren –

Der Polizist war weiß und an die zwei Meter groß. Er war einer von denen, die bei einem Verhör nur kurz den Kopf schief legen mussten, um das Gegenüber zum Reden zu bringen. Jay fragte sich, welche Uniformgröße der Polizist hatte. Seine Schultern waren unmenschlich breit.

Reine Routine. Verzeihen Sie. Konnten ja nicht –

Soll ich aussteigen?

Nicht nötig. Fahren Sie –

Einen Alkoholtest machen?

Ich bitte Sie.

Papiere?

Der Polizist schüttelte den Kopf und drehte sich zu seiner Kollegin neben ihm. Er nickte ihr zu. Sie trat ans Fenster. Als sie Jay sah, lächelte sie.

Nichts für ungut. Tun bloß unsere Arbeit.

In der Sowjetunion, sagte Jay, wurde ein neues Gesetz erlassen. Ab sofort wird jeder, ausnahmslos jeder, der zu schnell fährt, gestraft. Ob's der kleine Arbeiter oder ein Parteifunktionär ist. Gorbatschow ist in seiner Datscha –

Seiner was?, fragte der Polizist.

Wochenendvilla, Landhaus.

Jay bemerkte, dass seine Zunge gegen den Gaumen schlug. Lucy umklammerte ihre Knie.

Gorbatschow ist also spät dran. Muss nach Moskau. Er steigt in den Wagen, erklärt seinem Chauffeur, er soll hinten Platz nehmen, und rast los. Kurz darauf braust er an zwei Streifenpolizisten vorbei. Der eine nimmt auf seinem Motorrad die Verfolgung auf. Als er zurückkommt, ist er bleich. Die Genossin fragt, ob er den Fahrer gestraft hat. Nein, sagt der Polizist, ich konnte nicht. Aber du weißt doch, sagt die Polizistin, die neue Weisung. Ich weiß, sagt der Polizist, aber *das* war mir dann doch zu heiß. Zu heiß?, fragt die Polizistin. Na ja, sagt der Polizist, wenn Gorbatschow der Chauffeur ist, wer sitzt dann hinten?

Lucy lachte zuerst, der Polizist und die Polizistin stimmten ein. Jay hob die Hände.

Auf Wiedersehen, sagte die Polizistin, salutierte und trat beiseite.

Kommen Sie wohlbehalten nach Hause, sagte der Polizist. Gute Nacht, Herr Immer.

9

1980 hatte Jay Immer Ronald Reagan gewählt. Zum ersten Mal in seinem Leben hatte er einem Republikaner seine Stimme gegeben. Er hatte Reagan gewählt, weil dieser ihn mit Reden überzeugt hatte. Jay hatte gefallen, was er gesagt hatte. Vor allem hatte ihm gefallen, *wie* er es gesagt hatte. Einmal witzig, dann wieder ernst, stets stilvoll. Er strahlte Zuversicht aus; da war etwas an ihm, das Menschen ansprach, ihnen ein Gefühl von Geborgenheit vermittelte. Es würde besser werden. Mit ihm. Und zwar alles. Jimmy Carter war Jay nicht sympathisch gewesen. Außerdem hatte er sich zugestanden, nicht ein Leben lang jene Partei wählen zu müssen, die sein Vater gewählt hatte. Barbara hatte es vor der Dummheit ihrer Landsleute geschaudert, von der sie ihren eigenen Vater leider nicht ausnehmen konnte.

Im November 1984, als Reagan mit historischem Vorsprung wiedergewählt wurde, war Jay zuhause geblieben. Seltsam, dass er *sich* nicht wähle, hatte Lucy gemeint, oder zumindest den, von dem sein Einkommen abhänge. Sie schien Reagan in erster Linie ihres Mannes wegen zu wählen. Jay hatte gewusst, dass es auf seine Stimme nicht ankam. Er hatte sie aber auch nicht dem Demokraten geben wollen, der Reagan sein Alter vorgeworfen hatte und in dessen Umkreis spekuliert worden war, ob der Präsident bereits dement sei. Reagan hatte vor laufenden Kameras entgegnet, er wolle Alter nicht zum Wahlkampfthema machen, also Jugend und Unerfahrenheit seines Kontrahenten nicht ausnutzen. Da hatte sogar dieser lächeln müssen, und Jay war für einen Moment versucht gewesen, doch zur Wahl zu gehen.

Du magst ihn nicht mehr, weil du ein Leben lang mit ihm verglichen wurdest, bis –

Das ist zu einfach, Lucy.

Es stimmte auch nicht. Es hatte sich seltsam angefühlt, nicht zur Wahl zu gehen. Seit er wählen durfte, war er zu jeder Wahl gegangen. Plötzlich war er davon überzeugt gewesen, dass seine Stimme nichts Grundlegendes ändern konnte. Es war einerlei, wer von den beiden ins Amt kam. Das hätte er aber niemals laut auszusprechen gewagt, nicht einmal Lucy gegenüber. Es war wie Gotteslästerung, wahrscheinlich schlimmer. Unerhört, von seinem Wahlrecht nicht Gebrauch zu machen. Anderswo, hörte er alle anderen sagen, wären die Menschen froh, wenn sie wählen dürften. In der Sowjetunion zum Beispiel. Oder auf Kuba.

Hatte nicht Reagan unlängst den Witz erzählt, in dem Fidel Castro in Havanna eine seiner berüchtigten vielstündigen Reden hält, als auf einmal im Publikum eine Stimme zu vernehmen ist, die *Popcorn, Chips, Cracker!* ruft? Castro überhört sie geflissentlich und redet weiter, ehe die Stimme wieder zu vernehmen ist: *Popcorn, Chips, Cracker!* Er tut, als hörte er sie nicht, spricht unbeirrt weiter, als die Stimme aber wieder ertönt, wird Castro wütend und brüllt, wenn er das noch einmal jemanden rufen höre, würde er ihm einen Tritt versetzen, der ihn bis nach Miami beförderte. Da tönt es aus dem Publikum wie aus einem einzigen Mund: *Popcorn, Chips, Cracker!*

Jay hatte den Witz selbst zum Besten gegeben, bestimmt ein Dutzend Mal. Manchmal hatte er Castros Rede ausgeschmückt, manchmal aus Cracker Coca-Cola gemacht. Er hatte auch den erzählt, wie ein Volkskommissar in eine Kolchose kommt und einen Arbeiter fragt, wie es um die Ernte bestellt sei. Niemals besser, Genosse Kommissar, antwortet der, wunderbar. Und die Kartoffeln?, fragt der Kommissar. Wir ernten so viele Kartoffeln, antwortet der Arbeiter, dass sie, wenn man sie übereinanderstapelte, Gottes Ferse berühren könnten. Wir sind in der Sowjetunion, Genosse, sagt der Kommissar, es gibt keinen Gott. Es gibt auch keine Kartoffeln, sagt der Arbeiter.

Als sich Jay mit seiner Rolle zu beschäftigen begann, fand er es bemerkenswert, dass der Präsident Schauspieler war. Nicht in dem Sinn, in dem jeder Präsident Schauspieler war und eine erhabene Figur spielen musste, die einen Staat, eine Nation, Millionen von Menschen vertreten sollte und für alle da zu sein hatte. Eine Figur, die mehr war als sie selbst. Ein Mensch, über den Witze erzählt wurden und der wie kein anderer auf diesem Planeten beschützt wurde, weil ihm immer und überall jemand nach dem Leben trachtete.

Der Präsident *war* Schauspieler gewesen. Seine zweite Frau, Nancy, hatte er bei Dreharbeiten kennengelernt. Er war auf Pferden durch die Prärie geritten, während das Publikum Popcorn, Chips und Cracker gegessen hatte. Er hatte seinen Hut gelüpft, während ein junges Pärchen geknutscht hatte. Er hatte einen Footballspieler gespielt, der Millionen von jungen Männern Tränen in die Augen und Ehrgeiz in die Herzen getrieben hatte.

Wie oft war Jay vor einem Hotelspiegel gestanden und hatte Mimik und Gestik des vierzigsten Präsidenten der Vereinigten Staaten einstudiert und dazu ein paar heitere Sätze gesagt, für deren Aussprache er seit Jahren eine Sprechlehrerin aufsuchte. Er war vor Lucy und Barbara aufgetreten, aber nicht vor Bob, seinem Schwiegersohn. Sie hatten eine Videokamera angeschafft, um ihn zu filmen und anschließend die Aufnahme zu analysieren. Mit jedem Auftritt war Jay besser geworden. Es war nicht nur er. Es war das, was ihn einzuhüllen schien und Menschen schweigen ließ, wenn er die Hand hob. Sie jubeln ließ, wenn er grüßte.

In den letzten Jahren war er immer öfter angefeindet worden. Es war schwer, das nicht auf sich zu beziehen. Immerhin bekam Jay die Pfiffe und Boshaftigkeiten ab – und manchmal kleine Wurfgeschenke. Er hatte Hass und Verachtung gespürt. Er hatte Wut und Hilflosigkeit gesehen. Der Einmarsch in Grenada, die Bomben auf Libyen, die Waffenlieferungen an die Contras, die Nicaragua terrorisierten – vor allem die Tatsache, dass die Reichen immer reicher und die Armen immer ärmer wurden. Kurz nachdem Lucy und er aus Kalifornien zurückgekehrt waren, hatte Reagan 11 345 staatliche Fluglotsen feuern lassen, weil sie für gerechtere Löhne gestreikt hatten. Jay hatte überlegt, seinen Vertrag doch nicht zu unterzeichnen. Bei ihm gehe es um Unterhaltung, hatte Lucy gesagt, nicht um Politik. Er werde von einer *Künstleragentur* beschäftigt.

Als im Januar des Vorjahres die Challenger explodiert war, waren Jay und Lucy vor dem Fernsehgerät gesessen. Umklammert von Trägerraketen hatte das weiße Raumschiff von Cape Canaveral abgehoben, war blitzschnell kerzengerade hochgestiegen, Feuer war aus den Düsen geschossen, während der Kommentator die Geschwindigkeit bejubelt hatte, 2900 Fuß pro Minute, 2475 Kilometer pro Stunde. Ungläubig hatte Jay die Zahlen wiederholt, das Raumschiff hatte die Erdumlaufbahn verlassen, sich zur Seite geneigt – und war auf einmal von einem riesigen Feuerball verschlungen worden.

Das, hatte Lucy gesagt, das kann doch –

Mein Gott, hatte er gestammelt.

Sie waren stumm nebeneinandergesessen. Der Kommentator hatte etwas zu sagen versucht, während alle wussten, dass sie gerade den Tod von sieben Menschen gesehen hatten. Am Abend hatte sich der Präsident an die Nation gewandt. Er hatte ernst und besorgt gewirkt, den Hinterbliebenen kondoliert, die Verstorbenen gewürdigt. Er hatte gut gesprochen. Lucy hatte geweint, Jay geschluckt. Er hatte aber auch jenen Moment zu sehen gemeint, in dem die Kamera abgestellt wurde und Reagan fragte, wie er gewesen sei.

Ich bin ein Polizist, der einen Schauspieler spielt, der einen Präsidenten spielt.

Das hatte Jay Immer gesagt. Eines Tages, im Frühjahr 1983, vor einem Hotelspiegel in Holland, Michigan. Er hatte es halblaut gesagt.

Am 1. Juni 1987, etliche Kilometer über dem Atlantik, fiel ihm dieser Moment wieder ein. Lucys Kopf ruhte auf seiner Schulter. Er spürte ihren Atem auf seinem Nacken, ihr Gesicht war entspannt. Sie sah glücklich aus. Er strich über ihren Kopf. Sie saßen im Nichtraucherbereich der Austrian Airlines; trotzdem roch es nach Rauch. Der Raucherbereich war hinten. Man hätte es genauso gut umdrehen können.

Jay hatte im Krieg geraucht, manchmal. Weil man das so tat. Weil es beruhigen sollte. Weil es für jeden Soldaten eine Ration Zigaretten gab. Reagan hatte später für Marlboro geworben. Reagan hatte nicht geraucht und war nicht im Krieg gewesen. Weil er schlecht hörte, hatte er Filme gedreht. Als der Präsident vor Ende seiner ersten Amtszeit öffentlich bekannt hatte, mittlerweile auf beiden Ohren Hörgeräte zu tragen, war der Verkauf von Hörgeräten sprunghaft in die Höhe geschnellt. Jay hatte noch in der Armee herausgefunden, dass ihm Zigaretten nicht schmeckten, ihn nicht beruhigten, aber ein hervorragendes Tauschmittel abgaben. Seitdem hatte er nicht mehr geraucht. Dass der Präsident Hörgeräte trug, verdrängte er. Jay hörte selbst nicht gut.

Er hätte auch gern geschlafen. Sie hatten früh aufstehen müssen. Jay war aufgekratzt. Er bewunderte Lucy, die sich auf Österreich freute. Einfach so. Er beneidete sie um ihre Ruhe. Etwas in ihm war alarmiert. Er hätte es nicht benennen können. Etwas pochte in ihm.

Da fiel ihm der Moment in dem Hotelzimmer ein. Nicht weil er nachher, als er ein großes Autohaus eröffnet hatte, mit einem Ei beworfen worden war. Das war widerlich gewesen, er hatte sowohl den Werfer als auch den Präsidenten verflucht. Direkt auf den Kopf. Er konnte immer noch das Zerbersten der Schale knapp über seiner linken Schläfe spüren. Für einen Moment hatte er gedacht, das wäre jetzt die Kugel, die ihn einmal treffen würde. Stattdessen war das eklige, schleimige Eiklar mit dem kalten Dotter langsam seine Backe hinabgeronnen.

Es war Julius Imre, der ihm durch den Kopf ging. Immer und immer wieder hörte er in sich diesen Namen.

Julius hatte man noch aussprechen können. Aber schon in der Schule hatte niemand seinen Nachnamen richtig aussprechen können. Nicht einmal amerikanisiert, obwohl die meisten anderen Kinder ebenfalls seltsame Nachnamen hatten. Beim Militär, als er einberufen wurde und in Reih und Glied neben anderen jungen Männern vor einem derben Vorgesetzten stand, der einen Namen nach dem anderen aufrief, war es auf einmal still geblieben, und er hatte sich gewundert, warum es auf einmal so still war. Da hatte er gehört, wie der Vorgesetzte noch einmal und noch lauter brüllte:

Irme!

Der Rekrut neben ihm stieß ihn in die Seite.

Imre, Sir.

Was?

Das heißt Imre, Sir.

Mir scheißegal, wie das heißt, Irma oder – verdammter Zungenbrecher, kann ja kein Schwein aussprechen! Auf den Boden! Vierzig Liegestütze!

Jay konnte sich nicht erinnern, jemals in seinem Leben so rot angelaufen zu sein – und zwar noch ehe er zu Boden gegangen war. Er war nicht schwach, hatte früh körperlich gearbeitet. Aber er trug einen schweren Rucksack auf dem Rücken. Er tat, wie ihm befohlen wurde. Bei sechsundzwanzig blieb er zum ersten Mal liegen.

Wie heißt du?!, brüllte der Vorgesetzte.

Imre.

Schön, Irma, weiter so! Fünfundzwanzig!

Bei dreiunddreißig blieb er wieder liegen. Alles tat ihm weh. Am liebsten hätte er sich im Boden vergraben.

Wie heißt du?!

Imre.

Einunddreißig, Zungenbrecher! Weiter! Oder willst du von vorn beginnen?!

Er nahm alle Kraft und alle Wut und alles, was noch in ihm war, zusammen. Er plagte sich hinunter und hinauf, das Kreuz hohl, die Zähne zusammengebissen. Sein Bizeps brannte, sein Atem raste, seine Halsschlagader schien zu platzen; aber er spürte eine brennende Wut, die ihm Kraft spendete, jeder Liegestütz eine schallende Ohrfeige für den Vorgesetzten. Als er bei vierzig war, stemmte er sich hoch, richtete sich auf und blieb gerade stehen.

Wie heißt du?

Immer!

Er brüllte das Wort.

Geht ja.

Leise murmelte er: Imre.

Noch bevor er nach Europa geschickt wurde, ließ er seinen Namen ändern. Seine Freunde hatten ihn ohnehin Jay gerufen, also J, weil es einfacher und kürzer war. Er hatte sich der Muttersprache seiner Eltern entsonnen. Was *immer* bedeutete. Sein Name hatte ihn im Krieg und später bei der Polizei beschützt. Jay, hatte er sich gesagt, Immer – es würde ihn immer geben, und das hieß zumindest, er würde *das*, jetzt und hier, überleben.

Schall und Rauch. Außerdem klang Julius veraltet. Und so sehr Jay seinen Vater geliebt hatte, so wenig hatte er je verstehen können, wie man seinem Sohn den eigenen Namen geben konnte. Als wollte man einen Klon. Als wollte man sich selbst noch einmal.

Diskutierst du mit dir?

Warum?

Weil's so aussieht.

Lucy zwickte ihn in die Wange.

Ich versuche nur, auf Deutsch ein Wiener Schnitzel mit Kartoffelsalat zu bestellen. Da fällt mir ein –

Was?

Erdäpfel, hat meine Mutter immer gesagt.

In Wirklichkeit fiel ihm ein, wie er eines Nachts, als er nicht schlafen konnte, seine Eltern in der winzigen Küche belauscht hatte. Wenn mich jemand nach meinem Namen fragt, hatte sein Vater gesagt, sag ich immer Immer. Jay Immer. Ist leichter. Merkt sich jeder.

10

Wien war schön, und Wien war grau, auch wenn die Sonne schien. Sie schliefen in einem Hotel in der Josefstadt, standen früh auf, schnitten im Frühstücksraum frische warme Semmeln entzwei, bestrichen sie mit Butter und Marmelade, und auch wenn es hieß, das tue man nicht, belegte Lucy weitere Semmeln mit Schinken und Käse, schlug sie in Servietten ein und verstaute sie heimlich in ihrer Handtasche. Dazu packte sie zwei Äpfel und ein hartgekochtes Ei für den Präsidenten.

Kaisersemmel, sagte Jay, wie undemokratisch!

Mit Stadtplan und Reiseführer klapperten sie eine Sehenswürdigkeit nach der nächsten ab. Sie standen vor den imposanten Hotels am Ring, fuhren mit der U-Bahn und mit roten Straßenbahnen mit Holzsitzen, staunten über die Pracht der Palais der Inneren Stadt und wunderten sich über die bröckelnden grauen Fassaden der Zinshäuser. Alles schien viel langsamer und gemütlicher als in Chicago; ganz zu schweigen von New York. Die Kellner in den berühmten Cafés waren mürrisch und einsilbig, und es war, als müssten Lucy und Jay dankbar sein, überhaupt bedient zu werden. Selbst ein großzügiges Trinkgeld vermochte keine Mienen aufzuhellen.

Lucy trug bunte Kleider und aß bei jeder Gelegenheit Eis. Wenn sie an einer Aida vorbeikamen, wollte sie hinein, um sich von Kellnerinnen in rosaroten Schürzen, weißen Strümpfen und Hausschuhen eine Melange und ein Stück Sachertorte servieren zu lassen. Jay trug verspiegelte Sonnenbrillen, eine Mütze der New York Yankees und kurzärmelige Hemden über leichten Hosen. Manchmal drehte sich jemand nach ihm um. Aber niemand sagte etwas.

Er hatte mit Kellnern und Verkäufern zu reden versucht. Wenn er den Mund geöffnet hatte, war er bloß wie ein Hinterwäldler angesehen worden. Man hatte ihn nicht verstanden. Jay hatte begriffen, dass die deutschen Worte, die er von zuhause zu kennen meinte, anders ausgesprochen und hier keineswegs verstanden wurden. Also sprach er die Worte aus, wie sie in der Lautschrift des Reiseführers wiedergegeben wurden. Dafür erntete er ein Nicken und bekam endlich, was er für Lucy und sich bestellt hatte. Sie bemerkten auch, dass sie mit Englisch weiter kamen. Er fühlte sich wie ein kleiner, dummer Junge mit Sprachfehler.

Im Café Hummel, unweit ihres Hotels, machte Jay am letzten Wiener Abend die Entdeckung, dass er beinahe einundsechzig Jahre hatte alt werden müssen, um herauszufinden, dass Wiener Schnitzel mit Kalbfleisch zubereitet wurde.

Was immer sich Jay von einem Besuch in Oberwart erhofft hatte, war nicht eingetreten.

Mit einem Mietwagen waren sie über die Südautobahn von Wien ins Burgenland gefahren, um in einem Wirtshaus an der Hauptstraße, die Wiener Straße hieß, Quartier zu beziehen. Das Zimmer war klein und muffig. Er fühlte sich, wie das Zimmer hieß: fremd.

Jay hatte ein paar vergilbte Schwarzweißfotografien seiner Eltern dabei; er konnte wenig wiedererkennen. In der Mitte der Stadt, die ein größeres Dorf war, stand ein Haus, das weit über alle anderen Gebäude hinausragte; Lucy hatte ihm zugezwinkert, als man es Hochhaus genannt hatte. Die meisten alten Häuser waren Neubauten gewichen. Die katholische Kirche war ein Betonquader ohne Turm oder Kreuz, ein paar Steinwürfe weiter stand ein kleines rosarotes Kirchlein, das geschlossen war. Als sie die breite Treppe von der Kirche zur Straße hinuntergingen, fuhr ein Mann mit wildem, verschwitztem Seitenscheitel und verglommener Zigarette im Mundwinkel auf dem Fahrrad vorbei. Er hob die Hand zum Gruß, verriss beinahe den Lenker und geriet ins Schlingern.

Baumeister, rief er, gehst heut Begräbnis?

Schönen Tag, rief Jay und winkte.

Der Mann war schon an ihnen vorüber, als er noch einmal die Hand zum Gruß hob und über die Schulter nach hinten blickte. Jay hoffte inständig, er möge nicht stürzen. Der Radfahrer kam bedenklich nah an den Randstein. Er stürzte nicht.

Was hat er gesagt?

Ich glaube, ob ich zum Begräbnis gehe.

Zum Begräbnis?

Er hat mich Baumeister genannt.

Es war Mittwoch. Vom sogenannten Hochhaus bis zum Rathaus waren Stände aufgebaut, an denen Geschirr, Kochlöffel, Kleider, Hausrat jeglicher Art, Uhren, Spielzeug und Batterien verkauft wurden. Es sah wie auf einem Basar aus. Verkäufer nannten eine Summe, mögliche Käufer eine andere. Am beliebtesten waren allerdings die Würstelbuden, an deren hölzernen Theken sich Menschen drängten, Würste aßen und Bier tranken. Lucy deutete auf den Grill, die Würste kamen auf Pappteller, eine dicke Frau in weißem Kittel drückte aus einer riesigen Tube Senf darauf, eine andere rieb Kren dazu. Als Lucy etwas sagen wollte, führte Jay kurz den Zeigefinger an den Mund.

Hier war er geboren. Er sah sich um. Hörte sich um. Bisweilen erkannte er Worte, die seine Eltern verwendet hatten, wenn sie miteinander in der Küche gesessen waren. Er erkannte Klänge und Lautfarben. Er sah sich jeden Mann und jede Frau in ihrem Alter genau an. Sie sahen ausnahmslos älter aus. Die meisten waren übergewichtig, fast alle tranken vormittags Alkohol. Ein großer, schlanker Mann in Uniform schritt sehr aufrecht vorbei, eine Mütze in den hinter dem Rücken verschränkten Händen.

Grüß Sie, Herr Inspektor!, rief die dicke Frau mit dem roten Gesicht.

Nur noch fünf Monat', sagte er.

Für uns werden S' immer der Inspektor bleim. Was wollen S' denn?

Ein Bratwürstel bitte.

Der Inspektor stellte sich ihnen gegenüber an die Theke. Wie oft hatte er seine Pistole aus dem Halfter ziehen müssen? In seiner gesamten Laufbahn wahrscheinlich nicht so oft wie Jay in einer Woche. Unter dem großen linken Nasenloch befand sich ein Leberfleck. Er war glattrasiert. Beim Rasieren musste er bestimmt äußerst achtsam sein. Wahrscheinlich hatte er den Krieg auf Seiten Hitlers überlebt.

Träumst du?

Ich frage mich, was aus mir geworden wäre, wenn meine Eltern nicht aufs Schiff gegangen wären.

Präsident bestimmt keiner.

Präsident der Bienenzüchter vielleicht. Was um alles in der Welt sollen wir tun, Lucy?

Autofahren!

Sie fuhren durch die Gegend. Flaches Land, sanfte Hügel, kaum befahrene Straßen. Sie sahen ein Schloss und eine Burg. Sie fuhren durch kleine Dörfer mit Kirchen in der Mitte und

Friedhöfen am Rand. Betagte Menschen saßen auf Holzbänken an der Straße und blickten den Autos hinterher. Alte Frauen steckten in blauen Schürzen und hatten bunte oder schwarze Kopftücher umgebunden. Alte Männer trugen Hüte und hielten sich im Sitzen an Stöcken fest. Wenn Jay und Lucy Stunden später durch den selben Ort zurückfuhren, saßen sie immer noch dort. In erster Linie schienen sie sich für unbekannte Kennzeichen zu interessieren. Wahrscheinlich waren sie nicht viel älter als Jay.

Gibt halt nur zwei Fernsehprogramme, sagte Lucy.

Sie saßen in Gärten, die Buschenschank hießen, und blickten Richtung Ungarn, während sie große belegte Brote aßen und Weißwein mit Mineralwasser tranken. Wenn die Rechnung kam, mussten sie zweimal hinsehen, so günstig war alles. Auf den Nebentischen standen riesige grüne Weinflaschen. Man nannte sie Doppler. Weißwein mit Mineralwasser hieß Spritzer. Sie konnten es nicht glauben, dass Menschen, die Doppelliter Wein leerten, nachher ins Auto stiegen und losfuhren.

Vor ihnen breitete sich das Land aus, grün in allen Schattierungen, von Ocker und Braun unterbrochen.

Auf einmal standen sie vor Stacheldraht. Soldaten mit Hunden patrouillierten. In ihren Funkgeräten knackte es. Auf Wachtürmen saßen Soldaten mit Feldstechern. *Achtung Grenze* stand auf Schildern. *Lebensgefahr.*

Unheimlich, sagte Lucy.

Der Eiserne Vorhang meines Freundes mit dem Feuermal.

Hier könnte ich nicht leben. Sieht wie im Krieg aus.

Dahinter liegt das Reich des Bösen.

Sieht nicht viel anders aus, ehrlich gesagt. Gar nicht eigentlich.

Ein Hund bellte. Ein Soldat beobachtete sie grimmig. Jay nahm Lucy an der Hand.

Auf der Rückfahrt schwiegen sie. In manchen Gesichtern meinte Jay etwas wiederzuerkennen. Was, konnte er nicht genau sagen. Im Klang der Laute hörte er etwas, das ihn an die kleine Wohnung auf der Lower East Side erinnerte, in der jetzt Chinesen lebten. Wie oft hatten seine Eltern davon gesprochen, *nach Hause* zurückzukehren. Wie oft hatten ihre Freunde davon gesprochen. Dann hatten sie doch wieder nur Dollars nach Hause geschickt. Um die Verwandten zu unterstützen. Um ein Kreuz oder eine Kapelle am Waldrand errichten zu lassen. Um zu zeigen, dass sie es geschafft hatten, auch wenn nicht immer klar war, was.

Jay mochte die Landschaft. Sie erinnerte ihn an Ohio, an den Mittleren Westen. Nur waren die Felder viel kleiner. Statt Mais und Soja wurde Wein angebaut. Er fühlte so viel. Andererseits fühlte er nichts. Keine Ahnung, was er erwartet hatte. Er hatte keine Worte für das, was er fühlte.

Die Luft, sagte Lucy, die Luft ist so gut.

Ich würde gern nach Ungarn fahren.

Die nehmen dich fest und zeigen im Fernsehen, dass sie Reagan wegen Devisenschmuggels verhaftet haben.

Als sie ihren Schlüssel an der Rezeption abholen wollten, erfuhren sie, dass jemand auf sie wartete. Eine Kellnerin führte sie in den Speisesaal, der so verraucht war, dass man seinen Namen in die Luft hätte schreiben können. Ein etwas übergewichtiger Mann mit Halbglatze und hellbraunem Anzug erhob sich schwerfällig und kam ihnen mit ausgebreiteten Armen entgegen.

Herzlich willkommen in Oberwart, Herr und Frau Immer!

Er reichte Lucy zuerst die Hand.

Oder soll ich sagen: Imre? Oder einfach: Herr Präsident, First Lady? Mein Name ist Dr. Welser. Ich bin von der Österreichischen Volkspartei. Bitte nehmen Sie Platz.

Er wies in Richtung eines Ecktisches. Dort zog er einen Stuhl zurück, damit Lucy sich setzen konnte. Auf seiner Stirn standen Schweißperlen. Er schnaufte leise.

Die Backhendl sind ganz ausgezeichnet. Darf ich Sie einladen? Wäre mir eine Ehre.

Lucy und Jay tauschten erstaunte Blicke aus. Ron hatte herumtelefoniert und doch nur einen Termin organisieren können. Ansonsten wusste niemand, dass sie hier waren. Dr. Welser gab eine Bestellung auf, kurz darauf brachte der Kellner Bier für die Herren und einen weißen Spritzer für die Dame.

Dr. Welser bemühte sich redlich. Er sprach äußerst langsam, sehr betont, beinahe wie mit Kindern. Hin und wieder versuchte er sich in Englisch. Jay konnte ihm einigermaßen folgen.

Er habe gehört, Jay sei ein Sohn dieser Stadt. Was für eine Karriere! Eines Tages werde man eine Gasse nach ihm benennen. Ob es ihnen gefalle? Ob sie etwas bräuchten? Er wollte wissen, was sie schon gesehen hatten, wo sie gewesen seien. Jay gab bereitwillig Auskunft, Dr. Welser nickte bei jeder Station bestätigend, Lucy verbesserte Jay, wenn er etwas nicht richtig behalten hatte. Ob sie wüssten, dass hier Deutsche, Ungarn, Kroaten und Zigeuner friedlich nebeneinander lebten? Dass es einen katholischen, einen evangelischen, einen reformierten, aber auch einen jüdischen Friedhof und einen der Sowjetarmee gebe? Alles in dieser kleinen Stadt!

Lucy fiel ein, dass in einem Gasthaus alle Ungarisch gesprochen hatten. Auch in einer Trafik, in der sie Ansichtskarten gekauft hatte, die in den Staaten niemals die Druckerei verlassen hätten.

Haben Ihre Eltern Ungarisch gesprochen, Herr Imre?

Kann mich nicht erinnern.

Das Backhendl war tatsächlich ausgezeichnet. Lucy verdrehte die Augen. Die Panier war goldbraun und knusprig, das weiße Fleisch zart und saftig. Dazu gab es Erdäpfelsalat mit kleingehackten Zwiebeln und –

Wie heißt der Salat?, fragte Lucy.

Vogerlsalat, sagte Dr. Welser.

Nach dem Essen bestellte er drei Birnenschnäpse.

Zur Verdauung! Auf den hohen Besuch!

Sie stießen miteinander an. Lucy verzog das Gesicht, nachdem sie ihr Glas geleert hatte. Beim zweiten Schnaps und dritten Bier bemerkte Jay, dass er keinesfalls die Augen schließen durfte. Er lehnte sich zurück. Mit einem Mal fühlte er sich ungemein leicht. Unter dem Tisch strich er über Lucys Handrücken, sie lächelte ihm zu. Dr. Welser sprach vom Burgenland und seinem Aufschwung und davon, dass alles immer besser werde.

Auf die burgenländisch-amerikanische Freundschaft!, sagte er beim dritten Schnaps.

Jay schwor sich, keinen weiteren anzurühren.

Du lallst schon, flüsterte Lucy, die den zweiten Schnaps verweigert hatte und auf Mineralwasser umgestiegen war. Jay fühlte sich benebelt. Er konnte Dr. Welser nicht mehr mit voller Aufmerksamkeit folgen. Stattdessen inspizierte er die Gesichter der Gäste. Er hörte sie lachen, ein ums andere Mal anstoßen. Er dachte an den Inspektor, der gerade im Wachzimmer war oder in einem Wirtshaus saß, um sich umzuhören, ob jemand, von dem man es nicht erwartete, plötzlich mit Geld um sich warf. Oder vielleicht gerade das Auto eines Besoffenen aus einem Straßengraben ziehen ließ.

Die Geschichte mit der Watchlist, sagte Dr. Welser und wiegte seinen Kopf, sei doch nichts als ein bedauerliches Missverständnis. Um nicht zu sagen: eine bodenlose Frechheit!

Sein Kopf war rot. Er holte Luft und sprach ruhiger weiter.

Wo gäbe es denn so etwas, dass ein demokratisch gewähltes Staatsoberhaupt, das noch dazu Generalsekretär der Vereinten Nationen gewesen sei, auf eine Kriegsverbrecherliste gesetzt werde? Und nicht in die Vereinigten Staaten einreisen dürfe! Kriegsverbrecher?

Dr. Welser schüttelte den Kopf.

Dr. Waldheim habe seine Pflicht getan, mehr nicht, sonst wäre es ihm selbst an den Kragen gegangen. Er habe keinen einzigen Juden erwürgt. Oder Partisanen erschossen. Oder Deserteur auf eine Laterne geknüpft. Watchlist! Eine Schande! Eine Ungerechtigkeit sondergleichen! Ihm sei durchaus bewusst, das gewisse Kreise an der amerikanischen Ostküste Interesse daran hätten, den Präsidenten zu isolieren, gemeinsam mit den Sozialisten im eigenen Land, die noch nie gute Verlierer gewesen seien. Generalsekretär der Vereinten Nationen? Als Kriegsverbrecher? Damals nicht, jetzt schon?

Kurz und gut: Wollen Sie uns helfen?

Lucy stieß ihr Knie gegen Jays.

Ich?

Dr. Welser nickte eindringlich.

Wie soll *ich* Ihnen denn helfen?

Sie könnten ein Statement abgeben. Sie sind ja nicht irgendwer.

Ich hab mit Politik nichts zu tun. Außerdem weiß ich zu wenig über diese Geschichte.

Aber ich habe sie Ihnen doch eben erklärt! Man würde Sie vor Ihrer Abreise in Wien empfangen. Sie –

Ein Lächeln huschte über Dr. Welsers Gesicht. Er tippte sich an die Stirn, nickte kurz und schüttelte den Kopf. Mit einem Mal saß er sehr aufrecht da. Er schien völlig nüchtern.

Könnten Waldheim treffen. Für ein Foto. Also Sie als er.

Als Waldheim?, fragte Lucy.

Als Reagan natürlich. Das wäre ein Bild! Was für ein Signal! Dass mir das nicht früher eingefallen ist! Dass das in Wien niemandem eingefallen ist! Herr Ober, zwei Krügerl und zwei Birnen!

Jay hob abwehrend die Hand.

Wollen Sie mich beleidigen?

Jay schüttelte den Kopf.

Im Grunde sind wir doch von derselben Partei. Das ist nichts als eine widerliche Schmutzkübelkampagne. Reagan kennt ja die Wahrheit überhaupt nicht!

Ich bin bei keiner Partei.

Gibt es etwas, das wir unbedingt sehen müssen?, fragte Lucy. Wir haben ein Auto.

Heiligenbrunn. Das Kellerviertel. Alte Lehmhäuser mit Schilfdächern.

Beim Anstoßen blickte Dr. Welser Jay tief in die Augen. Jay gestand es sich ungern ein, aber der Birnenschnaps schmeckte ihm von Glas zu Glas besser. Es tat gut, wie er die Kehle hinunterbrannte. Vielleicht war er schon einmal in diesem Gasthaus gewesen. Vielleicht hatten seine Eltern ihn und Eduard an einem besonderen Tag hierhergeführt, auch wenn sie es sich eigentlich nicht hatten leisten können. Auf einmal war er sich sicher, dass sein Vater hier mit seinen Freunden auf die Geburt seines zweiten Sohnes angestoßen hatte. Überhaupt schien Anstoßen die hiesige Lieblingsbeschäftigung zu sein. Dr. Welser war wieder beim Foto; allerdings wurde er von Wort zu Wort unverständlicher. Jay rückte etwas beiseite, Dr. Welser spuckte beim Reden. Er war vernarrt in seine Idee, die er immer bunter ausmalte, wobei er immer schneller und immer mehr mit sich selbst sprach.

Ich verstehe zwar nichts von Politik, Herr Doktor, sagte Lucy, aber ich habe auch eine Idee. Wenn ich Sie richtig verstehe, darf Waldhaus –

Waldheim!

Nicht in die USA einreisen, weil ihm Kriegsverbrechen vorgeworfen werden.

Dr. Welser seufzte.

In etwa.

Dann könnte er doch nach New York fliegen –

Mit Einreiseverbot?

Nach New York fliegen, sich festnehmen lassen – und vor Gericht seine Unschuld beweisen.

Genial, Lucy, sagte Jay, das ist –

First Lady, sagte sie.

Dr. Welser verlangte die Rechnung. Zum Abschied schüttelte er beiden kurz die Hand und wünschte einen schönen Aufenthalt. Denken Sie drüber nach, flüsterte er Jay ins Ohr. Dr. Welser war nicht mehr sicher auf den Beinen, als er den Raum verließ. Auch er würde wahrscheinlich nicht von der Polizei im Auto aufgehalten werden.

Aber nicht, weil jemand hinten sitzt.

Wie bitte?

Lass uns frische Luft schnappen. Ich komm mir wie der Marlboro Man vor.

Auf den Schachteln steht *Memphis*.

11

Am nächsten Morgen schwor sich Jay Immer, nie wieder Schnaps zu trinken. Sein Kopf schmerzte, sein Magen war flau. Er hatte sich vorbereitet wie unzählige Male zuvor: Anzug, Hemd, Krawatte, Brillantine. Lucy hatte ihm das Gesicht eingecremt, die Falten unter den Augen glattgestrichen. Er stand vor dem Spiegel im winzigen Vorraum ihres Fremdenzimmers und schloss mit Rons vergoldeten Knöpfen seine Manschetten.

Er zog die Brauen hoch. Er legte die Stirn in Falten. Er nickte zweimal unterstreichend. Er zwinkerte. Er schmunzelte. Er streckte die Zunge raus. Er lachte. Aber was immer er tat –

Was ist, Jay? Wir müssen los.

Ich seh wie ein burgenländischer Bauer aus.

Wegen der Nase.

Was ist mit meiner Nase?

Ganz rot vom Schnaps.

Sie stiegen in den Wagen. Auch wenn ihn die junge Frau an der Rezeption angestarrt und kein Wort über die Lippen gebracht hatte, wusste er, dass es nicht wegen des Schnapses war. Jay betrachtete sich im Rückspiegel. Es war die Nase. Sie war nicht zu rot; sie war zu klobig. Es waren die Zähne. Immer gewesen. Vielleicht waren es auch die Augen. Andererseits war es kein Verbrechen, wie ein burgenländischer Bauer auszusehen.

Sagen wir's anders, Schatz: Der Präsident der Vereinigten Staaten sieht wie ein burgenländischer Bauer aus.

An einer Tankstelle trafen sie den Veranstalter. Eine Handvoll Männer trank an einem Plastiktisch davor Bier und rauchte. Ferry war klein, schlank und blond. Er trug eine ausgebleichte Jeansjacke, ausgebleichte Jeans und ein schwarzes T-Shirt, auf dem Sylvester Stallone als Rocky abgebildet war. Jay hatte es für fünfzig Schilling auf dem Mittwochsmarkt gesehen. Ferry begrüßte sie etwas zu überschwänglich. Sein heller Schnauzbart sah aberwitzig aus. Er hätte ihr Sohn sein können. Zum Glück war er es nicht.

Die andern sind schon drüben, sagte er. Wollen wir?

Drüben war ein Supermarktparkplatz. Auf dem Supermarkt stand *Interspar*. Etwas weiter weg ragte ein Turm in die Höhe, der wie ein Silo aussah. Auf ihm stand *Lagerhaus*. Eine stark befahrene Straße führte direkt am Parkplatz vorbei. Hinter dem Supermarkt war es grün. Bäume, Wiesen, Felder. Ein geschotterter Weg führte leicht bergan zu einem Wald. Jay sah überwucherte Geleise.

Zwei Drittel des Parkplatzes waren voller Autos. Menschen schoben Einkaufswagen, verstauten Einkäufe in Kofferräumen und schoben die Einkaufswagen zu einer Sammelstelle zurück. Unweit der Tankstelle war ein Teil des Parkplatzes abgesperrt, wo sich Menschen drängten, die auf Freibier oder Gratiswürste zu warten schienen. Vielleicht waren deswegen auch so viele Kinder gekommen. Als Jay zwei Lautsprecher auf übereinandergestapelten Bierkisten sah, wusste er, was er längst befürchtet hatte.

Ferry gab einem schmerbäuchigen Rocker ein Zeichen. Der Rocker trug eine Lederjacke. Bruce Springsteen erklang. *Born in the U.S.A.* Ein Blitz schien in die älteren Menschen zu fahren. Die jüngeren bewegten sich verhalten zur Musik. Ferry fuchtelte mit den Armen. Die Musik wurde etwas leiser. Ein dunkler kleiner Mann entrollte gemeinsam mit dem Rocker eine riesige Fahne mit Sternen und Streifen.

Es war die mieseste Inszenierung, die Jay Immer je erlebt hatte. Es war gar keine Inszenierung. Es gab nicht einmal eine Bühne. Weit und breit war kein noch so kleines Podest zu sehen. Es gab auch keine Messe zu eröffnen, kein Rennen zu starten, kein Essen, vor dem eine Rede zu halten gewesen wäre. Ein Parkplatz. Sonst nichts. Ein Supermarkt, hinter dem Äcker lagen.

Eine junge Frau mit roter Dauerwelle eilte ihnen entgegen. Ferry küsste sie auf den Mund.

Das ist Magda, meine Freundin. Sie wird fotografieren.

Erfreut, sagte Jay.

Hi, sagte Magda.

Was genau soll ich tun?

Ich sag ein paar Sätze, sagte Ferry. Dann sagst du ein paar Sätze.

Kann nicht gut Deutsch.

Englisch klingt eh echter. Dann die Fotos. Das war's auch schon.

Ferry grinste, als hätte er das Perpetuum mobile erfunden. Für den Parkplatz müsse er keine Miete zahlen, weil er dem Geschäftsführer des Supermarktes verklickert habe, dass sie beide davon profitierten. Wer dem Präsidenten der USA die Hand geschüttelt habe, werde danach mit Freude einkaufen. Ferry ließ die Zunge schnalzen. Mit wachsender Beunruhigung beobachtete Lucy die Trinker an der Tankstelle beim Rauchen. Sie trug ein grünes Sommerkleid und hielt ihren Kopf in die Sonne. Selbst an der Tankstelle atmete sie so tief ein, als wäre sie im Wald.

Das ist der Tiefpunkt meiner Karriere, flüsterte er ihr zu. Sie drückte seine Hand.

Nachdem die Musik abgestellt worden war, dauerte es eine Weile, bis alles funktionierte. Aber dann knackte es, Ferry klopfte auf das Mikrofon, bis das Ploppen in den Boxen zu hören war. Er gab Jay ein Zeichen; Jay stellte sich neben ihn. Im Hintergrund hielten die beiden Männer die Flagge der Vereinigten Staaten hoch. Ein paar Menschen klatschten kurz und hohl, ehe es wieder still wurde. Jay stand neben Ferry, etwas mehr als hundert Meter vom Supermarkteingang entfernt. Ein kleiner Junge rollte auf einem Einkaufswagen kreischend ins Freie.

Meine Damen und Herren, sagte Ferry, ich will Sie nicht unnötig auf die Folter spannen: Hier ist, heute exklusiv für Sie auf dem Interspar-Parkplatz Unterwart, Ronald Reagan, der Führer der freien Welt!

Ein paar Menschen lachten, ein paar klatschten, ein paar steckten den Finger in den Mund und pfiffen. Ferry riss Jays Rechte in die Höhe. Der Applaus schwoll an.

Bevor ich's vergesse: Meine charmante Assistentin wird Sie im Anschluss mit dem Präsidenten verewigen. Nur fünfzig Schilling für ein Polaroid. Herr Präsident!

Jay griff nach dem Mikrofon. Er blickte in die Menge. Vierzig Leute, vielleicht fünfzig. Er suchte Lucys Blick. Sie schürzte die Lippen.

Er begrüßte die Anwesenden aufs Herzlichste. Er lobte den schönen Frühsommertag. Er pries die Wiesen und Felder im Hintergrund. Er sprach von einem gottgesegneten Flecken Erde. Es kam nichts zurück. Er erzählte den Witz von den drei Hunden. Wenn es kein Fleisch gibt, belle ich, sagt der amerikanische Hund. Was ist Fleisch?, fragt der polnische. Was ist bellen?, fragt der russische. Niemand lachte. Allein Ferry lachte übertrieben laut. Er strahlte. Er war einverstanden. Er freute sich, dass er keine Miete hatte zahlen müssen und dass die beiden zwielichtigen Gestalten weiterhin so artig die Fahne hochhielten. Jay suchte Lucys Blick. Sie bedeutete ihm, man verstehe ihn nicht.

Gott schütze das Burgenland, sagte Jay, und als er das Mikrofon weiterreichen wollte, setzte er sein gewinnendstes Lächeln auf und sagte:

I bin a Ouwawoada.

Applaus brandete auf. Jay vernahm Rufe, die er nicht verstand. Aber er sah die Zustimmung. Die Menschen klatschten und lachten und warfen einander Blicke zu, die sagten, dass der da vorne etwas sehr richtig gemacht habe. Die Worte, die Aussprache – auf einmal waren sie über seine Lippen gekommen. Jay war über sich selbst erstaunt. Lucy lachte. Ferry tuschelte aufgeregt mit Magda.

Zugabe! Zu-gabe!! Zu-ga-be!!!

Die Menschen schrien, Kinder saßen auf den Schultern Erwachsener und patschten begeistert in ihre Händchen. Immer wieder bogen Autos in den Parkplatz ein, deren Insassen unverzüglich dem Menschenknäuel zuströmten. Das Publikum war erheblich angewachsen. Niemand rief *Popcorn, Chips, Cracker!*

Jay verbeugte sich. Einmal, zweimal, dreimal. Er wollte nichts mehr sagen. Er hätte einen Witz erzählen, Amerikaner durch Burgenländer und Russe durch Steirer ersetzen können. Man hätte ihn trotzdem nicht verstanden. Ferry blickte ihn erwartungsvoll an. Alle blickten ihn erwartungsvoll an.

Jay hielt das Mikrofon vor seinen Mund. Die Rufe wurden lauter. Er hob die Linke, spreizte die Finger. Mit einem Mal wurde es still. Er schloss die Augen und sang:

Drunt im Burgenland
Steht ein Bauernhaus
So hübsch und fein
Drin wohnt ein Mägdelein
Sie soll mein Eigen sein
Die schö-ö-ne Bu-ur-gen-län-der-in

Die Menge johlte. Er holte Luft.

Die schö-ö-ne Bu-ur-gen-län-der-in

Als Jay unter tosendem Applaus die Augen öffnete, sah er, wie sich eine ältere Frau die Augenwinkel wischte. Er verbeugte sich kurz, trat zur Seite und übergab Ferry das Mikrofon. Magda kam mit der Polaroidkamera um den Hals auf ihn zu und drückte ihm eine Dose Coca-Cola in die Hand.

Sie könnten Landeshauptmann werden, sagte sie.

Der Präsident beißt nicht, sagte Ferry. Fünfzig Schilling für diese einzigartige Erinnerung. Aber nicht drängeln. Jeder kommt dran.

Wieder ertönte *Born in the U.S.A.* Es war zum Davonlaufen. Dergleichen hatte Jay noch nie erlebt. Natürlich gab es keine Leibwächter. Natürlich gab es niemanden, der ihn abgeschirmt hätte. Alle wollten ihn berühren. Die Menschen waren schamlos. Der eine legte einen Arm um seine Schulter. Die andere umfasste seine Hüfte. Eine dralle Pensionistin zwickte ihn in die Wange. Ein junger Mann forderte ihn auf, mit ihm gemeinsam den Daumen auszustrecken. Eine Mutter drängte ihre Tochter, seine Wange zu küssen. Jay machte gute Miene. Er hielt die Luft an. Dergleichen durfte nie wieder vorkommen.

Während Magda Polaroids schoss und Ferry Geldscheine einsteckte, griffen sie ihn an. Alles in Jay war in Alarmbereitschaft. Er hatte nichts gelernt – außer sich nicht angreifen zu lassen. Bei der Armee, bei der Polizei. Er hatte unangreifbar zu sein. Dazu war er ausgebildet worden. Sollte ihn jemand angreifen, musste er den Angriff abschmettern. Im Zweifelsfall kam er einem möglichen Angriff zuvor. Jay kämpfte gegen seine Impulse an. Fünfzig Schilling. Dafür würde Ron büßen.

Magda drückte ab, langsam kamen die Polaroids aus der Kamera. Manche Menschen hielten in ihrer Nähe und starrten auf das dicke Papier, während sich die Konturen des Bildes abzuzeichnen begannen. Wenn es weit genug gediehen war, um zu sehen, wer darauf war, verschwanden sie.

Als sich die Menge verstreute und Magda sich die Kamera wieder umhängte, kam eine kleine Gruppe auf ihn zu. Julius! Mein Gott! Julius Imre junior! Sie umarmten ihn. Sie küssten ihn. Sie strahlten ihn an, als wäre der verlorene Sohn heimgekehrt. Sie seien verwandt. Verwandt! Von allen Seiten prasselten Worte und Namen auf ihn ein. Sie klatschten in die Hände. Jay verstand bloß, dass diese Menschen seine Verwandten waren oder sein wollten und dass alles andere, als mit ihnen mitzukommen und bei ihnen zu essen und seine Rückkehr mit ihnen zu feiern, nicht infrage käme.

Julius, sagte eine Frau, ich bin deine –

Er verstand das Wort nicht. Sie war die Tochter eines Cousins seines Vaters –

Ferry rief nach ihm. Er steckte gerade dem Rocker einen Schein zu. Er habe die Galgenvögel von der Tankstelle geholt, murmelte er, während sich Jay den Schweiß von der Stirn wischte, und ihnen hundert Schilling versprochen, aber gemeinsam, wenn einer zwischendurch davonlaufe, bekomme auch der andere nichts. Gehe nur so, bei diesem Menschenschlag.

Ferry zündete sich eine Zigarette an, die er während des Redens im Mund behielt. Sie hätten 47 Polaroids aufgenommen, also 2350 Schilling, wovon Jay 20 Prozent, also 470 Schilling, bekomme. Ferry befeuchtete seinen Zeigefinger und begann, die Zigarette im Mundwinkel, Scheine zu zählen. Aus seinen Nasenlöchern strömte Rauch. Jay klopfte ihm auf die Schulter und drehte sich um. Lucy war von Verwandten umzingelt. Die Galgenvögel standen mit frischem Bier vor der Tankstelle und rauchten.

Es gab keine Widerrede. Nicht, nachdem Ilse ihrem Großcousin Fotografien ihres Vaters mit seinem Vater gezeigt hatte. Jay und Lucy durften nicht selbst fahren, ihr Auto hatte auf dem Parkplatz der Tankstelle zu bleiben, sie stiegen zu Ilse und Fritz in einen braunen Opel Kadett. Drei weitere Autos folgten ihnen.

Der erste Konvoi meiner Karriere, sagte Jay.

Rotenturm. Siget. Spitzzicken. Eisenzicken. Jabing. Großpetersdorf. Jay hatte das Fenster heruntergekurbelt, Lucy machte Konversation. Sie sprach sehr langsam und sehr betont. So ähnlich hatte Dr. Welser gestern mit ihnen gesprochen. Jay las die Ortsschilder, eine angenehme Ruhe überkam ihn. Welgersdorf. Hannersdorf. Wieder alte Frauen mit Kopftüchern auf Bänken direkt an der Straße. Alte Bauernhöfe, Maiskolben und Knoblauchzöpfe, die von Arkaden hingen. Storchennester auf Feuerwehrtürmen. Er kam sich wie am Ende der Welt vor. Er war am Ende der Welt, der sein ungleicher Zwilling vorstand.

Er saß auf dem Rücken eines Storches. Der Storch stieg immer höher. Er wollte schreien, aber kein Laut kam aus ihm. Er blickte nach unten. Seine Mutter winkte ihm. Eduard saß auf dem Rücken eines riesigen Hundes. Sein Vater tätschelte die Schnauze des Hundes. Seine Mutter strahlte. Sie warf ihm Kussmünder zu. Er erhob sich auf dem Rücken des Storches. Ganz aufrecht stand er da. Eduard, rief er, Eduard! Aber Eduard schaute nicht. Papa, rief er und schlug einen Salto auf dem Rücken des Storches, schau doch! Aber sein Papa schaute nicht. Salto mortale!, rief er. Seine Mutter lachte nicht mehr. Sie hielt sich die Hände vor den Mund. Er setzte zum Sprung an –

Jay erschrak, als er die Augen öffnete. Lucy saß neben ihm. Er rieb sich die Augen. Wie gern hätte er diesen Rückwärtssalto vollführt.

Gott schütze die Winzer, sagte Jay und hob sein Glas.

Sie saßen auf der Wiese eines weißen Arkadenhofs, dessen Türen und Fensterläden dunkelgrün gestrichen waren. Ein langer Tisch stand unter einem alten Nussbaum. Hoffentlich fällt mir keine Nuss auf den Kopf, hatte ihm Lucy beim Niedersetzen zugeflüstert. Von einer Nuss ist noch niemand erschlagen worden, hatte er entgegnet. Trotzdem blickte Jay immer wieder nach oben. Der Himmel war hellblau, ein paar Wolken zogen vorbei. Es war angenehm warm.

Alle wollten mit ihnen sprechen, ihnen etwas erzählen. Von diesem Onkel und jener Großtante. Von denen, die auch *hinüber* gegangen seien, also *ummi* nach Amerika. Vor dem ersten Krieg, zwischen den beiden Kriegen, nach dem zweiten Krieg. Ortsnamen und Menschen wurden genannt, von denen Jay nie oder lange nicht gehört hatte. Sie aßen Speck, Tomaten und Zwiebeln, die neben Radieschen in emaillierten Schüsseln lagen. Es gab Paprika und Pfefferoni, dazu duftendes warmes Bauernbrot. Neben den grünen Dopplern standen durchsichtige Flaschen, aus deren Hähnen Sodawasser sprudelte. Die Weingläser blieben nie leer. Jay ging dazu über, viel Wasser mit wenig Weißwein zu mischen. Lucy aß Weintrauben, als hätte sie noch nie in ihrem Leben Weintrauben gegessen.

Fantastisch, sagte sie.

Isabella, sagte Ilse.

Was?

Heißt die Traube.

Je mehr sie tranken, desto leichter fiel die Verständigung. Sie redeten Deutsch und Englisch, mit Händen und Füßen. Ständig stießen neue Gäste dazu, Nachbarn, andere Verwandte und Neugierige. Alle wollten Julius und Lucy sehen, die sie Luzi nannten. Jay hörte, sein Vater habe in der Molkerei gearbeitet, bis er die Stelle verloren habe. Seine Mutter habe den Haushalt einer wohlhabenden Familie geführt, bis diese von einem Tag auf den nächsten nach Wien gezogen sei. Ein Mann beteuerte, mit Julius Schlitten gefahren zu sein. Er könne sich noch genau erinnern, jauchzend den Kirschberg hinunter. Jay konnte sich nicht vorstellen, dass seine Eltern einen kaum Zweijährigen auf einen Schlitten gesetzt hätten.

Ilse brachte ein Fotoalbum, in dem sie ihnen Menschen zeigte, mit denen sie verwandt sein sollten. Jay nickte und fragte nach. Lucy meinte bisweilen, Gesichtszüge zu erkennen, die sie ihrem Mann, dessen Vater oder der Mutter zuschrieb.

Die Männer sprachen von Waldheim. Sie ereiferten sich über die Kampagne gegen ihn und über die Watchlist. Wer nicht im Krieg gewesen sei, habe keine Ahnung. Immer gegen das kleine Österreich! Weil die Amerikaner auf die Juden hörten. Die Amerikaner und die Juden wollten diesen Präsidenten nicht. Darum sei er auf einmal ein Nazi.

Die Amerikaner. Die Juden. Die Medien. Jay verwunderte, wie die Männer *die Juden* aussprachen. Voller Verachtung. Als sprächen sie von einer anderen Rasse. Er war mit Juden zur Schule gegangen. Er hatte mit Juden im Krieg gedient. Er war mit Juden bei der Polizei gewesen. Meistens war es ihm nicht einmal bewusst gewesen. Es hatte ihn auch nicht weiter interessiert. Seine Mutter, fiel ihm ein, hatte von einem jüdischen Gemischtwarenhändler in Oberwart erzählt. Weber. Jetzt fiel ihm der Name ein. Er habe sie anschreiben lassen, wenn am Monatsende, und manchmal schon früher, kein Geld übrig gewesen sei. Was wohl aus ihm, hatte sie dann gesagt und seinen Vater angesehen. Beide hatten geschwiegen.

Vielleicht hab ich gegen einen von denen gekämpft, flüsterte er Lucy zu.

Dass Männer immer vom Krieg reden müssen, sagte Lucy. Grauenhaft.

Jay wiederholte Lucys Idee, wonach sich Waldheim festnehmen lassen und seine Unschuld vor Gericht beweisen sollte. Die Männer fanden sie nicht genial.

Als Ilse mit riesigen Langos aus dem Haus kam, war das Kapitel beendet. Sie waren groß wie Autoreifen, gelbbraun an den dicken Rändern, knusprig und dünn in der Mitte. Ilse bestrich einen nach dem anderen mit Knoblauch.

Nachher gibt's Kesselwurst, sagte sie. Ist aber die Aufgabe vom Fritz.

Kommt! Schnell! Julius!

Fritz stand in einer blauen Schürze vor der Eingangstür. In der Hand hielt er einen Kochlöffel.

Nachrichten!

Jay und Lucy folgten seinem Wink. Es war kurz nach halb acht Uhr abends. Nach einem Beitrag über Waldheim war Reagan zu sehen. Er stand hinter einem Pult, zwischen wehenden amerikanischen Flaggen. Die Bühne war schwarz-rot-gold, im Hintergrund das Brandenburger Tor. Hoch über dem Rücken des Präsidenten hielt die grüne Siegesgöttin auf dem grünen Streitwagen ihre grünen Pferde am Zügel. Unter ihr war die Mauer. Reagan trug einen dunkelblauen Anzug mit weißem Einstecktuch und eine rote Krawatte. Jay verstand kaum, was er sagte, weil es Deutsch synchronisiert wurde. Der letzte Satz aber war laut und deutlich zu hören:

Mister Gorbatchev, tear down this wall!

Alle klatschten, auch die Männer, die eben noch die Juden und die Amerikaner verteufelt hatten. Fritz klopfte Jay auf die Schulter. Lucy griff nach seiner Hand.

Diesen Satz werde ich noch oft sagen.

Fritz stellte den Fernsehapparat ab. Jay drehte sich um, hob die Arme, wies in Richtung Grenze und sagte:

Mister Gorbatchev, cut down this curtain!

Die Kesselwurst aßen sie in der Stube. An den Wänden hingen Familienfotos und Gemälde mit Ziehbrunnen und Sonnenuntergängen. Zur Wurst, die Fritz *Dürre* nannte, gab es Bier, Lucy trank Wasser. Dann wurde Schnaps ausgeschenkt. Jay vergab sich schnell, den Schwur vom Morgen gebrochen zu haben. Der Schnaps tat gut.

Zwetschke, sagte Fritz, Fettspalter.

Alle wollten wissen, wie der Präsident sei. Ob Julius ihm einmal begegnet sei?

Jay schüttelte den Kopf, Lucy blickte ihn ungläubig an. Er drückte ihre Hand.

Was die Leute von ihm hielten? Was sie zur Watchlist sagten?

Gar nichts, sagte Jay. Zu weit weg. Kommt in normalen Nachrichten nicht vor.

An diesem Abend sprach Jay Immer über Ronald Reagan. Seltsam, dass er noch nie wirklich über ihn nachgedacht hatte. Er lebte Tag für Tag mit ihm, hatte einen großen Teil seines Lebens mit ihm verbracht. Als Reagans Rede für Goldwater Aufsehen erregte. Als Reagan Gouverneur von Kalifornien wurde. Als Reagan die Studentenproteste in Berkeley niederschlagen ließ. Wie fürchterlich Jay mit Barbara darüber gestritten hatte, die wie die Studentinnen sein wollte, die einen Campus nach dem nächsten besetzten und das System anprangerten. Er war Polizist. Er war für Recht und Ordnung. Reagan hatte diese Ordnung gewährleistet. Studenten sollten studieren. Nicht Unis besetzen und vom Sozialismus schwärmen, der überall Elend und Knechtschaft brachte. Nicht freie Liebe predigen, wenn sich ein Vater darunter Orgien mit verwilderten Männern vorstellen musste.

Einen Schauspieler wählen, sagte einer. So blöd können auch nur Amis sein.

Es war etwas anderes. Es war der Lebensretter. Es war die Rolle des Lebensretters. Reagan spielte sie nicht; er war erfüllt von ihr. Als junger Mann war er Bademeister gewesen. Jay erinnerte sich an das Foto eines schlanken, gut aussehenden jungen Mannes mit hellem Haar und einem Badeanzug, auf dem *LIFE GUARD* stand. Seine Eltern hatten ihn den Holländer gerufen. Er hatte siebenundsiebzig Menschen das Leben gerettet. Vielleicht wäre nicht jeder von ihnen gestorben; aber er hatte sie aus dem Rock River in Illinois gezogen. Reagan hatte ein christliches College der bizarren Art besucht, seine Mutter ihn im Glauben erzogen, seine Rolle im Leben sei vorgezeichnet, Gott habe einen Plan für ihn. Ronalds Aufgabe war es also, Menschen zu retten und dem Guten zum Durchbruch zu verhelfen. Der Schauspieler spielte nicht den Präsidenten. Er hielt den Lebensretter am Leben.

Man hörte ihm gebannt zu. Das Gespräch verlief sich. Jay trank noch einige Schnäpse. Er sagte alle Worte, die er von zuhause kannte. Die um den Tisch Versammelten lachten und nickten. Ja, das hätten sie schon lange nicht mehr gehört. Das habe der Großvater immer gesagt. Das sei ein Lieblingswort der Mutter gewesen.

Du hast mehr Menschen das Leben gerettet, flüsterte Lucy. Zumindest hast du nicht so viele auf dem Gewissen.

Ich hab dir was verschwiegen, sagte er.

Du willst Landeshauptmann werden.

Während wir hier sind, wird zuhause gearbeitet. Übermorgen hast du deinen Swimmingpool.

12

Am 5. August 1987 nahm Jay Immer an einem Tisch im Garten Platz. Er trug Jeans, einen Cowboyhut und ein Jeanshemd – so wie sich Reagan gern auf seiner Ranch präsentierte. Die Sonne schien, Lucy hatte die Videokamera auf einem Stativ angebracht, Jay blickte direkt in ihre Richtung. Lucy trug einen getigerten Bikini. Sie war vor Kurzem aus dem Swimmingpool gestiegen; sie wollte so schnell wie möglich wieder hinein. Es war sehr heiß.

Auf dem Rückflug nach Chicago hatte er in seiner Jackentasche ein Flugblatt gefunden, das er in Wien eingesteckt hatte. Es war von einer Gruppe Revolutionärer Marxisten unterzeichnet, die den US-Imperialismus anprangerten. Jay hatte die Situation bizarr gefunden. Wenn ihr wüsstet, hatte er gedacht, als er das Flugblatt lächelnd eingesteckt und den bärtigen jungen Männern einen schönen Tag – und insgeheim etwas mehr Körperpflege – gewünscht hatte. Auf der Rückseite des flammenden Appells war ein Gedicht eines gewissen Erich Fried abgedruckt, in dem Reagan mit Hitler verglichen wurde. Lucy hatte geschlafen und Jay eine Stewardess kopfschüttelnd um Kaffee gebeten.

Reagan hatte die Contras mit den Gründungsvätern der Vereinigten Staaten und den Kämpfern der Résistance verglichen. Aber da, auf dem Rückflug, waren ihm Dr. Welser und die Männer in Ilses Garten eingefallen. Pflicht tun. Reagan hatte dem von ihm öffentlich verteufelten Iran Waffen verkauft, um US-Geiseln freizubekommen. Der Erlös war den Contras zugeschanzt worden, um die sozialistische Regierung Nicaraguas zu stürzen. Nicht getan, nie passiert, hatte der Präsident gesagt. Er hatte gelogen. Und sich später dafür entschuldigt. Den Kopf hatten andere dafür hinhalten müssen. Jay hatte stundenlang über den nachgedacht, den er spielte. Was er dabei tat. Wie viele Menschen hatten seinetwegen Reagan gewählt?

Bist du so weit?

Muss noch mit der Belichtung spielen, sagte Lucy, die Sonne ist sehr grell.

Am Vortag hatte Jay in einer Lokalzeitung einen Bericht über einen Fluglotsen aus Chicago gelesen, der vor sechs Jahren seine Stelle verloren hatte. Er war einer der 11345 Menschen, die Reagan gefeuert hatte. Sie hatten für bessere Löhne und weniger aufreibende Arbeitszeiten gestreikt. Dann war das Ultimatum gestellt worden: Wer binnen der nächsten achtundvierzig Stunden nicht zur Arbeit erscheine, verliere seine Stelle. Er habe seine Kolleginnen und Kollegen nicht im Stich lassen können, sagte der Mann in dem Bericht, das wäre Verrat gewesen, zumal einige ohnehin den Streik gebrochen hätten. Am ersten Tag Chaos und Flugausfälle mitten in der Haupturlaubszeit, aber schon am nächsten Tag wieder ein beinahe reibungsloser Flugbetrieb. Sie waren nicht bloß gefeuert worden. Der Präsident hatte obendrein einen Bann über sie verhängt: Niemand von ihnen dürfe jemals wieder von einer staatlichen Firma angestellt werden. Die Gewerkschaft der Fluglotsen war eine der wenigen, die Reagans Wahlkampf unterstützt hatten.

War das die glänzende Stadt auf einem Hügel, von der Reagan so gern und so ergriffen sprach? Der Mann hatte keine reguläre Anstellung mehr gefunden. Er musste sich mit Gelegenheitsarbeiten durchschlagen, um seine Miete begleichen zu können. Das sei der Beginn gewesen, sagte er der Zeitung, seither bestimmten die Unternehmer alles, die Arbeiter zählten nichts mehr. Er könne nicht einmal zum Zahnarzt gehen, weil er ihn sich nicht leisten könne, er sei auf Essensmarken angewiesen, aber der Staat gebe pro Minute vierunddreißig Millionen Dollar für Rüstung aus. Vierunddreißig Millionen! Pro Minute! Schweinerei, hatte Lucy gesagt, als Jay ihr den Artikel vorgelesen hatte. Ja, hatte er gedacht, Schweinerei.

Bin so weit, sagte Lucy.

Halt dich fest.

Jay öffnete einen weiteren Hemdknopf, fuhr sich durchs Haar und setzte sich aufrecht hin.

Mitbürgerinnen und Mitbürger!

Ich habe dieser Tage eine Geschichte über einen Amerikaner gelesen, die mich zutiefst berührt hat. Es ist die Geschichte eines fleißigen Arbeiters, der nichts wollte als seinen gerechten Anteil an dem Kuchen, den er mitbäckt. Als ich vor sechs Jahren –

Jay sprach ernst und ergriffen. Er blickte direkt in die Kamera und legte kleine Pausen ein, um seinen Worten Gewicht zu verleihen, während er die Geschichte erzählte, die er in der Zeitung gelesen hatte.

Heute sehe ich: Ich habe einen Fehler begangen. Heute sage ich: Wir in Washington sehen allzuoft die Nöte der Menschen nicht, die ihr Bestes geben, um für sich und ihre Familien diese große Nation jeden Tag aufs Neue ein Stück größer zu machen. Heute entschuldige ich mich –

Jay schlug die Augen weit auf. Er fühlte, wie er von seinen eigenen Worten gerührt war, und holte tief Luft.

Für den Fehler, den ich vor sechs Jahren begangen habe, indem ich Menschen die Arbeit nahm, die nichts anderes wollten als das, wonach wir alle streben: Anerkennung, Gerechtigkeit, Würde. Was ich getan habe, kann ich nicht ungeschehen machen. *Einen* Fehler kann ich allerdings ausmerzen. Heute bitte ich Sie um Vergebung. Ich erkläre den Bann für null und nichtig.

Jay dankte für die Aufmerksamkeit und bat Gott, die Vereinigten Staaten von Amerika zu schützen.

Ein echter Staatsmann, sagte Lucy, nachdem sie Stop gedrückt hatte.

Wie war ich?

Einmal brach dir beinahe die Stimme.

War das zu viel?

Lucy schüttelte den Kopf.

Was jetzt?

Nachdem sie das Video gesehen und für gut befunden hatten, musste Jay nur einen Anruf tätigen, um die Adresse des entlassenen Fluglotsen herauszufinden. Er war nicht umsonst Polizist gewesen. Jay bestand darauf, zu jenem Postamt zu fahren, in dem Lucy damals das Bewerbungsschreiben aufgegeben hatte.

13

Vielleicht wäre es besser, selbst hinzufahren, sagte Lucy.

Warum?

Damit das Paket ankommt.

Warum sollte es nicht ankommen? Bin ich Präsident oder nicht?

Seit du Präsident bist, hat sich einiges verändert – nicht unbedingt zum Guten.

Kannst jederzeit in mein Büro kommen und sagen, was dir nicht passt.

Wo man's braucht, wird auf Teufel komm raus gespart, und wo's niemand braucht, wird das Geld zum Fenster rausgeworfen. Frag mal Jim, wie's bei der Post aussieht.

Jay setzte sich auf die Couch im Wohnzimmer. Lucy musste recht haben: Die Wohnung des Mannes war viel weiter entfernt als das Postamt; an einem herrlichen Sommertag wie diesem hätte sie Sonnenliege und Pool niemals grundlos verlassen. Vor zwei Jahren hatten alle auf einmal über das Ozonloch gesprochen. Im selben Jahr war Reagan ein Hautkrebs entfernt worden, seine Administration hatte Treibhausgase verboten. Seither verwendete Lucy Sonnencremes mit hohem Schutzfaktor, die meisten ihrer Sprays gab es nicht mehr. Der Verrückte und der Trübsinnige hatten auch ohne ihn gewonnen.

Lucy hatte vor Freude geweint, als sie nach der Rückkehr todmüde in den Garten geschlichen war und ihren Pool gesehen hatte. Sie hatte Jay umarmt, ihn immer wieder schmatzend auf die Wangen geküsst. Lass dich *abbusseln*, hatte seine Mutter gesagt, wenn sie sich über etwas besonders freute. Lucy hatte ihn abgebusselt. Und wie. Als er am nächsten Tag beim Aufwachen verwundert festgestellt hatte, dass es bereits elf war, war Lucy nicht mehr neben ihm gelegen. Er hatte sie nicht lange suchen müssen. Sie war mit Sonnenbrille und Schlapphut im Pool geschwommen. Er hatte Kaffee gekocht und ihr zugesehen. Es war erhebend, Präsident zu sein.

Zivil oder –

Wenn schon, denn schon.

Als sich Jay umgezogen und seine Frisur präsidentengerecht gestaltet hatte, stiegen sie in den Wagen. Er verteufelte den dunkelblauen Anzug, in dem er fürchterlich schwitzen würde. Auf der Fahrt diskutierten sie darüber, ob sie das Paket einfach in den Briefkasten stecken oder es Herrn Powell, wenn er zuhause war, persönlich übergeben sollten.

Hab zur Sicherheit den Fotoapparat dabei, sagte Lucy.

Sie hielten in einer Gegend, in der Lucy noch nie und in der Jay bislang nur in Uniform gewesen war. Weit und breit schienen sie die einzigen Weißen zu sein. Menschen saßen vor Häusern, Jugendliche strichen um die Blöcke, aus Transistorradios plärrte nervenzersägende Musik. Das große Wohnhaus hatte schon weit bessere Zeiten gesehen; sie mussten lange zurückliegen. Die Fassade bröckelte, das Haus drohte jeden Moment einzustürzen, die elektrischen Leitungen sahen wenig vertrauenerweckend aus, und die auf die Wände geschmierten Parolen schienen nicht von Menschen zu stammen, die in einer glänzenden Stadt auf einem Hügel lebten. Als sie aus dem Auto stiegen, spürte Jay abschätzige Blicke in seinem Rücken.

Weiß nicht, ob ich hier so populär bin, flüsterte er Lucy zu.

Der Briefkasten vor dem Stiegenhaus war schwer ramponiert. Auf einem der wenigen nicht aufgebrochenen Fächer stand *M. Powell.*

Einwerfen?, fragte Jay.

Ohne Schlüssel?

Jay musste lachen. Lucy hatte recht. Er sollte sie zu seiner Beraterin in Postangelegenheiten bestellen.

Im Stiegenhaus roch es nach Küche. Nach Küchen. Verschiedene Gerüche und Gewürze vermischten sich, Kinder quengelten, Mütter wurden lauter, ein Hund bellte wie verrückt. Bei jedem Schritt knarzten die hölzernen Treppen. Im sechsten oder siebten Stockwerk fanden sie den gesuchten Namen.

In der Einkaufstasche auf den Türknauf hängen?, fragte Jay.

Lucy klingelte.

Schritte näherten sich, Jay sah Lucy hilflos an. Lucy zuckte mit den Schultern, Jay strich sein Sakko glatt.

Michael Powell war einen halben Kopf kleiner als Jay, sein angegrautes gekräuseltes Haar kurz geschnitten. Er war glattrasiert, trug eine große getönte Brille, ein kurzärmeliges graues Hemd und dünne rote Jeans. Er hatte die Tür einen Spaltbreit geöffnet und legte den Kopf schief, als er den Blick von Jay zu Lucy und wieder zurück pendeln ließ. Er runzelte die Stirn. Er hatte nicht gelogen, wenn er sagte, er könne sich keinen Zahnarzt leisten.

Wollt ihr mich verarschen?

Er deutete auf Jay.

Guten Tag, Herr Powell, sagte Jay.

Hallo, sagte Lucy. Mein Name ist Lucy Immer. Und das ist –

Ronnie Immer, oder wer?

Mein Mann Jay. Wir haben was für Sie. Wir würden uns gern mit Ihnen unterhalten.

Seid ihr von den Zeugen Jehovas?

Jay fühlte sich wie ein Idiot. Er schüttelte energisch den Kopf, als hätte der ehemalige Fluglotse seine Frage ernst gemeint. Am liebsten hätte er sich weggezaubert. Er stand als Ronald Reagan vor der Wohnungstür eines Mannes, den Ronald Reagan gefeuert hatte.

Haben Sie einen Videorekorder?, fragte Lucy.

Michael Powell nickte.

Sogar Kühlschrank und Waschmaschine.

Wir würden Ihnen gern was zeigen. Mein Mann hat den Bericht über Sie gelesen.

Und seither verkleidet er sich so?

Jay wollte etwas sagen.

Kommen Sie. Sie werden mich ja nicht lynchen.

Die Wohnung war winzig. Vom Eingang gelangte man zu einer Küchennische, hinter der ein kleines Schlafzimmer mit Einbauschrank lag. Vor der Küchennische zweigte ein schmaler Flur zu einem kleinen Wohnzimmer ab, Toilette und Bad befanden sich zwischen Wohnzimmer und Küche. Auf einem Tisch am Fenster ließ ein Ventilator die Seiten einer aufgeschlagenen Zeitung flattern. Bis an die Decke reichende Regale waren mit Büchern, Platten und Videokassetten vollgerammelt, an die dem Fenster gegenüberliegende Wand war eine grüne Couch mit einem Tischchen gerückt. Alles war so sauber und ordentlich, dass Lucy sich fragte, ob Herr Powell in der Arbeitslosigkeit einen Putzfimmel entwickelt habe.

Michael Powell bedeutete ihnen, es sich auf der Couch bequem zu machen, während er die Videokassette in den Rekorder schob.

Früher, sagte er, als ich's mir hätte leisten können, war's mir egal, wie groß meine Bude ist. War ja nie zuhause, immer am Arbeiten. Später war ich eine Zeit lang nur zuhause. Fällt einem schon die Decke auf den Kopf. Man stellt sich sehr viele Fragen auf einmal. Vor allem über sich selbst.

Sie haben's trotzdem schön hier, sagte Lucy.

Ja, trotzdem. Das war eine der Antworten auf meine vielen Fragen: trotzdem. Glauben Sie mir: Hier sah's mal ganz finster aus. Darf ich Ihnen was zu trinken anbieten?

Nach der Ansprache, sagte Jay.

Nach der was?

Bitte auf Play drücken.

Michael Powell nahm auf dem grünen Hocker neben dem Tischchen Platz und drückte auf Play. Jay beobachtete ihn aus den Augenwinkeln. Der ehemalige Fluglotse hatte sich nach vorne gebeugt und sah äußerst aufmerksam hin. Etwas in ihm schien sich zu bewegen. Anfangs hielt er den Atem an, eine Ader an der Schläfe schwoll an, seine Backenknochen mahlten, bei der Entschuldigung lächelte er gequält. Als der Bann für null und nichtig erklärt wurde, nickte er. Nach der letzten Einstellung flimmerte der Bildschirm schwarzgrau weiter. Es rauschte, bis Michael Powell auf Stop drückte.

Jetzt muss es nur noch CNN ausstrahlen.

Zum Beispiel, sagte Jay.

Hilft uns zwar nicht weiter, aber – Wissen Sie, was ich dachte?

Lucy blickte ihn fragend an.

Wie schön es umgekehrt wäre.

Wenn Sie Reagan wären?, fragte Lucy.

Mit *der* Hautfarbe?

Jay suchte nach einem passenden Witz. Ihm fiel keiner ein. Ihm fiel auch nicht ein, warum er das Video aufgenommen hatte. Vor allem fiel ihm nicht ein, warum er es hierhergebracht hatte.

Wie schön es wäre, wenn das hier der echte und das vor sechs Jahren der falsche Reagan gesagt hätte.

Was heißt der falsche?, sagte Jay.

Der andere!

Michael Powell hob entschuldigend die Arme. Auf einmal grinste er.

Ich verneige mich vor dem anderen Reagan.

Er stand auf und streckte Jay seine Hand entgegen. Jay erhob sich, strich sein Sakko glatt, zog seinen Krawattenknopf nach und schüttelte sie.

Ein historischer Moment, sagte Michael Powell. Ich hol meinen Fotoapparat. Glaubt mir ja keiner. Wenn wir's etwas verschwommen –

Sehr sympathisch, sagte Jay. Sie sind der Erste, der nicht sagt: Wissen Sie überhaupt, *wie* ähnlich Sie ihm sehen? Sie sagen: Sie sehen ihm gar nicht so –

Das hab ich wiederum nicht gesagt.

Ich hab einen Fotoapparat dabei, sagte Lucy.

Ich will meinen eigenen Beweis.

Als Michael Powell verschwand, blickten Jay und Lucy einander ratlos an. Das Zimmer strahlte Ruhe und Konzentration aus. Alles schien an seinem Platz zu sein, einem genauen Plan zu unterliegen. Trotz des Ventilators schwitzte Jay. Er fand keine Anzeichen für die Gegenwart eines anderen

Menschen. Lucy griff nach einem Magazin und fächerte sich Luft zu. Kein Hinweis auf Kinder.

Bin ich dann die andere First Lady?

Die fröhlichere. Die bessere Schwimmerin.

Michael Powell kehrte mit seinem Fotoapparat zurück, Jay und er stellten sich vor ein Bücherregal. Auf Lucys Geheiß reichte Jay dem ehemaligen Fluglotsen mit ernstem Blick die Videokassette. Michael fasste sie mit drei Fingern der Rechten an, vorsichtig, als könnte das Geschenk giftig sein.

Das ist mein Reich.

Michael Powell breitete die Arme aus und drehte sich mit geschlossenen Augen einmal um die eigene Achse. Über eine hölzerne Leiter waren sie zu einer Luke geklettert, auf der *Betreten strengstens verboten* stand. Er hatte sie aufgestoßen und der First Lady die Hand gereicht. Jetzt standen sie auf dem Dach des Hauses. Über ihnen wölbte sich ein dunkelblauer Himmel; vor, unter und über ihnen lag die Stadt unter einer gleißenden Sonne. Ringsum Sozialbauten, ein bröckelndes Betonheer voller Graffitis und ordinärer Schmierereien. Sie deuteten auf die Wolkenkratzer im Loop und den schwarzen Hancock Tower im Hintergrund. Immer wieder heulten Sirenen auf. In der Ferne kreiste ein Helikopter.

Was halten Sie vom Klimawandel?, fragte Jay.

Eine Verschwörung der Linken, sagte Michael Powell und zwinkerte ihm zu, um die Wirtschaft zu ruinieren. Außerdem: Ich bin Michael.

Das Dach war uneben, Grünzeug spross aus dem Beton. Ein paar Schornsteine, auf denen Antennen angebracht waren, ragten ins Blaue, neben einer Sonnenliege lag ein gelber Sonnenschirm. Michael Powell steckte ihn in den Ständer und spannte ihn auf; mit geübten Schritten verschwand er hinter der aufgeklappten Luke, um kurz darauf mit zwei weiteren Liegen zurückzukommen. Die Kühlbox stellte er unter den Sonnenschirm. Er reichte Lucy eine Flasche Wasser und Jay eine Dose Bier.

Damit würde sich Reagan höchstens fotografieren lassen. Ein ganz normaler Junge, der Pabst Blue Ribbon trinkt.

Weiß nicht, sagte Jay. Sein Vater war Alkoholiker.

Endlich konnte er sein Sakko ausziehen. Die Hitze war unerträglich, aber hier oben etwas weniger schlimm. Jay krempelte die Ärmel hoch, nahm die Krawatte ab, öffnete die oberen Hemdknöpfe. Lucy und Michael hatten es sich in ihren Liegen bequem gemacht, Jay ließ sich nach hinten sinken. Er beobachtete einen Schwarm Sperlinge.

Davon kann man leben?, fragte Michael und deutete auf Jays Gesicht.

Jay nickte.

Derzeit bist du nicht sonderlich beliebt.

Wo ich eingeladen werde, sieht's anders aus.

Was ich nicht verstehe, sagte Lucy. Er war doch selbst Gewerkschafter.

Gewerkschafter!

Michael lachte.

Hat in Hollywood Kommunisten bekämpft. Überall Kommunisten gesehen und zu entfernen versucht. Dann für seine Gewerkschaft einen Exklusivvertrag mit einer großen Produktionsfirma geschlossen, in dem auf alle üblichen Forderungen verzichtet wurde. Die Schauspieler mussten für nichts und wieder nichts arbeiten. Man erklärte ihnen, damit bekämen sie einen Fuß in die Tür. Aber auf der Leinwand und in seinen Reden der einfache Typ von nebenan! Der die Sorgen der Menschen kennt. Dem das einfache Leben nicht nur nicht fremd, sondern lieb ist. Der Gewerkschafter der Bosse. Hat sich nichts geändert daran. Dafür durfte er in ein paar Idiotenfilmen mitspielen. *Bedtime for Gonzo*. Er und der Schimpanse, dem er menschliche Moral beibringen will. Hoffentlich nicht seine.

Er tippte sich auf die Stirn.

Aber Gorbatschow! Das ist ein anderes Kaliber! Tausendmal klüger. Der verändert wirklich was.

Es war ein angenehmer Nachmittag auf dem Dach. Sie sprachen über die verrückte Zeit, in der sie lebten, über die bröckelnde Welt, die jederzeit von Atombomben zerstört werden konnte, während sie Flugzeuge beobachteten und in der Ferne Gebäude zu bestimmen suchten. Über mehrere miteinander verbundene Verlängerungskabel schloss Michael einen Elektrogrill an einer Steckdose in seiner Küche an. Er erzählte von seiner Freundin, die ihn ein Jahr nach seiner Kündigung verlassen habe, was ihn noch tiefer ins Elend gestürzt habe, wobei er ihr heute nicht mehr böse sein könne. Er sei unleidlich gewesen, bitter, zänkisch, ständig beleidigt. Er habe sich überall benachteiligt gefühlt – und sei überall benachteiligt worden. Aber dann habe er sich geschworen, sich von diesem Präsidenten und diesem System nicht zerstören zu lassen.

Sie aßen Würste und Maiskolben. Allmählich wurde es milder, der Grill kühler. Michael Powell hatte viel gelesen. Er habe etwas verstehen wollen, über sich, über die Welt. Das sei die einzige Möglichkeit gewesen, um aus seinem Loch herauszukriechen. Keine Arbeit, kein Geld, ringsum nur Elend. Zum Glück habe er ein Dach über dem Kopf. Und einen Kopf über dem Dach.

Dafür bekommt's Reagan von seinen Kindern: Der Sohn ist Balletttänzer, die Tochter macht in der Antikriegsbewegung gegen ihren Vater Stimmung. Habt ihr Kinder?

Eine Tochter, sagte Lucy, Barbara.

Und?

War auch nicht immer leicht, sagte Jay. Vor allem in den Siebzigern, als alle rebellierten. Aber jetzt –

Bist du bloß das System, sagte Michael.

Eher ein Unterhalter.

Wenn dir applaudiert wird, applaudiert man doch eigentlich ihm.

Man applaudiert mir, weil ich ihn gut interpretiere.

Eine Zeit lang sagte Michael Powell nichts. Er schien Jays Antwort zu bedenken. Es sah nicht danach aus, als stimmte er ihr zu.

Wart ihr unlängst bei einem Nobelitaliener?

Warum?, fragte Lucy.

Sie sagte es so leise und verzagt, dass sich Jay aufsetzte.

In einem Schundblatt stand, der Präsident sei mit einer unbekannten Dame bei einem Italiener in Chicago gesehen worden. Sehr innig, sehr vertraut. Hat er eine Affäre? So ungefähr.

Jay hatte nichts davon gehört.

Wo stand das?

Weiß nicht mehr. So könnten wir ihn kriegen! Ihr knutschend, leicht verschwommen, aus der Ferne aufgenommen!

Als die Sonne unterging, standen sie schweigend auf dem Dach und beobachteten das tieforange Leuchten am Horizont. Jay griff nach Lucys Hand, während Michael verkündete, Gorbatschow werde die Welt retten, weil es ihm ernst sei mit Abrüstung und Vernichtung von Atomwaffen. Genf und Reykjavík, die ersten beiden Treffen seien einzig und allein an Reagan gescheitert. Weil er Star Wars nicht aufgeben wolle! Dieses Märchen von Satelliten im All, die abgefeuerte Atomraketen entdecken und unschädlich machen könnten. Wer glaubte so etwas? Und selbst wenn es möglich wäre: Wo explodierten die Atombomben dann, und hätte das keine Auswirkungen?

Hat in den Fünfzigern in einem Film mitgespielt, in dem was Ähnliches erfunden wurde. Der Präsident lebt in einem Film.

Michael Powell wollte etwas sagen, behielt es aber für sich. Eine Weile schien er seinen Gedanken nachzuhängen.

Woher bist du eigentlich?

New York.

Ursprünglich, meine ich. Der Akzent.

Im Burgenland geboren.

Im wo?

Österreich.

Ah. Hitler. Und Waldheim.

Jay hatte noch nie jemanden in diesem Land den Namen Waldheim aussprechen hören. Lucy und er nannten ihn nur noch Waldhaus, woraufhin sie jedes Mal herzlich lachten, weil ihnen Dr. Welser und das Gasthaus mit den Fremdenzimmern einfiel. Er hätte das Foto machen sollen. Vielleicht hätte es Reagan den Kopf gekostet. Immerhin waren dreihunderttausend US-Soldaten gefallen, um die Welt vom Nationalsozialismus zu befreien. Damit wäre aber auch Jay arbeitslos geworden.

Erinnert ihr euch, was als Reagans großer Triumph in Genf gefeiert wurde? Nach dem ersten Treffen mit Gorbatschow?

Michael Powell wartete keine Antwort ab.

Dass er an einem kalten Tag im Anzug aus dem Gebäude tritt, um den Generalsekretär der KPdSU zu begrüßen, während der viel Jüngere Mantel, Schal und Hut trägt. Unserem Präsidenten ist nicht kalt! Dem Russen schon!

Er schüttelte den Kopf und legte seinen Arm auf Jays Schulter.

Danke für die Ansprache. Werde sie in Ehren halten.

14

Wenige Tage später war das Video im Fernsehen. Schalt ein, Papa, rief Barbara am Telefon, ihre Stimme überschlug sich, ich bin so stolz auf dich!

Das hatte Jay seit Ewigkeiten nicht gehört. Seine Tochter und er waren politisch nie einer Meinung gewesen. Wobei sich Jay nie als politisch verstanden hatte. Er hatte gewisse Ansichten über das Zusammenleben von Menschen, über die Art und Weise, wie man zivilisiert miteinander umging, und er hatte klare Vorstellungen von Gut und Böse. Es war gut, seinem Nächsten zu helfen. Es war böse, ihm etwas zuleide zu tun. Es freute Jay, wie herzlich seine Tochter klang. Es beunruhigte ihn aber auch. Sie unterließen es seit Langem, über das zu sprechen, was im Land und auf der Welt vor sich ging.

Jay rief Lucy, die in ein Handtuch gewickelt vom Pool kam und feuchte Abdrücke auf dem sonnenbeschienenen Boden hinterließ. Sie setzten sich auf die Couch, draußen trillerten die Vögel. Ein Kardinal sang; wahrscheinlich hatte er sich an den Brombeeren gütlich getan. Jay hatte viele Fotos von sich als Präsidenten gesehen. Man schickte sie ihm nach Veranstaltungen, auch Videos. Die Kassetten bewahrte er in einer eigenen Schublade auf.

Aber das war etwas anderes. *Der andere Reagan* war auf einem Streifen unter dem laufenden Bild zu lesen. Lucy blickte ihn verstört an. Jay spürte, wie etwas in ihm zu rumoren begann. Es war wie früher vor einem gefährlichen Einsatz, wenn er mit Kollegen in einem Wagen saß, mit Blaulicht und Sirene, und sie auf dem Weg zum Einsatzort über Funk alles andere als beruhigende Durchsagen bekamen. Will Turner fiel ihm ein, sein großer, starker Kollege mit dem dichten schwarzen Schnurrbart, der bei einem Schusswechsel neben ihm zusammengesackt und nie wieder aufgestanden war. Elf Jahre war das her. In seinen Träumen sah er ihn immer noch. Zu Weihnachten rief er Wills Frau an. Sie weinte immer noch. Die zwei Mal, die Jay angeschossen worden war, fielen ihm ein, und auch wenn er nicht daran denken wollte, meldete sich das Gefühl von damals zurück: Das war's jetzt. Kann es das, darf es das jetzt gewesen sein? Er sah sich wie einen Fremden auf dem Bildschirm, ernst und gefasst und reumütig, während ein Moderator einen Journalisten fragte, was von dieser Rede zu halten sei, ob das Weiße Haus und –

Jay fühlte sich wie gelähmt. Es war zwar kein großer Sender, aber –

Das Telefon läutete. An diesem Tag hörte es nicht zu läuten auf. Es war nicht bloß der kleine Sender, der seine Ansprache ausstrahlte. Andere zogen nach, und die Freunde und Bekannten, die anriefen, gratulierten ihm. Sie gratulierten ihm dazu, im Fernsehen zu sein. Die einen priesen seine Echtheit, die anderen den eleganten Auftritt. Manche fanden gut, was er gesagt hatte, andere sagten nichts dazu, und dieses Nichts war beredt genug; aber sie schienen stolz auf sich zu sein, weil sie jemanden kannten, der im Fernsehen war. Jetzt bist du auf deine alten Tage Kommunist geworden, sagte Collin, sein alter Kumpel von der Polizei, der ihm die Adresse von Michael Powell besorgt hatte. Weil ich mich geärgert hab, dass fast zwölftausend Menschen ihre Arbeit verloren haben?, hatte er schärfer als gewollt geantwortet. War ein Scherz, Jay, hatte Collin gesagt, ich würde dich trotzdem wählen.

Wohin gehst du?, fragte Lucy.

Raus. Hab zu tun. Die Blumen vertrocknen, der Rasen sieht aus wie bei den Wilden.

Aber das Telefon!

Sag, ich bin nicht da. Oder geh nicht ran. Was weiß ich!

Er holte den Kescher aus der Garage und fischte alle Blätter aus dem Swimmingpool. Er goss sämtliche Blumen und Sträucher, als dürsteten sie seit Wochen. Er putzte und schrubbte den Grill auf der Terrasse, bis er wie neu funkelte. Er holte den Rasenmäher aus der Garage und eine Dose Bier aus dem Kühlschrank. Es war heiß; er schwitzte. Er trank das kalte Bier mit wenigen Schlucken aus und griff nach einer frischen Dose. Während er den Rasenmäher über das Grün schob, verfluchte er die Schnapsidee, eine Ansprache aufzunehmen.

Jay! Jay!! Jay!!!

Er musste den Mäher abstellen. Lucy stand auf der Terrasse und winkte ihn zu sich.

Es ist Ron, flüsterte sie, ich hab gesagt, ich schau, ob du da bist. Er ist ganz aufgeregt.

Sie imitierte seine Fistelstimme:

Wunderbar, wunderbar, wunderbar! Aufträge, Aufträge –

Bin nicht da.

Das ist dein Agent.

Ich bin nicht hier!

Jay drehte sich um und startete den Rasenmäher. Was ihn immer beruhigt, zumindest ausgelaugt hatte, beruhigte ihn nicht. Er fühlte sich gefangen. Er fühlte sich in seinem eigenen Garten gefangen. Er wollte nicht im Fernsehen sein. Er hatte jemandem eine Freude bereiten wollen. Eine Dummheit, murmelte er, während er den Rasen gleichmäßig mit stiller Wut mähte, eine sagenhafte Dummheit!

Als der Rasen gemäht und die Mahd in schwarze Plastiksäcke verpackt war, putzte er das Gerät. Kein Grashalm sollte daraufbleiben. Das Wasser prallte von der roten Oberfläche ab, spritzte ihn an, sein weißes Unterhemd klebte am Körper, nicht einmal der kleine rote Kardinal mit den aufgestellten Federn, der ihn brombeerpickend aus sicherer Entfernung beobachtete, konnte ihn aufheitern. Ein paar Bäume mussten gestutzt werden. Alte, dürre Äste mussten weg. Kurz erschrak er, als er sich als alten, dürren Ast sah, der wegmusste. Aber bis dahin war es noch eine Weile. In ihm war noch Kraft. Er war noch im Saft. Als er mit Leiter und Säge und einer weiteren kalten Dose Bier aus der Garage in den Garten kam, rief Lucy wieder nach ihm.

Bin nicht da!

Es ist Michael.

Michael wer?

Powell.

Jay ließ alles liegen und stehen und eilte ins Wohnzimmer. Er nahm den Hörer vom Tisch und räusperte sich.

Ja?

Jay, hier ist Michael, Michael Powell.

Und?

Ich hab die Kassette einem Bekannten von der Gewerkschaft zum Anschauen gegeben. Zum *Anschauen*! Ich weiß nicht, ob das – Ich hab kein Wort darüber verloren, sie weiterzugeben, geschweige denn –

Ich will das nicht. Hörst du? Ich will meine Ruhe!

Warum hast du's dann aufgenommen?

Weil ich ein Esel bin! Weil etwas mit mir davongaloppiert ist! Das war ein Scherz!

Dass ich und fast zwölftausend andere gefeuert wurden?

Hab mich geärgert. Gut? Fand's unfair.

Dann bleib dabei. Jetzt kannst du uns wirklich helfen. Bislang hast du *ihm* geholfen.

Wirklich helfen, murmelte Jay, als er mit einer Säge auf die Leiter kletterte. Wirklich helfen! Er sägte die verdorrten Äste ab und versuchte nur an die Äste, die Säge und die Leiter zu denken. Alles drehte sich in seinem Kopf. Die dürren Äste, die wegmussten, um neue, frische, grüne Triebe zu ermöglichen. Das Gras, das gemäht werden musste und wieder nachwuchs. Die Wanderdrosseln und Hauszaunkönige, die nach Würmern für ihre Kleinen suchten. Die Nachbarn, die ihn im Fernsehen sahen, die Kollegen von einst.

Da fielen ihm Kellner und Lokalbesitzer ein. Gaetano's war bloß der Anfang gewesen. Lucy und er hatten öfter gratis gegessen. Jedes Mal hatten sie sich wie Kinder gefreut, die Verbotenes naschten. Danach hatten sie einander ein ums andere Mal versichert, es von nun an bleiben zu lassen – oder es nur dann zu tun, wenn jemand sie wieder einmal herablassend behandeln sollte. Einige Male, in Lokalen, die sie sich nie hätten leisten können, hatten sie den Abend bei Gaetano's gleichsam wiederholt. Verkleidet als Präsident, Witze erzählend, um Vermeidung jeglicher größeren Aufmerksamkeit bemüht. Man wollte auch einmal Privatperson sein. Selbst als mächtigster Mann der Welt. Man wollte in Ruhe mit einer Mitarbeiterin speisen, die vielleicht mehr als eine Mitarbeiterin war. Einige Male war es gerade dann geschehen, wenn Jay nicht wie *er* hatte aussehen wollen. Wenn er in Shirt und legerer Kleidung, mit Mütze oder abgetragenen Schuhen mit Lucy in einem stinknormalen Diner Platz genommen hatte.

Die junge Kellnerin, die bleich geworden war und das Tablett mit größter Mühe nicht hatte fallen lassen und gestottert hatte, ihr sei schon klar, dass er Privatsphäre wolle – woraufhin sie nichts hatten bezahlen müssen, weil die Kellnerin mit dem Geschäftsführer telefoniert hatte, nachdem sie Entschuldigungen murmelnd davongestürzt war. Oder der Lokalbesitzer, der gemeint hatte, sie sollten in Ruhe essen, er werde persönlich dafür sorgen, dass sich niemand dem Tisch nähere, aber er solle sich vor den verdammten Russen in Acht nehmen, denen könne man keinen Fußbreit über den Weg trauen. Keine Sorge, hatte Jay gesagt, ich habe Anfang der Sechziger einem Dokumentarfilm über die Wahrheit des Kommunismus meine Stimme geliehen. Er hatte Reagans Worte wiederholt:

Karl Marx war die meiste Zeit seines Lebens ein kranker Mann – krank im Körper und krank im Geist.

Seltsam. Früher, also vor Kalifornien und dem Unterschreiben des Vertrags, war Jay das nie passiert. Man hatte ihn auf die Ähnlichkeit hingewiesen. Auf das Essen hatte man ihn nicht eingeladen.

Jetzt, auf der Leiter, während die Vögel sangen und die Sonne brannte und die verdorrten Äste von grauem Moos überwachsen waren, fragte er sich, ob in den nächsten Tagen Rechnungen eintrudeln würden. Oder Briefe von Rechtsanwälten. Wegen Betrugs. Amtsanmaßung. Verspottung des Staates. Verächtlichmachung des Präsidenten. Jay konnte keinen klaren Gedanken fassen. Lucy lag noch immer nicht am Pool, also läutete das Telefon weiterhin.

Er stieg von der Leiter, wischte sich den Schweiß von der Stirn. Sein Blick fiel auf die Bierdose. Er hob sie hoch und nahm einen tiefen Schluck.

Er wollte schreien; aber er konnte nicht. Etwas bewegte sich in ihm. Etwas flatterte in ihm. Etwas stach ihn in den Hals. Er wollte nach Lucy rufen, aber – Er lief ins Wohnzimmer. Er bekam kaum Luft. Lucy telefonierte. Als sie ihn sah, legte sie den Hörer beiseite.

Mich hat was gestochen. In den Hals.

Ruf dich zurück, sagte Lucy und legte auf. Ich ruf die Rettung.

Keine Zeit. Wir fahren. Jetzt.

Jay raste los. Lucy ließ ihn nicht aus den Augen. Er rang um Atem. Er wusste, dass er schnell sein musste. Er wollte nicht daran denken, dass er sterben könnte, weil er nicht in die Dose geschaut, weil er die Dose nicht abgedeckt hatte. Er hätte vorhin nicht an Will und an all das – ihm wurde schwummerig vor den Augen, er musste sie immer weiter aufreißen, der Hals brannte entsetzlich. Er stieg aufs Gas. Als er auf dem Krankenhausparkplatz anhielt, meinte er, jeden Moment das Bewusstsein zu verlieren. Vielleicht für immer. So knapp vorm Ziel. Lucy hakte ihn unter. Er sah die blanke Angst in ihrem Gesicht. Er sah den Eingang vor sich. Weiter musste er nicht kommen. Nur bis zum Eingang.

Es war knapp gewesen. Wenn er in seinem benebelten Zustand alles richtig verstanden hatte, hatte es sich lediglich um Minuten gehandelt. Jay Immer, ehemaliger Polizist, zweimal angeschossen, hochdekoriert, Präsidentendouble nach dem frühzeitigen Ausscheiden aus dem Dienst, verstarb am 9. August 1987 in Chicago an den Folgen eines Wespenstichs. Oder: an den Folgen eines Schlucks Bier, in dem eine Wespe schwamm. Es war dermaßen haarsträubend, dass er die Ansprache und ihre Ausstrahlung beinahe vergessen hätte.

Als er zu sich kam, saß Lucy neben seinem Bett. Sie hielt seine Hand. Er musste sich kurz orientieren, um zu verstehen, wo er war.

Ich hab mich von der Wespe nicht bezwingen lassen.

Mein Gott, hast du mir einen Schreck eingejagt! Hättest dich sehen sollen, Jay. Bleich wie der –

Beim Lügen ertappte Präsident.

Du bist in der Notaufnahme kollabiert.

Das war ihm neu. Überhaupt erinnerte er sich nur noch daran, zum Auto gelaufen zu sein. Sein Hals schmerzte. Das Reden schmerzte. Das Atmen fiel ihm schwer. Eine Frage von Minuten. Es war zum Schämen. Andererseits auch Anlass, Vertrauen zu sich zu fassen. Er hatte schnell und traumwandlerisch richtig gehandelt. Er durfte sich nicht angreifen lassen. Schon gar nicht von Wespen. Er hatte einen Verband um den Hals.

Haben sie meinen Kehlkopf aufgeschnitten?

Nein.

Die Luftröhre?

Ich will dich nicht enttäuschen, Liebling, sagte Lucy und lachte zum ersten Mal. Du hast eine Spritze bekommen. In die Speiseröhre. Dein Pech war die Wespe. Eine Biene hätte nur einmal gestochen. Die Wespe kämpfte in dir um ihr Leben. Zum Glück hast du sie geschluckt.

Freu mich auf den nächsten Stuhlgang, sagte Jay nicht. Er dachte es und setzte sich auf.

Warum bin ich noch im Krankenhaus?

Weil du ohnmächtig warst. Wenn alles gut ist, dürfen wir nach der Visite heim.

Warst du die ganze Zeit –

Lucy nickte. Sie sah müde und erleichtert aus. Auf einmal musste Jay lachen. Es tat weh, aber er konnte nichts dagegen tun.

Weißt du, was *er* nach dem Attentat des verrückten Jodie-Foster-Fans zu den Ärzten im Krankenhaus gesagt hat? Die Kugel war einen halben Fingernagel vor seinem Herzen stecken geblieben.

Lucy schüttelte den Kopf.

Ich hoffe, Sie sind alle Republikaner.

Die Sonne strahlte, als sie das Krankenhaus verließen. Jay atmete tief ein – so tief er eben konnte. Ihm fielen Freunde ein, die einen Herzinfarkt, einen Schlaganfall oder einen schweren Unfall überlebt hatten. Die seit diesem Tag ihren zweiten Geburtstag feierten, das Geschenk, noch am Leben zu sein. Er hatte eine Wespe überlebt. Es gab lächerliche Tode. Was nichts an der Sache änderte. Unlängst hatte er von einem Taucher gelesen, dessen Pech es war, just in jenem Moment nicht tief genug unter Wasser zu sein, in dem genau über jener Stelle, unter der er nicht tief genug war, ein Feuerwehrflugzeug Wasser zum Löschen eines Waldbrandes aufsog. Wie viele Tage hab ich noch?, fragte er sich. Er sollte sich diese Frage in Zukunft öfter stellen.

Weiß nicht, was ich ohne dich täte, sagte Lucy. Ich will vor dir sterben.

Sag so was nicht.

Ich sag's nicht gern. Aber wenn ich's mir aussuchen könnte –

Was würde *ich* tun? Kann nicht mal Ham and Eggs zubereiten! Ich fühle mich schon einsam, wenn du den Raum verlässt.

Lucy sagte nichts. Waren es Tausende von Tagen? Hunderte? Oder – Lucy schluchzte leise.

Was ist, Lucy? Ich geb auf mich acht. Versprochen. Ab heute kein Wespenfleisch für mich. Nie wieder.

Das ist das Schönste, was du mir je gesagt hast.

Sie hörten Radio. Sie taten, als hörten sie Radio. Eine merkwürdige Stille legte sich über sie und das Innere des Wagens, das Jay auf einmal wie ein Ort der Rettung erschien. Wie eine undurchdringliche Hülle, die sie von allen Wespen und Stichen für immer schützte. Wenn sie immer im Auto blieben, würden sie nicht sterben. Sie würden immer weiterfahren, immer weiter und immer weiter und immer beisammen sein im einträchtigen Schweigen, das nicht verriet, woran sie glaubten. Er sah die altbekannten Straßen und Gebäude und Geschäfte anders – als hätte er sie nie wirklich gesehen, als hätte er sie nie wirklich *an*gesehen. Dann bogen sie in ihre Straße. So hatte er sie tatsächlich noch nie gesehen.

Autos und Kleinbusse mit Antennen auf den Dächern standen vor ihrem Haus. Menschen standen vor ihrem Haus. Menschen mit Kameras und Menschen mit Mikrofonen standen vor ihrem Haus. Ihr Haus war belagert.

Jetzt aber nicht wahr, sagte Jay.

Dreh um.

Dadurch werden die auch nicht verschwinden.

Herr im Himmel!

Wer weiß, ob sie mich erkennen.

Jay hatte nach der Visite geduscht. Die Ärztin hatte ihn lächelnd *Herr Präsident* genannt und ihn zur Aufhebung des Banns beglückwünscht. Weil sie Hals über Kopf – Hals über Kopf, dachte er – davongerauscht waren, hatte er sich nicht umziehen können. Er trug eine ausgewaschene, ehemals dunkelblaue dünne Baumwollhose und ein Unterhemd, das weiß gewesen war, bevor er zum Arbeiten in den Garten gegangen war. Es roch leicht nach Bier und stark nach Schweiß. Er musste das Bier auszuspucken versucht haben, als die Wespe zum ersten Mal zugestochen hatte.

Wir kommen doch nicht mal bis zur Garage, sagte Lucy. Sie klang, als bräche sie jeden Moment in Tränen aus.

Als sie sich ihrem Grundstück näherten, kam Bewegung in den Ameisenhaufen. Kameras wurden geschultert, Mikrofone vor Münder gehalten, alle drehten sich in die Richtung, aus der ihr blauer Ford LTD anrollte. Sie waren wenige Meter vor der Garageneinfahrt, als die Ersten durch die Fenster ins Wageninnere fotografierten. Lucy hielt beide Hände vors Gesicht. Ein Kameramann blieb direkt vor ihnen stehen, neben ihm sprach eine große Blondine aufgeregt in ihr Mikrofon. Jay wollte nicht, er musste anhalten. Lucy öffnete die Beifahrertür und stieg aus.

Alle Kameras waren auf sie gerichtet. Man rief: *Frau Immer!*, manche riefen nach der *anderen First Lady*.

Lassen Sie uns bitte in Ruhe!

Jay konnte sich nicht erinnern, Lucy jemals so laut und bestimmt gehört zu haben. Aufrecht wie eine Generalin stand sie vor den Menschen.

Was sagen Sie zur Ansprache Ihres Mannes? Was wird der andere Reagan als Nächstes tun? Stimmt es, dass sie mit einer radikalen Gewerkschaft zusammenarbeiten? Herr Immer!

Wir kommen gerade aus dem Krankenhaus! Meinem Mann geht es nicht –

Ein Anschlag? Stimmt es, dass –

Mein Mann hatte einen Unfall. Er braucht Ruhe. Ruhe! Verstehen Sie? Ruhe! Lassen Sie uns –

Da erspähte Jay eine Lücke. Er lehnte sich weit nach rechts, jetzt erst fiel ihm auf, dass er, der ehemalige Polizist, nicht angegurtet war, zog die Beifahrertür zu und bog in die Einfahrt. Lucy drehte sich um, Kameras und Menschen drehten sich mit ihr, aber als sie ihren eigenen Grund betrat, wagte sich niemand weiter. Sie kramte den Schlüsselbund aus ihrer Handtasche und drückte einen Knopf. Das Garagentor öffnete sich langsam, Jay fuhr schnell hinein. Als er aus dem Auto stieg, fuhr das Tor hinunter. Lucy lehnte an der Wand. Er stieg aus. Ihr Atem ging schnell.

Hörst du?

Er hörte. Sie brüllten seinen Namen. Sie riefen nach dem anderen Reagan. Nur ein Wort! Nur ein paar Fragen!

Die hören nicht auf, sagte Lucy. Die hören nicht auf! Was sind das für Menschen?

Geh ins Haus. Ich stell mich.

Bist du verrückt?

Kurz.

Willst du dich nicht umziehen?

Jay nahm Lucys Schlüsselbund; als sie verschwunden war, ließ er das Garagentor hochfahren. Er trat ins Freie. Es blitzte und blitzte, trotzdem hörte er die Vögel zwitschern, die Menschen krakeelten durcheinander. Er ging ein paar Schritte auf die Meute zu. Neben dem Postkasten stand die große Blondine mit ihrem Mikrofon, auf dem ein Pelztier oder ein haariges Schoßhündchen aufgespießt zu sein schien. Sie hatte ihn vorher am Weiterfahren gehindert. Er sah Lucy, als wäre es gestern gewesen, mit einem aufgerissenen Brief fassungslos neben dem Briefkasten stehen, während er den Rasen mähte und nur noch wenige Tage Urlaub vor sich wähnte.

Herr Immer! Jay! Anderer Reagan! Wie geht's Ihnen? Stimmt es, dass – Haben Sie nicht – Was ist –

Sehr geehrte Damen und Herren, sagte Jay bedächtig. Augenblicklich kehrte Ruhe ein.

Ich wäre beinahe gestorben. Ich bin, wie man so schön sagt, dem Tod von der Schaufel gesprungen. Dabei habe ich mich verletzt. Da kommt man auf ganz andere Gedanken. Man fragt sich zum Beispiel – er redete einfach, er hatte nichts vorbereitet –, ob die Flagge unserer Vereinigten Staaten, die Armstrong und Co. auf den Mond gepflanzt haben, immer noch blau und rot und voller Sterne und Streifen – oder nicht längst von den Strahlen der Sonne ausgebleicht ist.

Jay hob seinen Kopf und schloss die Augen. Er hörte die Wanderdrosseln singen. Er roch das frische Gras. Er spürte die Sonne auf seiner Haut. Er sah Lucy neben seinem Krankenbett. Er nieste. Es schmerzte höllisch im Hals.

Weiße Fahnen. Auf dem Mond und auf der Erde. Ich kann mir nichts Schöneres vorstellen. Darf ich Sie um eine weiße Fahne bitten? Meine Frau und ich wollen den Rest unseres Lebens in Ruhe und Frieden genießen. Niemand weiß, wie viele Tage er noch vor sich hat. Seien Sie freundlich, seien Sie gut zueinander. Genießen Sie diesen herrlichen Tag!

Als sich Jay umdrehte, rumorte es. Er hörte einzelne Worte und Rufe, Schreie und Fragen. Sie übertönten das Singen der Wanderdrosseln.

Stimmt es, dass Sie Opfer eines Attentats wurden? Wer hat Sie angegriffen?

Jay drehte sich um und hob die Arme. Es wurde ruhiger. Er wartete, bis er die Wanderdrosseln hörte.

Ich habe versehentlich eine Wespe verschluckt. Sie stach mich in die Speiseröhre.

Herr Immer! Jay! Herr Präsident!

Jay drehte sich um. Als sich das Garagentor hinter ihm schloss, streckte er sich. Auf einmal wusste er, was er wollte. Er wollte Kamillentee.

15

Sandalen! Alle sprachen über seine Sandalen! Und dass er keine Schuhe anhatte! Er war von einer Wespe *mehrmals* in die Speiseröhre gestochen worden! Im Halsinneren! Das war kein Scherz! Da dachte man nicht daran, welche Schuhe man zum Anlass seines Ablebens anziehen sollte. Man zog auch nicht sein schönstes Hemd an. Andererseits hieß es, das letzte Hemd habe keine Taschen. Zum Glück war sein nicht mehr weißes Unterhemd nicht sein letztes geworden.

Waren alle verrückt? Wie konnte irgendjemand dergleichen aushalten, geschweige denn wollen und genießen?

Andererseits war Jay Immer der einzige berühmte Mensch, den er persönlich kannte. Was schon berühmt hieß. Was schon kennen hieß. Lucy hatte einen Ordner angelegt, dann noch einen. Ausschnitte aus Zeitungen und Magazinen, Titelblätter kleinerer Publikationen, Briefe und Postkarten höchst unterschiedlichen Inhalts. Er war als Kommunist und sowjetischer Spion, als Vaterlandsverräter, Trittbrettfahrer und Verhöhner der stolzen Flagge der Vereinigten Staaten beschimpft worden. Meistens anonym, aber nicht immer. Er war für seinen Mut, für seinen Einsatz für die gefeuerten Fluglotsen und für seine ehrlichen schlichten Worte über das Leben und die kurze Zeit, die einem gegeben sei, gelobt worden. Man hatte ihm einen Giftschlangenbiss und weitere sechzig Jahre auf dieser Erde gewünscht. Man hatte ihn einen Helden und einen Totengräber der öffentlichen Moral genannt. Er war mit Hass und Liebe überschüttet worden von Menschen, deren Namen er nie gehört hatte. Rafe Pomerance hatte eine Ansichtskarte aus Wien geschickt: An der Donau sei 1985 die Konvention zum Schutz der Ozonschicht unterzeichnet worden. Das Ozonloch sei aber nichts im Vergleich zum Klimawandel! Der andere Reagan solle sich für eine Welt einsetzen, in der Lotsen Flugzeuge mit grünem Treibstoff beim Starten und Landen einweisen.

In beinahe allen Zeitungsausschnitten war, wenn überhaupt, ein kleines Foto von der Ansprache zur Aufhebung des Banns zu sehen, aber ein riesiges von ihm vor dem Garagentor. Oft waren seine Sandalen an den bloßen Füßen eingekreist. Manchmal wies ein bunter Pfeil darauf. Und immer wieder waren die Ausschnitte mit den braunen, abgelatschten Birkenstocks vergrößert. Am meisten hatte er sich allerdings über jene Fotos geärgert, die Lucy mit beiden Händen vor dem Gesicht im Wageninneren zeigten. Ansonsten: Sandalen, Sandalen, Sandalen!

Sie freue sich, dass er ihr altes Weihnachtsgeschenk dermaßen in Ehren halte, hatte Barbara zur Begrüßung gesagt.

Sie saßen auf der Couch, als Reagan seine Thanksgiving-Ansprache hielt. Die Nation war gespannt. In der Iran-Contra-Affäre war er der Lüge überführt worden, die Staatsschulden waren ins Unermessliche gestiegen, die Obdachlosigkeit hatte einen traurigen Höhepunkt erreicht, die Beliebtheit des Präsidenten befand sich am Tiefpunkt. Er stand vor einem Bücherregal. Schwarzer Anzug, weißes Hemd, schmale bordeauxrote Krawatte, weißes Stecktuch. Er sah älter als gewöhnlich aus, schien irritiert und unwirsch. Erstmals wirkte seine gute Laune aufgesetzt.

Dies, begann er, sei ein Teleskoptag. Drehe man ein Teleskop um und blicke durch die Linse, erscheine alles vor einem kleiner und ferner. Genauso blicke man heute auf alle vergangenen Thanksgivings zurück, besonders auf jene der Kindheit. Der Präsident wünschte allen ein schönes Fest. Er werde es im Kreise seiner Familie begehen.

Wage ich zu bezweifeln, sagte Jay.

Warum?, fragte Barbara.

Patti Davis hat mir einen Brief geschrieben.

Was? *Die* Patti Davis?

Jay nickte. Wartet!, rief Lucy. Jay konnte sie nicht davon abhalten, den Ordner zu suchen, in dem der Brief abgelegt war.

Muss nicht sein.

Doch. Muss sein.

Lucy stellte sich vor den Fernsehapparat und zog den Brief aus dem Kuvert. Sie trug ein rotes Kleid und die Ohrringe, die er ihr zum Sechziger geschenkt hatte. Ihre Fingernägel waren kirschrot lackiert, ihre Perlenkette funkelte. Über den Sommer war sie noch einmal rundlicher geworden, obwohl sie so viel im Pool geplantscht hatte. Jay rührte die Freude, mit der sie dastand, auch der Stolz, den er unangebracht, aber bewegend fand. Am Vormittag war die Friseuse, eine alte Freundin, bei ihnen gewesen. Sie hatten Kaffee getrunken und Kuchen gegessen und über frühere Zeiten schwadroniert. Lucy hatte eine frische Frisur bekommen. Die bunten Lockenwickler, die Föhnhaube, die Scheren und Lotionen – für Jay war all das eine fremde Welt. Seine Behandlung dauerte eine Viertelstunde. Waschen, schneiden, Koteletten trimmen, föhnen, frisieren, Brillantine, fertig. Lucys Behandlung war selbst nach einer Stunde nicht beendet.

Ihr braunes Haar hatte eine Dauerwelle bekommen, große Locken, die den runden Kopf umrahmten. Früher hatte er sich manchmal gefragt, wie das Leben mit einer anderen Frau wäre. An einem anderen Ort, ein anderes Leben. Heute konnte er sich nicht vorstellen, ohne Lucy zu sein. Dennoch hatte er das andere Leben mit einer (etwas) anderen Frau bekommen. Lucy hatte es ermöglicht. Sie waren beide anders geworden, er und sie, natürlich. Aber nicht viel. Seltsamerweise war er, der seit Jahren davon lebte, einen anderen zu spielen, dadurch freier geworden. Seit den Wespenstichen dachte er mehr über sich und sein Leben nach – und über Lucy und ihr Leben. Seit den Wespenstichen lebte er bewusster. Das ging so weit, dass er im Spätsommer beim Rasenmähen etwas wie Mitleid mit dem Hahnenfuß und den letzten Gänseblümchen empfunden hatte.

Lucys Wangen waren voll und gerötet, ihr Gesicht strahlte die Gelassenheit und das Vertrauen aus, die ihn mehr als vierzig Jahre lang beruhigt hatten, wenn die Wut über ihn kommen wollte. Lucy räusperte sich.

Lieber Jay Immer!

Lieber, wiederholte Barbara.

Von so einer schönen Frau, sagte ihr Mann, worauf Barbara Bob einen Blick zuwarf, der ihn augenblicklich verstummen ließ.

Ich finde wunderbar, was Sie mit so einfachen und klaren Worten gesagt haben. Sie haben ausgedrückt, was viele – und immer mehr – Menschen spüren, ohne es formulieren zu können. Ich wünschte, mein Vater wäre zumindest hin und wieder mehr wie Sie. Machen Sie bitte weiter. Dieses Land braucht einen *anderen* Reagan. Ich verneige mich vor Ihnen.

Herzlich, Ihre
Patti Davis

Barbara und Bob klatschten begeistert. Lucy nickte. Jay war das alles äußerst unangenehm.

So stolz auf dich, sagte Barbara und küsste ihn auf die Wangen.

Ein Held in Sandalen, sagte Jay.

Wie Jesus, sagte Barbara und lachte.

Barbara!, zischte Lucy.

Amen, sagte Barbara.

Wirst schon sehen, was davon kommt, wenn man nicht –

Können wir über was anderes reden?, sagte Jay. Er hasste diese Auseinandersetzungen. Sie führten zu nichts. Sie änderten nichts. Sie schufen bloß böses Blut.

Werde ich dann krank, oder was? Bekomme ich dann Aids?

Bob fasste Barbaras Hand und drückte sie.

Es war unnötig. Jay ärgerte sich. Mehr als unnötig. Lucy empfand so. Es kränkte sie tatsächlich, wenn sich jemand über Jesus, Gott oder die Heilige Jungfrau lustig machte. Es kränkte sie, wenn jemand geschmacklose Witze über den Papst riss. Er glaubte auch an Gott, aber anders. Jay war Protestant, Lucy Katholikin. Ihr Pfarrer hatte sie nicht trauen wollen, damals, ein paar Jahre nach dem zweiten großen Krieg. Lucys Familie hatte stillgehalten; dass sie sich nicht gefreut hatte, war offensichtlich gewesen. Wenn er ehrlich war, hatte er es Lucys Verwandtschaft nie verziehen, obwohl er es nicht gezeigt hatte. Nehmen wir halt einen anderen, hatte Lucy gesagt und einen Pfarrer gefunden, der sich gefreut hatte, eine Katholische mit einem Protestanten zu vermählen. Katholisch, natürlich.

Da, sagte Bob, er steht vor dem Truthahn. Mama, stell den Ton an!

Im Rosengarten saß ein riesiger weißer Truthahn auf einem Tisch mit grüner Decke. Es klickte unablässig, als Reagan lächelnd die Stufen zu ihm hinunterschritt. Er hatte eine andere Krawatte umgebunden, dunkelblau, mit schrägen silbernen Querstreifen. Er schüttelte Hände und versuchte, Kontakt mit dem Truthahn aufzunehmen.

Nicht, dass deiner nicht großartig gewesen wäre, Mama, sagte Bob, aber das ist ein anderes Kaliber. Für die feinen Leute.

Jetzt wisst ihr, warum ich Vegetarierin bin, sagte Barbara.

Der Truthahn hieß Charlie. Er war achtundzwanzig Tage alt und wog fünfundzwanzig Kilogramm. Züchter und Züchterin standen stolz daneben. Reagan beglückwünschte sie zu diesem Prachtexemplar. Als er den riesigen Vogel unbeholfen streichelte und ihm etwas zuflüstern wollte, stellte sich dieser auf und spreizte seine Federn, als wollte er jeden Moment davonflattern.

Augenblicklich begann man, dem Präsidenten unangenehme Fragen zu stellen: zu kubanischen Gefangenen, zu Gorbatschow, ob er jenen Beamten begnadigen werde, der seinen Kopf für die Iran-Contra-Affäre habe hinhalten müssen. Reagan versuchte, alles wegzulächeln. Er tat, als stellte er dem Truthahn die Frage. Niemand könne das sagen, übersetzte er dessen Antwort. Er klang unsicher. Er wusste nicht, was er mit seinen Händen anfangen sollte. Er antwortete nicht mehr auf die ununterbrochen auf ihn einprasselnden Fragen. Aber er begnadigte Charlie. Der Vogel werde in ein Tierheim überstellt.

Reagan schüttelte Hände und nahm unter weiteren kritischen Fragen die Stufen zurück hinauf zum Weißen Haus. Einmal hielt er kurz inne, schien etwas zu erwägen und sagte, der Generalstaatsanwalt werde sich um die Angelegenheit kümmern. Er sprach langsam und unkonzentriert, die Gedanken schienen ihm zu zerflattern. Er sah wie ein müder König aus, der dabei war, einen Krieg zu verlieren. Nachher würden die Medien seinen Gesundheits- und vor allem Geisteszustand wieder infrage stellen. Als er sich anschickte, im Inneren des Weißen Hauses zu verschwinden, wirkte er mit einem Mal gelöst. Kurz lächelte und strahlte er wie früher.

Charlie, oh, Charlie, sagte Bob, ein freier Vogel im Land der Freien.

Wen wollen *wir* begnadigen?, fragte Jay.

16

Als es längst dunkel war und alle Lichter im Wohnzimmer brannten, saßen sie immer noch um den Tisch. Sie tranken Wein und Wasser, Lucy hatte eine Käseplatte mit dicken grünen Weintrauben angerichtet, ohne Kerne, die mochte sie nicht. Anfangs hatten sie gescherzt, allerhand Namen, auch jene von Comicfiguren und Superhelden ins Treffen geführt, ehe Lucy, Barbara und Bob zu bemerken schienen, dass es ihm ernst war.

Jay Immer wippte in seinem Lehnstuhl neben der Couch. Er pfiff leise. Bisweilen zog er die Brauen hoch, manchmal winkte er bloß ab, dann tat er wieder so, als würde er sich den Namen merken.

Wie wär's mit einem der Unseren, sagte Lucy, die wegen Spionage für die Sowjets verhaftet wurden?

Tauwetter, sagte Bob, nicht schlecht.

An wen denkst du?, fragte Jay.

Den Namen hab ich vergessen. Unlängst hab ich von einem gelesen, der Militärgeheimnisse verraten hat. Keine großen. Der arme Teufel ist Spieler. Hatte gewaltige Schulden.

Nicht gerade ein nobles Motiv, sagte Barbara.

Da bin ich mit meiner Tochter einer Meinung, sagte Jay. Kommt ja nicht oft vor, dass sie Staatsfeinde verurteilt.

Vielleicht doch Batman, sagte Bob.

Milliardäre können sich's auch ohne unsere Hilfe richten, sagte Barbara.

Abermals einverstanden, sagte Jay.

Mumia Abu-Jamal, sagte Barbara ruhig. Bob nickte und blickte Jay ernst an.

Mumia wer?, fragte Lucy.

Schwarzer Bürgerrechtler, Journalist. Aus Philadelphia. Da hat das FBI eine Bombe über einem schwarzen Wohnblock abgeworfen. Eine verdammte Bombe! Explosionen wie im Krieg. Alle verbrannten, Kinder, Frauen, egal, nur weil sie Mitglieder einer Kommune waren. Mumia hat das alles mitbekommen. Eines Tages, er fährt sein Taxi, sieht er das Auto seines Bruders am Straßenrand. Sein Bruder wird von einem weißen Polizisten misshandelt. Mumia steigt aus und –

Und?, fragte Jay.

Dann gehen die Berichte auseinander. Am Ende ist der Polizist tot und Mumia angeschossen im Krankenhaus. Er beteuert von Anfang an, den Polizisten nicht erschossen zu haben. Der Prozess war eine einzige Farce. Der Beifahrer des Bruders, der auch geschossen haben könnte, wurde nie einvernommen. Der Bruder ebenso wenig. Allerdings wurde der Fahrgast bald darauf tot und in Handschellen in der Gosse gefunden. Seltsam, was? Mumia aber –

Kommunist?, fragte Jay.

Kann man so nicht –

Verstehe.

Glaub ich nicht. In der Anklage hieß es, er habe sich auf den Polizisten gesetzt und ihm in den Kopf geschossen. Die tödliche Kugel drang aber von schräg unten in den Rücken ein. Hauptzeugin war eine Prostituierte, die –

Wie viele Jahre hat er bekommen?, fragte Lucy.

Todesstrafe.

Hast du schon mal daran gedacht, dass dein Vater Polizist war?, sagte Lucy.

In einem Schauprozess zum Tode verurteilt! Barbara wurde laut. Wenn das in der Sowjetunion wäre, wären unsere Zeitungen voll damit! Ein Fernsehbericht nach dem nächsten! Eine Solidaritätsadresse nach der anderen mit weiß der Teufel wie vielen Unterschriften!

Wir waren nicht dabei, sagte Jay.

Warst du dabei, als Pontius Pilatus –

Bob drückte Barbaras Hand. Sie griff nach ihrem Weinglas und verdrehte die Augen.

Warum hatte er eine Waffe?, fragte Lucy.

Taxifahrer? Nachts in Philadelphia? Ein schwarzer Taxifahrer in einer Stadt, die gefährlicher ist als New York?

Ich will begnadigen, sagte Jay, keinen neuen Prozess.

Barbara hielt einen flammenden Vortrag über Bürgerrechte und Rassismus. Sie sagte Statistiken auf, führte Fälle an. Sie schlug einen weiten Bogen bis zur Sklaverei. Lucy zog sich in sich zurück, Bob hatte sich nach vorn gelehnt und knetete seine Unterlippe. All das hatte Jay Hunderte Male gehört. Er wünschte, Michael Powell könnte seine Tochter sehen. Er fragte sich, was der ehemalige Fluglotse dazu gesagt hätte.

Er mochte den Gerechtigkeitssinn seiner Tochter. Aber sie war so fanatisch. Ihre Augen verengten sich, ihr Gesicht wurde zur Grimasse. Woher kam all dieser Hass? Vor Jahren, als sie bei einem ähnlichen Anlass hier gesessen und gestritten hatten, hatte Collin zu Barbara gesagt, sie finde es wahrscheinlich jammerschade, nicht schwarz *und* jüdisch *und* indianisch zu sein. Jay hatte gegrinst. Heute würde er das nicht mehr lustig finden. Sie hatte recht. Zumindest war sie auf einer richtigen Spur. Aber einen mutmaßlichen Polizistenmörder?

Jay Immer sah den Truthahn in jenem Moment vor sich, in dem er sich aufgeplustert und wild mit den Flügeln zu schlagen begonnen hatte. Reagan hatte ihn einen Vogel genannt. Ein Vogel, der nicht fliegen konnte. Vegetarierin! Seine Tochter musste alles anders machen.

Was wäre mit den verrückten Christen?

Bob hielt inne.

Mit den Christen, meine ich.

Barbara grinste und drückte demonstrativ seine Hand.

Welche Christen?, fragte Lucy.

Die gegen Atomwaffen sind, in militärische Hochsicherheitsanlagen eindringen, Raketennasen mit Hämmern bearbeiten und mit ihrem eigenen Blut beschmieren, um für Frieden –

Ihr eigenes Blut?, fragte Lucy.

Ja, sind schon merkwürdig, sagte Barbara.

Haben aber keine Waffen?

Nur die Bibel, sagte Barbara.

Hast du den Artikel noch?, fragte Bob.

Bob war mittelgroß und dünn. Sein braunes Haar war schütter geworden, seine randlose runde Brille saß auf einer feinen Stupsnase, während sich seine hellen, grünlichen Augen flink über den Artikel bewegten. Er sah stets aus, als hätte die Sonne noch nie seine Haut berührt. Er war ein unscheinbarer Mann, ein Computertechniker, der einer Arbeit nachging, die weder Jay noch Lucy verstanden. Er war ruhig und gutmütig, das Gegenteil seiner aufbrausenden Frau. Jay fragte sich oft, wie die beiden zueinandergefunden hatten. Lucy und er nannten ihn den *Märtyrer*.

Wie gut der Märtyrer liest, dachte Jay, als er die Augen öffnete.

Da saß seine Familie. Bis auf Bob hielten alle die Augen geschlossen. Kurz flackerten die Lichter eines Autos durch die Küche. Bob las mit ruhiger, heller Stimme. Er betonte gut, verlas sich nie. Jay bedauerte, kein Enkelkind zu haben. Für einen Moment sah er Bob seinem Sohn oder seiner Tochter vor dem Einschlafen eine Gutenachtgeschichte vorlesen. Lucy hatte Barbara Kindergeschichten vorgelesen. Und aus einer Kinderbibel. Am meisten hatte Barbara die Geschichte von Jonas geliebt, der im Bauch eines Wals gefangen war.

Jay schloss die Augen. *Seine* Familie verbrachte Thanksgiving tatsächlich gemeinsam. Es war ein merkwürdiger Teleskoptag.

Bob las die Geschichte zweier Brüder, Carl und Paul Kabat, beide katholische Priester, beide Brüder im Orden von der Unbefleckten Empfängnis. Carl war heute dreiundfünfzig, Paul fünfundfünfzig Jahre alt. Und er las die Geschichte von Helen Woodson, der Leiterin eines Tagespflegeheims, vierundvierzig Jahre alt, sowie von Larry Cloud-Morgan, neunundvierzig Jahre alt, vom Stamm der Ojibwa.

Bevor Bob zu lesen begonnen hatte, war die Seite mit einem Foto der vier herumgereicht worden. Helen Woodson stand in einem orangen Anorak links, strahlend, leicht dunkle Haut, wilde braune Locken, die ein jugendliches Gesicht umrahmten. Neben ihr, ungestüm lachend, die Arme um Helen und Paul gelegt, Carl Kabat in schwarzem Anzug, mit angegrautem spärlichem Vollbart und dem weißen Hemdkragen des Priesters. Neben ihm Paul Kabat, in beiger Hose und grauem Hemd, ein großes Kruzifix an einem roten Band vor der Brust, eine schwarze Mütze auf dem Kopf, der Blick etwas skeptisch. Rechts stand Larry Cloud-Morgan, buschige schwarze Augenbrauen, so ausgelassen lächelnd, dass die Augen beinahe Schlitze waren, eingehüllt in eine bunte Decke, das volle schwarze Haar mit Gel zurückgekämmt.

An einem Novembermorgen vor fünf Jahren waren die vier in einem gelben Minibus zu einer geheimen Militärbasis unweit von Kansas City gefahren. Sie führten einen Presslufthammer und einen Luftkompressor mit sich. Das Vorhängeschloss knackten sie mit einem Bolzenschneider. Mit dem Presslufthammer bearbeiteten sie den Betondeckel des Silos, unter dem eine Interkontinentalrakete mit der hundertfachen atomaren Sprengkraft von Hiroshima lag. Nach fünfzehn Minuten gab der Luftkompressor den Geist auf, die vier griffen zu Vorschlaghämmern, mit denen sie auf Radaranlagen und die Tür eines Wartungsraumes einschlugen. Sie hängten ein Banner mit den Worten *Gewalt endet, wo Liebe beginnt* auf.

Als zwei Sicherheitsbeamte eintrafen, saßen sie Brot brechend und Wein trinkend in einem Halbkreis auf dem Boden und hielten sich singend und betend an den Händen. Die Sicherheitsbeamten richteten Waffen auf sie, kurz darauf traten drei Polizisten ein. Einer wollte Cloud-Morgan die bunte Decke abnehmen. Die ist mir heilig, sagte er. Das hier, sagte der Polizist und deutete in Richtung Silodeckel, ist mir heilig.

Heilig!, rief Lucy aus.

Auf dem gesamten Areal gab es keine Sicherheitskräfte, die Anlage sollte einem sowjetischen Atomangriff standhalten. Der Betondeckel war einhundertundzwanzig Tonnen schwer. Die vier wurden ins Gefängnis nach Kansas City gebracht. Sie beriefen sich auf die Bibel, Isaiah 2,4. Bob las die Stelle langsam und getragen:

Und er wird richten unter den Heiden und strafen viele Völker. Da werden sie ihre Schwerter zu Pflugscharen und ihre Spieße zu Sicheln machen. Denn es wird kein Volk gegen das andere ein Schwert aufheben, und werden hinfort nicht mehr kriegen lernen.

Wenn's bloß Schwerter wären, sagte Lucy.

Carl Kabat war bereits zehn Mal festgenommen worden und insgesamt vier Jahre im Gefängnis gesessen. 1980 war er mit sieben anderen in King of Prussia, Pennsylvania, in eine Nuklearwaffenanlage von General Electric eingedrungen.

Dein Auftraggeber, sagte Barbara. Für die hat unser glorreicher Präsident nicht nur einmal pro Woche eine Fernsehsendung moderiert, sondern bis zu vierzehn Reden pro Tag gehalten, um die Arbeiter in den Fabriken auf Linie –

Lies bitte weiter, Bob, sagte Jay.

Dort hatten sie zwei mit Atomsprengköpfen bestückbare Raketennasen zerstört. Helen Woodson war fünf Mal festgenommen worden, hatte dabei neun Monate in Haft verbracht. In Kansas City wurden die vier ohne Kaution festgehalten, weil sie im Fall einer Freilassung an den Ort ihrer Verhaftung zurückkehren wollten.

Nicht die beste Verteidigungsstrategie, sagte Jay.

Bob nahm einen Schluck Wein, streckte sich kurz und las weiter.

Helen Woodson betonte zu Prozessbeginn, sie seien nicht hier, um freigesprochen zu werden, sondern um die Wahrheit zu sagen. Über Nuklearwaffen. Über Geld. Über persönliche Verantwortung. Die Verhandlung sei ein Fest, eine freudvolle Erfahrung. Am Tag des Prozessbeginns reiste ein Aktivist von Vermont nach Missouri, drang in einen geheimen Nuklearwaffenstützpunkt ein und vergoss sein Blut, das er in einem

Babyfläschchen mit sich führte. *Keine weiteren Hiroshimas*, schrieb er auf den Silodeckel, *abrüsten oder Gräber schaufeln.*

Der Staatsanwalt klagte die vier wegen unbefugten Betretens, Zerstörung von Staatseigentum und Sabotage an. Er bezifferte den Schaden auf 29 073,60 Dollar –

Sechzig Cent, sagte Barbara und hob den Zeigefinger.

Und sagte, hier, im Mittleren Westen, seien die Menschen patriotisch, sie glaubten an Gott, ihre Mutter und Apfelkuchen. Die Angeklagten ließen alles geduldig über sich ergehen. Hin und wieder schüttelten sie die Hände der Geschworenen, bisweilen nannten sie den Richter Bruder.

Der feierte an diesem Tag seinen achtundvierzigsten Geburtstag. Während der Sitzungsunterbrechung saß er mit den Angeklagten bei Kaffee und Kuchen in seinem Büro. Dann wurde die Verhandlung fortgesetzt. Helen Woodson sprach das Schlusswort. Sie seien schuldig, menschliches Leben in Gottes Hand belassen zu wollen; und schuldig der Verkündung, dass Gottes Gesetz über dem der Vereinigten Staaten stehe. Dann zitierte sie das fünfte Gebot.

Fünf Wochen später wurde das Urteil verkündet. Carl und Helen konnten nicht versprechen, dergleichen in Hinkunft zu unterlassen, Paul und Larry blieben unbestimmt. Der Richter –

Achtundvierzig Jahre und fünf Wochen alt, sagte Barbara.

Verglich die Zerstörungswut der vier mit jener von Terroristen im Mittleren Osten. Er lobte ihr Engagement als Christen: Paul und Larry kümmerten sich um Obdachlose in Minnesota, Carl hatte mit armen Bauern in Brasilien und auf den Philippinen gelebt und gearbeitet, Helen hatte neben ihrem eigenen Kind sieben Kinder adoptiert und drei weitere zur Pflege aufgenommen, die Hälfte davon behindert. Dann verurteilte der Richter Carl und Helen zu achtzehn, Paul zu zehn und Larry zu acht Jahren Haft.

Larry Cloud-Morgan sagte, für jeden Angehörigen der Ojibwa komme der Tag in seinem Leben, an dem er sich von etwas Heiligem trennen müsse. Er wollte dem Richter seine bunte Decke schenken. Der Richter lehnte höflich ab.

Die hätten den Deckel doch hundert Leben lang mit tausend Presslufthämmern bearbeiten können, sagte Lucy, und nichts wäre geschehen.

Sabotage, sagte Barbara, darum.

Jay öffnete die Augen. Er sah das Entsetzen in Lucys Gesicht. Lucy war seine Richterin. In diesem Moment hatte sich Jay Immer entschieden.

Bob las den Artikel zu Ende, Barbara schüttelte unentwegt den Kopf, Lucy war aufgestanden und ging langsam im Wohnzimmer auf und ab. Jay hörte noch, wie Bob eine Passage über den Richter vorlas, der das hohe Strafmaß festgelegt hatte, weil er annahm, der Bewährungsausschuss würde das Vergehen auf einer Skala von eins bis acht höchstens mit einer Drei bewerten, was die Strafe empfindlich gemildert hätte. Der Bewährungsausschuss vergab eine Sechs, der Richter setzte die Strafen eigenmächtig auf zwölf Jahre herab. Im Vorjahr, Jay hörte nicht mehr wirklich hin, wurden die Strafen vor einem Berufungsgericht mit zwei Stimmen gegen eine bestätigt.

Während Bob unbeirrt mit heller Stimme las, endete der Artikel mit einer Beschreibung der beiden Brüder im Gefängnis. Paul war Aufseher des Werkzeugraums, im Frühling und Sommer mähte er die Wiese des Wärters, in den langen Wintern schaufelte er Schnee. Carl reinigte für elf Cent pro Stunde die Zellen seines Traktes. Zwei Stunden täglich spielte er Basketball. Beide durften in ihrem jeweiligen Gefängnis keine Messen lesen.

Das ist der Gipfel, sagte Lucy.

Lesung aus dem Buch des Apostels Ronald, sagte Barbara.

Lass die Zeitschrift liegen, sagte Jay. Morgen Vormittag zeichnen wir auf. Jetzt feiern wir die Freiheit.

17

Am nächsten Morgen stand Jay zeitig auf. Er hatte schlecht geschlafen. Draußen war es grau, ein einsamer Vogel zwitscherte, in der Maschine war warmer Kaffee. Der Vogel zwitscherte wieder. Es war der Blauhäher, der im Winter nicht in wärmere Gefilde flog. Auf Englisch hieß er *Blue Jay*.

Jay setzte sich mit der Zeitschrift an den Küchentisch. Er betrachtete das Foto eingehend. Jetzt sah er es anders: Zwei Priester, eine leicht dunkelhäutige Frau und ein Indianer – das waren die Vereinigten Staaten von Amerika! Der Indianer – und Jay ertappte sich bei dem Gedanken, dass ihn seine Tochter für diese Bezeichnung zurechtgewiesen hätte – hatte sich die bunte Decke in den Farben des Regenbogens übergeworfen. Noch lachte er, während Paul Kabats Lächeln wenig überzeugend wirkte. Paul sagte, sie hätten höchstens mit zwei Jahren Haft gerechnet.

Carl Kabat war mit einem Fotoapparat zum Raketensilo gefahren. Als der Film voll war, hatte er ihn jemandem über den Zaun zugeworfen. Noch am selben Tag war der Film in Kansas City entwickelt und die Fotos mit einem Kommuniqué an die Medien verschickt worden. Nichts war darüber berichtet worden. Auf die Frage des Staatsanwalts, wer den Fotoapparat auf der anderen Seite des Zauns gefangen habe, hatte der Priester vom Orden der Unbefleckten Empfängnis geantwortet: der Heilige Geist.

Jay studierte das Foto, als könnte er in es hineinhorchen. Ein fröhlicher Irrsinn ging von ihm aus. Vielleicht empfand er es auch nur so, weil Barbara erzählt hatte, Carl Kabat habe viele seiner Aktionen als Clown verkleidet durchgeführt. Er sei ein Narr Gottes. Eine Tür wurde geöffnet, kurz darauf schlurfte Lucy im Morgenmantel in die Küche. Als ihre Tochter zu ihnen stieß, fragte sie, ob ihre Eltern Bob gesehen hätten.

Nein, sagte Jay, aber er hat mir warmen Kaffee hinterlassen. Guter Vorleser.

Am späten Vormittag kam Bob summend zurück. Er küsste seine Frau auf den Mund und seine Schwiegereltern auf die Wangen. Dann legte er eine große weiße Plastiktüte auf den Küchentisch.

Herr Präsident, sagte er.

Jay griff in die Tüte. Eine runde dunkle Holztafel mit dem Adler der Vereinigten Staaten kam zum Vorschein. Sie sah jener aus dem Oval Office zum Verwechseln ähnlich.

Am frühen Nachmittag war die Bühne bereitet. Statt zu kochen hatten sie eine weiße Wohnzimmerwand von allem Ballast befreit, an der nun nichts als das glänzende runde Wappen mit dem Adler hing. Davor stand der Schreibtisch, an dem Lucy vor sechs Jahren jenen Brief geschrieben hatte, ohne den keiner der Handgriffe der letzten Stunden, vom Polieren des Wappens bis zur richtigen Verteilung der Lampen, jemals verrichtet worden wäre. Bob war noch einmal nach draußen gegangen und mit zwei Flaggen zurückgekehrt, die Barbara und er hinter dem Tisch aufgepflanzt hatten.

In schwarzem Anzug mit dunkelblauem Einstecktuch, weißem Hemd und dunkelblauer Krawatte erteilte Jay letzte

Anweisungen. Lucy hatte die Kamera auf dem Stativ befestigt. Der andere Reagan nahm hinter seinem Schreibtisch Platz.

Ich bin bei dir, hatte Lucy vor dem Einschlafen gesagt, aber du weißt, dass das jetzt kein Scherz mehr ist.

Lucy und Bob standen hinter der Kamera, an der Bob Adjustierungen vornahm. Barbara legte ihrem Vater die aufgeschlagene Zeitschrift auf den Tisch.

Jay betrachtete seine Familie. Am liebsten hätte er die Zeit angehalten. Kein Teleskop, Pause. Er sah seinen Vater und seine Mutter und seinen im Krieg gefallenen Bruder. Gefallen – was für eine Verharmlosung! Er sah Dr. Welser und Ferry und die beiden Galgenvögel, die auf dem Interspar-Parkplatz von Unterwart die erhabene Flagge der Vereinigten Staaten entrollt hatten, um sich mit ihrem Lohn Bier und Zigaretten zu kaufen. Er sah den Präsidenten am Abend des letzten Unabhängigkeitstages – jener, an dem Jay zu Mittag das Hotdogwettfressen auf Coney Island eröffnet hatte –, mit Nancy einen Knopf drücken, um die renovierte Freiheitsstatue in pompöses Neonlicht zu tauchen. Einmal hatte Jays Mutter von Lady Liberty gesprochen. Vom Schiff aus sei ihr die Statue kleiner als vorgestellt erschienen. Trotzdem sei sie bei ihrem Anblick in Tränen ausgebrochen, Jays Vater habe seine Frau an sich gezogen und gesagt: Ich weiß. Aber bitte nicht vor den Kindern.

Sind so weit, sagte Lucy. Barbara hob die Arme, Bob stand hinter der Kamera. Jay räusperte sich nicht; er hustete einmal ab, wie es ihm seine Sprechlehrerin beigebracht hatte. Er setzte sich aufrecht hin und faltete die Hände auf dem Tisch.

Liebe Mitbürgerinnen und Mitbürger!

Ich habe das gestrige Thanksgiving im Kreise meiner Familie verbracht. Wir gedachten dabei auch anderer Familien, die Thanksgiving nicht zuhause und nicht gemeinsam verbringen konnten. Eine davon sitzt hinter Gittern. Ich möchte Ihnen ein Foto zeigen.

Jay griff nach der Zeitschrift und hielt das Foto in die Kamera. Seine Hände zitterten ein wenig. Er nickte und legte die Zeitschrift behutsam vor sich auf den Tisch zurück.

Wir lesen ständig von politischen Gefangenen in der Sowjetunion. Zu Recht empören wir uns darüber. Wir lesen und hören aber nichts von den Menschen, die ich Ihnen eben gezeigt habe. Helen Woodson. Carl Kabat. Paul Kabat. Larry Cloud-Morgan.

Nach jedem Namen legte er eine Pause ein. Dann gab er eine kurze Zusammenfassung der Tat, des Prozesses sowie der Strafe. Jay sprach langsam und bedächtig. Er blickte direkt in die Kamera. Seltsamerweise stellte er sich vor, zu Michael Powell zu sprechen.

Immer wieder höre ich, Generalsekretär Gorbatschow meine es nicht ernst mit der nuklearen Abrüstung. Ich teile diese Meinung nicht. Wenn es uns ernst damit ist – und mir ist es ernst –, wenn wir diesen Planeten und unsere Zivilisation erhalten wollen, sollten wir jene, die sich gegen den Atomtod engagieren, nicht wie Mörder oder Staatsfeinde behandeln.

Er machte eine Pause und schlug die Augen weit auf.

Wir sollten ihnen dankbar sein. Liebe Mitbürgerinnen und Mitbürger, Sie kennen meine Sandalen und meine bloßen Füße. Diese vier Helden kannten Sie nicht.

Heute möchte ich über Verantwortung sprechen. Der Staatsanwalt, der die vier der Sabotage anklagte, wurde von mir ernannt. Der Richter, der sie verurteilte, wurde von mir ernannt. Die neun Mitglieder der Jury, welche die Schwere des Falls festlegten, wurden von mir ernannt. Auch die beiden

Berufungsrichter, die Urteil und Strafmaß bestätigten, wurden von mir ernannt.

Gestern habe ich einen Truthahn begnadigt. Der Vogel wollte wegfliegen, aber er konnte nicht. Dieses Bild ließ mich heute Nacht nicht schlafen. Und nicht, weil wir einen Truthahn verspeisten, der nicht begnadigt worden war. Wir wollen den Frieden. Wir wollen eine Welt ohne Atomwaffen.

Ich begnadige Carl und Paul Kabat. Ich begnadige Helen Woodson. Ich begnadige Larry Cloud-Morgan.

Dann dankte Jay Immer für die Aufmerksamkeit und bat Gott um seinen Segen für die Vereinigten Staaten von Amerika.

18

Wenige Tage vor Weihnachten, als Jay und Lucy den Christbaum aufputzten, wie es seine Eltern genannt hatten, klingelte es an der Tür.

In der letzten Woche hatte es nicht geklingelt. Mitte Dezember hatte ein Dreiviertelmeter Schnee El Paso, Texas, unter sich begraben, am nächsten Tag ein Tornado über die südlichen Ebenen gefegt, sechs Menschen getötet und zweihundertfünfzig verletzt. In Chicago war das Thermometer in der vergangenen Nacht wie ein schwerer Stein gefallen, im Fernsehen wurde von *bombogenesis* gesprochen. Dabei kühlte es extrem ab, aus Regen wurde Schnee, aus Schnee ein Blizzard, nasser Schnee fiel in ungeheuren Mengen, begleitet von Blitz und Donner. Jay und Lucy, die seit Tagen ihr Haus nicht verlassen hatten, hatten am Fenster um ihr Leben gebangt. Draußen lag ein halber Meter Schnee, dreiundzwanzig Menschen waren gestorben, die meisten davon hatten beim Schneeschaufeln einen Herzinfarkt erlitten. Jim war seit Tagen nicht gekommen.

Hast du dich wieder irgendwo für mich beworben?, fragte Jay. Muss wichtig sein. War das eine Nacht!

Lucy schickte ihm einen Kussmund. Sie hängte Strohsterne auf Tannenzweige. Die Sterne waren ein Erbe ihrer Eltern, die diese wiederum von den ihren aus der Alten Welt geerbt hatten. In mehreren Schachteln, gut verborgen übers Jahr, lagen Strohsterne, Strohengel, bunte Kugeln und silberfarbene Kerzenhalter, die man auf Zweige klemmte. Barbara hatte jeden Heiligabend – sie sangen *Stille Nacht* am Abend des 24., auch das ein Erbe aus der Alten Welt – zumindest einen dieser Kerzenhalter von einem Zweig genommen und auf ihren Finger geklemmt. Der Finger war weiß und rot geworden, auch Lucy war rot angelaufen, Kind, hatte sie gerufen, was tust du, du sperrst dir ja das Blut ab! Auch wenn Lucy ihrer Tochter Heiligabend für Heiligabend eingeschärft hatte, sie könne dadurch das Gefühl in ihren Fingern, wenn nicht die Finger überhaupt verlieren, hatte Barbara strahlend am Tisch gesessen und stolz die Abdrücke der Kerzenklammer auf ihrem Finger betrachtet.

Es klingelte wieder.

Komm schon!, rief Jay.

Er ließ das Lametta sinken, das er gerade nach einem genauen Plan auf den Baum hatte hängen wollen, und ging zum Eingang.

Herr Immer?

Vor der Tür standen zwei gut gekleidete Männer, ein Schwarzer und ein Weißer. Ihre schwarze Limousine war knapp vor dem Briefkasten geparkt, der in tiefem Schnee steckte. Beinahe gleichzeitig streckten sie ihm ihre Ausweise entgegen. Die Fotos entsprachen den Gesichtern. Jay merkte sich ihre Namen. Er zog die Tür sachte hinter sich zu.

Friedliche Gegend, sagte der Weiße.

Schön haben Sie's hier, sagte der Schwarze, Herr Kollege.

Jay blickte zuerst dem einen, dann dem anderen ins Gesicht. Bei der Polizei war er für sein Gesichtsgedächtnis berühmt gewesen. Jay nickte.

Wir können jederzeit beweisen, sagte der Schwarze lächelnd, dass wir niemals hier waren.

Grüßen Sie Lucy herzlich, sagte der Weiße und winkte übertrieben freundlich in Richtung Küchenfenster. Und überlassen Sie die Politik den Politikern. Soll ja schön und friedlich bleiben hier.

Dann drehten sie um.

Als sie in ihren Wagen stiegen, nickten sie ihm kurz zu. Jay wusste, dass es sinnlos war, sich das Kennzeichen zu merken. Er merkte es sich trotzdem. Er konnte nicht anders.

Was wollten die beiden?

Lucy saß auf der Couch. Sie war bleich und schien müder und älter als fünf, vielleicht drei Minuten zuvor.

Sie wollten dem Oberbefehlshaber ihre Reverenz erweisen. Und eine Autogrammkarte. Jay versuchte, zu lächeln. Du hast recht: Vielleicht sollten wir doch welche drucken lassen.

Lucy nickte abwesend.

Sind wir in Gefahr?

Im Gegenteil. Sie haben uns ihren Schutz zugesichert.

Als er das Lametta aufhängte und Lucy in gleichmäßigen Abständen die silberfarbenen Kerzenhalter auf die Zweige klemmte, ärgerte er sich, dass ihm seine Frau nicht glaubte. Lucy sprach wenig und antwortete knapp.

Schauspielen musst du vielleicht noch üben! Auf einmal hörte er den Satz wieder, den er damals nicht verstanden, aber auch nicht weiter beachtet hatte. Er hatte geübt. So viele Auftritte, so viele Reden, so viele Menschen, die ihn um Fotos gebeten, so viele Lokalbesitzer, die sie zum Essen eingeladen hatten. Er war nicht naiv. Er kannte sein Gesicht. Er kannte seine Nase. Er kannte seine nicht begradigten, nicht gebleichten Zähne. Vor allem kannte er seine Landsleute. Sie liebten die Show. Sie liebten Berühmtheiten. Sie liebten den Schein.

Und doch hatten nicht wenige, selbst wenn er den Mund geöffnet hatte, den Schein für Wirklichkeit gehalten. Sie waren nach Hause gekommen und hatten Freunden und Familie erzählt, dem Präsidenten der Vereinigten Staaten begegnet zu sein.

Nicht mehr als vorher, sagte Jay.

Lucy blickte ihn verständnislos an. Er deutete auf den Couchtisch und in Richtung der Ordner, die sie angelegt hatte.

In Gefahr, meine ich.

Am Tag nach der Aufzeichnung hatten Jay und Lucy Michael Powell zum Mittagessen in einem Diner getroffen. Michael war offensichtlich erleichtert, dass sie ihm nicht mehr grollten. Jay hatte ihm ein Kuvert mit der Videokassette und der Bitte zugesteckt, sie seinem Bekannten bei der Gewerkschaft zuzuspielen. Auch wenn es nicht um Fluglotsen, sondern um Christen gehe, die in geheime Nuklearwaffenstützpunkte eindrängen, Raketennasen zerstörten und Waffen mit ihrem eigenen Blut bespritzten.

Diesmal, hatte Jay gemeint, könne Michael etwas für ihn tun. Die Gewerkschaft, hatte Lucy hinzugefügt, solle in diesem Fall um Gottes willen nicht an die Erhaltung von Arbeitsplätzen denken. Es ist mir eine Ehre, hatte Michael gesagt und gelächelt, First Lady, Herr Präsident.

Der Präsident und die First Lady hatten ihre Telefonnummer ändern müssen. Im nächsten Telefonbuch würde sie nicht aufscheinen, die Auskunft durfte sie nicht herausgeben. Freunde und Familie hatten sie erhalten, trotzdem waren nach der ersten Ansprache Anrufe gekommen, die sie sich nicht erklären konnten. Die meisten waren wohlwollend bis überschwänglich gewesen, manche hasserfüllt. Doch das war nichts gegen die ersten beiden Wochen nach der Ausstrahlung der verspäteten Thanksgiving-Ansprache des anderen Reagan, die nach den kleineren Sendern von größeren Netzwerken übernommen worden war. Jay war zu Talkshows und Frühstückssendungen eingeladen worden. Er hatte abgesagt.

Ron hatte ihn zum Teufel gewünscht. So hatte ihn Jay noch nie gehört. Zuerst spreche er sich nicht mit seinem Agenten ab, sein Agent müsse alles aus den Medien erfahren, wobei sich sein Agent mit der Beurteilung der Angelegenheit zurückhalte, und dann – und dann, hatte Ron mehrere Male und immer lauter gesagt, Jay hatte ihm leise empfohlen, tief ein- und auszuatmen, und dann sage er Angebote ab, für die sich jeder Mensch, geschweige denn jeder Doppelgänger, geschweige denn und vor allem jener Verrückte, der Gorbatschow so ähnlich sehe, wochenlang alle zehn Finger ablecken würde! Es gehe nicht bloß um Jay Immer, es gehe beispielsweise auch um den Agenten und die Agentur, die ihn jahrelang aufgebaut und sich für ihn eingesetzt und viel Geld – Jay hatte Ron gebeten, nie wieder so mit ihm zu sprechen, und aufgelegt.

Jay erhielt Drohanrufe und Schmähbriefe. Er war ein Kommunist, mit dem Satan im Bunde, ein vaterlandsloser Geselle, eine Schande für das Land, ein Terrorist, ein Agent des Ostblocks, ein gottloser Anarchist, einmal im Sold der Juden, dann wieder in jenem der Russen. Das kannte Jay mittlerweile. Mitunter belustigte es ihn sogar. Was ihn alles andere als belustigte, war Lucys Reaktion. Sie nahm sich jede hasszerfressene Zeile, jede anonyme Beschimpfung am Telefon zu Herzen, als wäre sie beleidigt worden. Sie schüttelte den Kopf, wurde röter als gewöhnlich, manchmal versagte ihre Stimme.

Jay war dazu übergegangen, sie auf die herzlichen Briefe, auf die unterstützenden Anrufe hinzuweisen. Es kamen ja nicht nur Todesanzeigen mit seinem Gesicht und seinem Namen, nicht nur Stricke und Rasierklingen und die eine oder andere Kugel mit der Post. Es kamen auch Blumen und Torten, Weinflaschen und selbst gemalte Bilder. Eine Frau hatte ihm ein holpriges Gedicht geschrieben, eine Studentengruppe eine Einladung zu einer Versammlung ausgesprochen, ein Unternehmer einen Scheck, ein Resort aus Cancún eine Urlaubseinladung für die kalte Zeit in Chicago geschickt, einzulösen, wann immer Jay und Lucy Lust darauf hätten. Barbara, die sich früher so selten gemeldet hatte, rief beinahe täglich an.

Dass ihm Rafe Pomerance Artikel über acht Anhörungen zum Klimawandel im Kongress geschickt hatte, erzählte Jay Lucy nicht. Sie hätte mehr wissen wollen. Er erinnerte sich, wie sehr ihr eine Sendung über die Gefahren der rauchenden Schlote zugesetzt hatte. *The Unchained Goddess.* Jetzt fiel ihm der Name wieder ein. Barbara war sehr klein gewesen, Lucy hatte sich um die Gesundheit ihrer Tochter gesorgt. In einer Animation hatte man Touristen in Booten mit Glasböden über das versunkene Miami fahren sehen, weil der Rauch aus den Fabrikschloten und die Abgase der Autos zum Schmelzen der Pole geführt hatten.

Er müsste eigentlich eine Zulage bekommen, hatte Jim gesagt, der Immers wegen. Ob Jay mit der Gewerkschaft sprechen könne? Oder mit dem zuständigen Minister?

Seit Thanksgiving brachte er die Post direkt vor ihre Tür. Bis auf die schlimmsten Tage war ihm das trotz Schnee und Kälte gelungen. Meistens musste er mehrmals zum Wagen gehen, bevor er klingelte. Lucy servierte Kaffee und Kuchen, manchmal blieb Jim zum Mittagessen. Sein Appetit war tatsächlich enorm. Wenn das so weitergehe, sagte er, könne er ab nächstem Frühjahr sein Moped nicht mehr benutzen und der Präsident sich um eine Regierungsklinik für einen übergewichtigen Postboten umsehen – der Bandscheibenvorfall sei bloß eine Frage der Zeit.

Als sie den wohlbekannten Motor hörte, fasste sich Lucy an den Kopf. Sie legte die rote Kugel, die sie auf einen Zweig hängen wollte, in die Schachtel zurück, richtete ihr Haar und ging zur Tür. Sie war Jim seit langem nicht mehr entgegengegangen. Sie wollte ihre Entschlossenheit und Unerschrockenheit demonstrieren. Jay verspürte einen Stich. Ja, sie hatten es schön. Ja, es war friedlich. Und nein, er hatte seine Frau nicht von den Agenten grüßen lassen. Er war kein Politiker. Auch kein Held einer sozialen Bewegung. Er war ein verdammtes Gesicht.

Sie mache gleich Kaffee, rief sie Jim zu, sie hätten so viel zu tun gehabt mit dem Christbaum, dass sie die Uhr aus den Augen verloren hätten.

Jim kam schnaufend mit Briefen, Paketen, Zeitungen und Werbung zur Tür herein.

Richtig mild heute, sagte er. Immerhin gab mir der Blizzard ein paar Tage frei. Gefangen in der Wohnung. Hauptsache überlebt.

Wie immer sagte Jay, er müsse die Schuhe nicht ausziehen; wie immer zog Jim sie aus. Neben dem Eingang stand ein Paar weißer Pantoffeln, auf die Name und Logo des Hotels in Los Angeles gestickt waren, in dem Jay und Lucy Burger mit Messer und Gabel zu essen versucht hatten. Jim legte die Briefe auf den Couchtisch. Lucy kam Jay beim Sortieren zuvor.

Jim nahm auf seinem Stuhl am Küchentisch Platz. Jay brachte ihm eine Dose Cola aus dem Kühlschrank.

Jay, rief Lucy, ein Brief aus dem Gefängnis!

Jim nickte.

Der Absender war Carl Kabat, Insasse, Block soundso, Zelle soundso, Federal Correction Institution, Sandstone, Minnesota. Lucy kam in die Küche und öffnete den Brief. Auf der Innenlasche des Kuverts prangte ein Stempel.

So viel zum Briefgeheimnis, sagte Jay und zwinkerte dem Briefträger zu.

19

Zu Jahresbeginn 1988 saßen Jay und Lucy in der Ersten Klasse der American Airlines. Erleichtert blickte Lucy auf den zugefrorenen Lake Michigan. Sie flogen nach Cancún. Es war entschieden zu kalt. Die Ozonschicht war also gerettet. Der Blauhäher hielt die Stellung.

Vor dem Abflug war Jay vom Piloten ins Cockpit gebeten worden. Er hatte auf dessen Sitz Platz nehmen dürfen, Armaturen und Anzeigen erklärt bekommen. Als ein Fluglotse mit Warnweste und gelben Fahnen auf dem Rollfeld erschienen war, hatte der Kapitän auf Jays Schulter geklopft. Fluglotsen verrichteten eine wichtige, anstrengende, auch schwierige Arbeit. Ob er den anderen Reagan bei der Durchsage an Bord begrüßen dürfe? Lieber nicht, hatte Jay geantwortet, Sie kennen unsere Landsleute. Der Kapitän hatte ihn um ein Autogramm gebeten. Nicht um jenes Ronald Reagans, das Jay leicht von der Hand ging. Um seines. Es war das erste Autogramm seines Lebens.

Eine Stewardess hielt ihnen lächelnd Zeitungen und Zeitschriften entgegen. Jay und Lucy blickten einander an. Gleichzeitig sagten sie:

Das *Time Magazine* bitte.

Die Stewardess nickte.

Hätte ich mir beinahe gedacht. Darf ich auch ein Autogramm haben?

Auf dem dunkelroten Cover war ein Portrait Michail Sergejewitsch Gorbatschows. Er trug ein enges schwarzes

Sakko, im Revers steckte eine kleine rote Fahne, dazu ein weißes Hemd und eine elegante dunkle Krawatte mit wie aufgepinselt wirkenden roten Querstreifen, die ihm etwas Künstlerisches verliehen. Gorbatschow blickte entschlossen in die Ferne, die vollen Lippen sanft aufeinander, das wenige verbliebene Haar nach hinten gekämmt. Auf der weiten Stirn prangte sein Feuermal. Daneben stand in weißen Großbuchstaben: *Mann des Jahres*.

Michael Powell ist ein Hellseher, sagte Lucy.

Hat er mir zu verdanken. Seit sieben Jahren kann er ununterbrochen lesen.

Gorbatschow stiehlt dir die Show.

Gorbatschow stahl ihm nicht nur die Show. Während Lucy mit dem aufgeschlagenen Artikel über den Mann des Jahres auf dem Schoß döste, diskutierte Jay in seinem Kopf mit Ron. Er musste ihr Verhältnis wieder einrenken. Sein Agent musste verstehen, dass Jay Immer etwas wie Stolz, nein, Würde hatte. Er konnte nicht länger für ein paar hundert Dollar durch die Staaten tingeln, um den Pausenclown zu geben. Er wollte nicht mehr mit Lokalpolitikern und Hochstaplern posieren, damit sie Fotos an ihre Wände hängen konnten. Genauso wenig hatte er die Einladungen allerhand linker Gruppen und Gewerkschaften angenommen, um als der andere Reagan Parolen zu verkünden. Er musste die Welt nicht vor dem Mikrowelleneffekt retten – der Verrückte und der Trübsinnige hatten ihre Anliegen vor den Kongress gebracht, die Regierung nahm sich der Sache an. Er wollte sich nicht vereinnahmen lassen. Jay verstand, dass Ron nicht verstand, warum er all die Einladungen in Fernsehstudios abgelehnt hatte. Zwar bekam man dafür kein Geld, aber Aufmerksamkeit, die wiederum bezahlte Auftritte nach sich zog.

Sein Blick fiel auf ein Foto von Michail und Raissa Gorbatschow. Sie sahen so innig aus, so verbunden, so – verliebt. Nach all den Jahren! Ronald und Nancy sahen wie Geschäftspartner aus. Letzten Sommer hatte Ron angefragt, ob Jay in einem Musikvideo mitwirken wolle. Es könnte groß werden, ein Gorbatschow-Doppelgänger singe ein Lied, in dem er die Berliner Mauer niederreiße. Johannes Paul II. und Stevie Wonder hätten bereits zugesagt; also ihre Doppelgänger. Es hätte nur Kost und Logis gegeben, die Aufnahmen wären in Kalifornien gewesen. Jay und Lucy hatten abgesagt. Er hatte nie wieder von dem Lied gehört, geschweige denn das Video gesehen.

Die Stewardess kam mit einem Glas Champagner, einem *Time Magazine* und einem schwarzen Filzstift zurück. Sie blickte ihn an, als wäre er ihr geliebter Vater.

Könnten Sie?

Natürlich.

Jay nahm das Magazin und den Filzstift und schielte nach ihrem Namensschild. Er blickte ihr lächelnd in die Augen. Dann schrieb er:

Für Sarah werden wir die Berliner Mauer niederreißen. In Erinnerung an einen historischen Flug nach Cancún –

Ihren Namen bitte.

Jay Immer.

Dann malte er ein Friedenszeichen in den dunkelroten Hintergrund und reichte der Stewardess das Magazin. Sie bedankte sich überschwänglich.

Jeden Tag schien die Sonne, war der Himmel wolkenlos. Jay spazierte kilometerlang durch den heißen Sand, während sich Lucy über die riesigen Pools freute, in denen man auf

Hockern im Wasser an einer Bar sitzen und Eiskaffee oder Cocktails trinken konnte. Von Tag zu Tag wurde sie ein wenig brauner und wagte sich unter den strengen Blicken der Bademeister auf ihren Hochsitzen ein paar Schritte weiter ins Meer, nur um dann doch wieder umzukehren.

Abends saßen sie auf ihrer Terrasse und hörten den Grillen zu. Das Royal Sands war ein riesiger Hotelkomplex, in dem sich Jay nicht bloß einmal verlaufen hatte. Überall sah es gleich aus. Die Hotelhälften waren gespiegelt, beide hatten den gleichen Pool, den gleichen Garten, die gleichen Lokale. Es war eine Kleinstadt für sich, ein überdimensioniertes Labyrinth.

Sie wohnten in einer geräumigen Villa am Strand; auch davon gab es mehrere identische. Nach dem Essen in einem der Hotelrestaurants, bei dem als Ureinwohner verkleidete Mexikaner tanzten oder als Mexikaner verkleidete Mexikaner mit riesigen Sombreros musizierten und Gäste zum Tequilatrinken auf die Bühne riefen, saßen sie mit einem Glas Rotwein auf der Terrasse und sahen zu, wie ein orangener Feuerball im Meer zu versinken schien. Manchmal hörten sie Hotelgäste dem Sonnenuntergang applaudieren.

Der Hotelbesitzer, ein Amerikaner, bedankte sich mit der Einladung für die Thanksgiving-Ansprache des anderen Reagan. Sie hatten ihn nie gesehen. Jeden Morgen fanden sie einen Korb mit frischem Obst vor ihrer Tür. Sie standen zeitig auf. Es war so hell draußen. So warm. Es war nicht nur dieses verdammte Gesicht, das sie hierhergebracht hatte.

An den Abenden redeten sie, bis sie zu müde zum Reden waren. Es war, als hätte sich etwas umgelegt. Sie sprachen von früher, von ihren Eltern, von Kindheitserinnerungen, von ihrem ersten Aufeinandertreffen auf einem Ball, bei dem die burgenländische neben der amerikanischen Flagge auf der Bühne gestanden und eine Band *Ich tanze mit dir in den Himmel hinein* gespielt hatte. Sie sprachen über Bekannte und Freunde, über Barbara und den Märtyrer. Jay sprach sogar ein wenig vom Krieg. Und von Eduard, zum ersten Mal in seinem Leben.

Kaum zu glauben, dass sie in drei Stunden die eisigen Temperaturen, den hohen Schnee, Blizzard und *bombogenesis* hinter sich gelassen hatten. Das Schneeschaufeln hatte Jay als Training verstanden. Er brauchte kein Fitnessstudio. Zum ersten Mal, seit Barbara von zuhause ausgezogen war, hatte sie mit Bob Weihnachten bei ihren Eltern verbracht.

Wenn wir bloß Carl Kabat einen Tag hier schenken könnten, sagte Lucy auf der Terrasse. Es war eine warme Nacht. Der Arme schaufelt und schaufelt Schnee.

Es war ein herzlicher Gefängnisbrief gewesen, der nichts von Traurigkeit oder Angst berichtete. Er strotzte vor Freude und Liebe, der Priester umarmte darin sein Schicksal. In der schönsten Handschrift, die Jay je gesehen hatte, hatte er auf ein eigenes Blatt einen Auszug aus Paulus' erstem Brief an die Korinther abgeschrieben. Wenn sie ihn glücklich machen wollten, sollten sie diese Stelle zu Weihnachten lesen. Lucy hatte sie vor dem aufgeputzten Christbaum vorgelesen:

Unser Kampf findet vor den Augen der ganzen Welt statt. Menschen und Engel beobachten gespannt, wie er ausgehen wird. Uns hält man für Narren, weil wir an Christus glauben, euch aber hält man aus dem gleichen Grund für klug. Bis heute leiden wir Hunger und Durst, und unsere Kleider sind kaum mehr als Lumpen. Wir werden geschlagen und misshandelt, nirgendwo haben wir ein Zuhause. Wir arbeiten hart für unseren Lebensunterhalt. Wenn man uns beleidigt, dann segnen wir. Verfolgt man uns, wehren wir uns nicht dagegen; und wenn man uns verhöhnt, antworten wir freundlich. Für die Leute sind wir der letzte Dreck, der Abschaum der Menschheit – und das gilt bis heute.

Eigentlich könnten wir auch hier eine Ansprache aufnehmen, sagte Jay und deutete ins Ungefähre.

Sie waren nicht wirklich in Mexiko. Hätten sie zahlen müssen, hätten sie in Dollar gezahlt. In den Supermärkten des Hotels gab es alles, was es zuhause gab. Alle sprachen Englisch. Die Stadt war vor Kurzem angelegt worden. Manchmal fragte sich Jay, ob in einem der Zimmer Agenten übernachteten, die danach trachten sollten, dass er sein Gesicht nicht für unpatriotische Zwecke verwendete.

Ich kann dir gar nicht sagen, meinte Lucy, wie glücklich ich über dieses eine Verbrechen meines Lebens bin.

Sie kniff die Augen zusammen und rief:

Urkundenfälschung! Das ist Ur-kunden-fälschung!

Drei Tage vor ihrem Rückflug fuhren sie in einem vollbesetzten Bus nach Chichén Itzá auf die Halbinsel Yucatán. Der Reiseführer, ein kleiner, stämmiger Indio, erzählte in tadellosem Englisch von der Geschichte der Maya, ihrer Kultur, ihren Errungenschaften und ihrer Vernichtung durch die weißen Männer aus Europa, die sie zuerst, wie es Fremden gebühre, freundlich begrüßt und bewirtet hätten.

Die Sonne brannte auf die Überreste der alten Stadt. Jay und Lucy trugen Strohhüte, die meisten ihrer Landsleute bunte Sombreros. Die Mayas hatten ausgeklügelte Bewässerungsanlagen angelegt, um mehrmals pro Jahr ernten zu können, einen eigenen Kalender und viele Entdeckungen der neuzeitlichen Planetenkunde vorweggenommen. Mit offenen

Mündern gafften ihre Landsleute und konnten nicht glauben, dass die riesige Pyramide, vor der sie standen und die immer noch stand, vor über tausend Jahren errichtet worden war. Zwar hatten Jay und Lucy in der ehemaligen Residenzstadt der Habsburger alte Gebäude bewundert. Aber diese hier waren weit älter und schienen viel geheimnisvoller.

Der Führer erzählte von Mayas und Azteken, von ihren Heiligtümern und Kunstschätzen, die von den weißen Göttern geraubt und nach Europa verschleppt worden seien. Er erzählte von der sagenumwobenen Federkrone Moctezumas, die mit prächtigen Vogelfedern geschmückt, aber vielleicht, er wolle ehrlich sein, nicht die Krone des vorletzten Herrschers der Azteken, sondern bloß die eines hohen Priesters gewesen sei.

Er stand auf dem weiten Feld unter der sengenden Sonne. Wohin man blickte, sah man gut erhaltene Steinbauten und Überreste einer lange versunkenen Zivilisation. Die Zuhörer hatten sich in den Schatten geflüchtet, Jay saß neben Lucy auf einer Treppe unter einem der wenigen Bäume. Er versuchte sich vorzustellen, wie Menschen in Hunderten oder Tausenden von Jahren die Reste Chicagos oder New Yorks als Überbleibsel einer versunkenen Zivilisation bestaunen würden. Miami wäre ja längst, dem Irren und dem Trübsinnigen zufolge, vom Meer verschlungen.

Für kurze Zeit, sagte der Führer, herrschten die Habsburger über Mexiko. Sie ließen die Federkrone in ihre Hauptstadt bringen. War jemand von Ihnen in Wien?

Jay hob die Hand, Lucy tat es ihm zögerlich nach.

Niemand? Ach ja –

Jay stand auf.

Bin sogar in Österreich geboren.

Sie sehen aber eher wie der Präsident der Vereinigten Staaten aus. Jemand lachte. Wo sind die Leibwächter und die Herren vom Geheimdienst?

Der Führer blickte sich verstohlen nach allen Richtungen um. Die Gruppe war amüsiert. Zwei Witzbolde hoben die Hände.

Ich bin vom FBI, sagte der eine, Spezialagent Miller.

Und ich von der CIA, sagte der andere, Gomez mein Name.

Wenn Sie nun mal hier sind, Herr Präsident, sagte der Führer, noch dazu als Tourist verkleidet und mit einer bezaubernden Dame, die nicht Ihre werte Frau Gemahlin ist, wollen wir Sie nicht weiter stören. Atmen Sie die Atmosphäre dieses heiligen Ortes. Vergessen Sie die Ramschläden und die windigen Verkäufer. Aber bitte setzen Sie sich für uns ein. Wir wollen nicht nur die herrliche Krone zurück, ob es nun die von Moctezuma oder die von einem seit Jahrhunderten vergessenen Priester ist, wir wollen Recht und Würde zurück. Die Ureinwohner dieses Landes, Herr Präsident – verzeihen Sie das Wort, ich darf es sagen –, werden seit Jahrhunderten wie der letzte Dreck behandelt.

Alle blickten in Jays Richtung.

Na bravo, flüsterte Lucy.

Sind Sie nicht der andere Reagan?, rief eine Frau, deren Gesicht so rot war, dass Jay befürchtete, sie könnte jeden Augenblick von einem Hitzschlag getroffen werden. Jay hob beschwichtigend die Hände.

Wir gehen jetzt zum Stadion, sagte der Führer, schon die Mayas spielten Fußball. Allerdings mit etwas anderen Regeln. Herr Präsident, Gott schütze Sie. Der, an den *Sie* glauben.

Er hob seinen bunten Schirm und ging los. Als er sich umdrehte, sah er, dass etwa die Hälfte seiner Herde zu Jay wollte.

Privatsphäre, meine Damen und Herren! Wird in Ihrer Kultur großgeschrieben!

Du mit deinem Burgenland, sagte Lucy.

Hab doch gar nichts davon gesagt.

Nur gut, dass wir nicht letzte Woche hierhergefahren sind. Bis zur Abreise halten wir schon durch.

Im Stadion zeigte der Führer mit seinen kleinen braunen Händen, wie groß die Bälle gewesen seien. Dann deutete er auf steinerne Ringe, die hoch an den Steinmauern über dem Feld hingen. Da habe man hineinschießen müssen! Das Interessante sei, dass der Kapitän der siegreichen Mannschaft geopfert, in der Regel geköpft worden sei. Eine Ehre.

Unter Ausrufen des Erschreckens und der Erschütterung seiner Landsleute blickte Jay zu den steinernen Ringen. Darüber lag das unendliche Blau des Himmels. Von dieser Regel hätte er Eduard nur zu gern erzählt.

Die restlichen Tage verliefen, wie Lucy befürchtet hatte. Während der Rückfahrt wurden sie im Bus belagert. Manche Männer wollten mit Jay diskutieren. Jay wollte das nicht.

Also verbrachten sie mehr Zeit auf ihrer Terrasse und weniger am Pool oder am Strand. Beim Abendessen ließ Jay Fotos mit sich machen und unterschrieb Autogramme mit *Ronalt Regen* – seit dem Besuch der beiden Herren schien ihm das angebracht. Am letzten Abend wurde Jay auf die Bühne gebeten. Es wäre unmöglich gewesen, abzulehnen. Am Telefon konnte man leichter absagen. Die als Mexikaner verkleideten Mexikaner brüllten den Namen des Führers der freien Welt genauso laut wie die Hotelgäste.

Jay schritt auf die Bühne. Die Musiker improvisierten die Hymne der Vereinigten Staaten. Es klang beinahe wie Verhöhnung; ein von Reagan bestellter Richter hätte dafür eine Strafe verhängt. Jay schnappte sich das Mikrofon und pries Sand und Land. Ein Mann in buntem Umhang reichte ihm ein großes Glas Tequila, Jay leerte es unter allgemeinen Anfeuerungsrufen. Er erzählte den Witz von den Hühnern, den Reagan auf einem Parteitag erzählt hatte. Ein Mann fährt schnell übers Land, als ihn ein dreibeiniges Huhn überholt und in einen Feldweg einbiegt. Der Mann biegt ebenfalls in den Feldweg ein und kommt zu einer Farm. Verzeihen Sie, fragt er den Bauern, haben Sie zufällig eben ein dreibeiniges Huhn vorbeilaufen sehen? Ja, sagt der Bauer, ist eines von meinen, ich züchte die so. Der Mann blickt den Bauern ungläubig an. Ich liebe Schenkel, sagt der Bauer, meine Frau liebt Schenkel, mein Sohn liebt Schenkel. Wir wollen nicht ums Essen streiten. So einfach ist das. Und wie schmecken sie?, fragt der Mann. Weiß nicht, sagt der Bauer, konnte noch keines fangen.

Alle lachten und klatschten. Der Mann im bunten Umhang kam mit einem weiteren Tequila. Jay blieb nichts anderes übrig, als ihn zu trinken. Die Menge pfiff und stampfte mit den Füßen auf den Boden.

Dieses Land, sagte Jay, ist wunderschön. Aber wir dürfen seine Ureinwohner nicht vergessen, die man jahrhundertelang an den Rand gedrängt und wie den letzten Dreck behandelt hat. Trotzdem haben sie ihre Würde bewahrt. Es geht nicht allein um die Federkrone Moctezumas, die ich von Österreich – nicht Australien, keine Kängurus in Österreich – zurückverlangen werde. Auch wir, liebe Amerikaner, sind nicht die Herren dieses Landes!

Der Beifall fiel spärlich aus. Jay verbeugte sich tief. Einige buhten. Blöder Kommunist, rief jemand, ohne Atomwaffen vernichten uns die Russen! Der Mann im bunten Umhang gab der Musik ein Zeichen. Sie spielte *Speedy Gonzales*.

20

Es tue ihm aufrichtig leid, wenn er sich beim letzten Mal im Ton vergriffen habe, sagte Ron am Telefon, ihm stehe es manchmal bis dorthin, was er Jay jetzt nicht zeigen könne. Jedenfalls bitte er um Nachsicht.

Jay blickte in den kahlen Garten. Es würde noch dauern, bis er Lucy im Pool sähe.

Jay habe keine Ahnung, wie anstrengend Rons Arbeit zuweilen sei, wie viele Menschen ihm auf die Nerven gingen, vor allem dieser irre Gorbatschow-Doppelgänger, der Tag für Tag anrufe, ob sich sein Agent nur um Johannes Paul II. und Michael Jackson kümmere.

Schon gut, sagte Jay. Hab auch nachgedacht. Ich brauche Geld.

Darum rufe ich an. Du kannst dich und mich sehr glücklich machen. Herr Präsident, ich bitte um Ihr geneigtes Ohr.

Bürger Ron, Sie haben mein rechtes.

Jay blickte auf die Wand, an der einmal das runde Wappen mit dem Adler gehangen war. Nun hingen wieder Familienfotos und der erste Brief der Agentur dort. Neu hinzugekommen war der Gefängnisbrief Carl Kabats.

Ron holte Luft, ehe er betont nebenbei zu sprechen begann.

Mich hat so ein verrückter junger Texaner angerufen. Irgendwas der Dritte. Altes Ölgeld. Hat von Bekannten von dir gehört, die dich in Cancún gesehen haben. Cancún, Mann!

Wenn ich mal Urlaub hätte! Die haben ihm Fotos gezeigt. Er hat wiederum einem Freund von dir erzählt, und der hat ihm eine Videokassette gegeben –

Mit dem sagenumwobenen Gorbatschow-Doppelgänger-Video?

Von deinen beiden Ansprachen. Zirkulieren als Kopien. Aber was muss ich dir das sagen. Unser junger Cowboy jedenfalls will dich engagieren, um ein Mädchen zu beeindrucken. Viel Geld. Hat er zumindest gesagt. Und –

Wie viel?

Hat er nicht verraten. Er will deine Nummer. Bei allem über 10 000 nehme ich nur zehn Prozent. Einverstanden?

Jay hörte, wie sich Lucy im Badezimmer föhnte.

Soll anrufen.

Zwanzig Minuten später klingelte es wieder.

Herr Immer?

Am Apparat.

Fabelhaft, dass ich Sie anrufen darf! Mein Name ist Samuel Richardson III. Nennen Sie mich bitte Sam.

Guten Tag, Sam.

Sie wissen, worum's geht?

In etwa.

Sie heißt Rachel. Das schönste Mädchen, das ich je gesehen hab. Das klügste. Und aufregendste. In Wirklichkeit bin ich seit dem Kindergarten in sie verliebt. Sie macht's mir nicht gerade leicht. In Wirklichkeit beachtet sie mich kaum. Sie hat, ja, fast was –

Jay setzte sich auf die Couch. Er legte den Kopf schief, auch wenn der Dritte es nicht sehen konnte.

Herablassendes. Oder Höhnisches.

Wie alt bist du, Sam?

21. Mein Vater sagt, Sie sind Kommunist. Mir egal. Ich würde Sie gern – also alles, was Sie tun müssten, wäre, für eine Stunde oder so, in Wirklichkeit genügt wahrscheinlich eine halbe, mit mir in einem Lokal zu sitzen, in das Rachel regelmäßig mit ihren Freundinnen kommt. Wenn sie uns entdecken und es zu wuseln beginnt, stehen unsere Leibwächter auf und eskortieren uns durch den Hintereingang aus dem Lokal.

Jay blickte in den Spiegel. Er fand nicht, dass er Reagan besonders ähnlich sah. Oder umgekehrt: Reagan sah immer weniger wie er aus. Der Präsident wurde alt.

Wann soll das stattfinden?

Wir haben Bekannte im Weißen Haus. Relativ kurzfristig. An einem Tag, an dem Reagan nicht reist, nichts Großes tut, vielleicht auf seiner Ranch ist. Jedenfalls nicht live in den Nachrichten.

Holzhacken. Reiten.

Genau. Ich zahle natürlich Flug und Hotel. Sie können auch gern in unserem Wochenendhäuschen wohnen. Für Ihre Hilfe bekommen Sie einen Scheck über 100 000 Dollar.

Jay blickte in den Garten. Ein gelber Fink landete auf einem Ast. Es war der Baum, dessen Äste er gestutzt hatte, als noch Wespen durch die Luft flogen und der andere Reagan zum ersten Mal im Fernsehen aufgetaucht war. Er überschlug seinen Kontostand und berechnete seine Rente in den nächsten zehn Jahren.

Junger Mann, so wenig ist Ihnen die große Liebe wert?

200 000.

Jay seufzte.

Liebe kann man ohnehin nicht in Dollar messen. Machen Sie den Vertrag mit meinem Agenten klar.

Am 5. März landete Jay Immer in Lubbock, Texas. Die Sonne war ein riesiger, roter Ball, der im Ocker und Braun der weiten Felder zu versinken schien und die Tragflächen des kleinen Flugzeugs auf dem kleinen Rollfeld in ein sanftes Orange tauchte. Am Vortag hatten Ronald und Nancy Reagan ihren sechsunddreißigsten Hochzeitstag gefeiert. Das war, dem Dritten zufolge, nicht bloß ein gutes Omen, sondern das Vorzeichen für ein zurückgezogenes Wochenende in Kalifornien.

Herr Immer!

Da stand Samuel Richardson III., groß, weiß, athletisch, und bleckte seine weißen Zähne. Er strahlte übers ganze Gesicht, das dichte rotblonde Haar mit den unbändigen Löckchen nach hinten gekämmt. Er sah eher wie ein Footballstar als wie der Erbe eines Ölmagnaten aus. Er hätte ohne Weiteres einer der jungen deutschen Soldaten in *Triumph des Willens* sein können, die voller Hoffnung und Selbstsicherheit im Spalier in eine Zukunft blicken, in der sie doch nur Mord und Tod erwarteten. Jay wusste nicht, warum ihm dieses Bild einfiel, als er Samuel Richardson III. freudig winken sah. Wahrscheinlich, weil er den Film unlängst mit Michael Powell gesehen hatte.

Mit ausgebreiteten Armen kam ihm der Dritte entgegen. Er blieb vor Jay stehen und begutachtete ihn kopfschüttelnd, als könnte er sein Glück nicht fassen, als hätte Rachel in jenem Moment bereits Ja gesagt.

Herzlich willkommen in Texas, Herr Immer!

Der Dritte streckte seine große Hand aus. Sein Händedruck war sicher und fest.

Keine Förmlichkeiten. Nenn mich Jay.

Jay! Großartig! Sam, wie gesagt. Los geht's!

Der Dritte schulterte Jays Koffer, als wäre er leer. Vor dem

Ausgang parkte ein roter Ferrari im Halteverbot.

Willst du fahren, Jay?

Weiß nicht, ob –

Bin versichert. Sam lachte. Zeig dir, wie's geht.

Der Dritte spielte nicht Football. Er spielte Rugby. Jay musste achtgeben. Er durfte nur äußerst behutsam aufs Gas steigen. Der Motor befand sich hinten; wenn Jay etwas fester aufs Pedal trat, heulte der Motor auf und sie schossen davon. Der Dritte schwärmte von Rachel, von ihren Augen, dem Grübchen in ihrem Kinn, von ihrer Intelligenz und Unnahbarkeit, auch wenn sie ihn in den Wahnsinn treibe. Er erzählte von der Uni, die nicht so wichtig zu sein schien, von seinen Freunden, als kennte Jay sie seit Langem, von Hawaii und Paris und den Sommern in Upstate New York. Jay gewöhnte sich an den Ferrari. Das war etwas anderes als sein Ford LTD.

Die Fahrer der anderen Autos reckten die Köpfe nach ihnen. Wenn sie an einer Ampel hielten, schauten alle in ihre Richtung.

Der nächste Rote, der mir die Show stiehlt, sagte Jay.

Der Dritte blickte ihn verständnislos an.

Jay musste lachen. Er hätte es nicht erwartet, aber er mochte ihn. Sam hatte eine Leichtigkeit und Selbstverständlichkeit, die ansteckend wirkten. Er konnte ja nichts dafür, der Sohn eines Milliardärs zu sein. Er war nicht der Hellste, aber ein guter Typ. Vor allem war er jung. Als Jay in seinem Alter war, hatte er bereits einen furchtbaren Krieg hinter sich.

Sie betraten eine kleine Imbissbude. An den Längsseiten waren hölzerne Stühle mit herunterklappbaren Tischplatten angebracht, einer nach dem anderen, wie in einem alten

Bahnhofswartesaal. In der Mitte stand ein Buffet mit Senf, Saucen, Zwiebeln und Essiggurken. Hinter der Theke schnitt ein Metzger in weißem Mantel dünne Scheiben vom duftenden Rindfleisch. Es schmeckte ausgezeichnet. Als sie die Holzhütte verließen, hatte sich eine kleine Gruppe um den Ferrari versammelt.

Sind Sie –

Eine junge Frau strahlte Jay an. Sie hielt sich die Hand vor den Mund, ihre Freundin und die drei jungen Männer blickten in seine Richtung.

Jay schüttelte milde den Kopf. Das Klima tat ihm gut. Die Vögel, viel zahlreicher als in Chicago zu dieser Zeit, jubilierten.

Nein, liebe Freunde, sagte Sam, das ist nicht, wer ihr glaubt. Dürfen wir dann bitte?

Und halblaut, aber noch immer hörbar, sagte er zu Jay:

Die halten Sie für Reagan.

Herr Präsident, sagte Sam, darf ich vorstellen: Shawn Anthony, Aaron Remnick. Die beiden Gentlemen sind für Ihre Sicherheit zuständig.

Jay schüttelte den schwarzen Riesen, die sich lächelnd von ihren Sitzen erhoben, die Hände. Sie mochten etwa zehn Jahre älter sein als der Verliebte. Sie blickten ihn prüfend an.

Unglaublich, sagte Aaron.

Phänomenal, sagte Shawn.

Sie saßen in einem feinen Restaurant, wenige Meter neben dem Gästehaus, in dem Jay untergebracht war. Der Dritte hatte es sich nicht nehmen lassen, Jays Koffer aufs Zimmer zu tragen und ihm eine Flasche Bourbon auf den Nachttisch zu stellen.

Das Licht war gedämpft. Sie hätten im Freien sitzen können, aber hier war es ruhiger. In den Ecken brannten große rote Kerzen. Der Tisch war mit einem weißen Tuch bedeckt, die Wände waren dunkelrot gestrichen. Die Kellnerinnen benahmen sich, als wären sie Diplomatinnen. Die Wärme und die hohe Luftfeuchtigkeit hätten Lucy gefallen, aber sie war lieber mit Barbara und dem Märtyrer nach Cincinnati gereist. Was mach ich bei den Cowboys?, hatte sie gesagt.

Shawn und Aaron arbeiteten für die Richardsons, wie der Dritte sagte. Wofür genau sie zuständig waren, verriet er nicht. Während sie scherzten, die Vorspeisen lobten und Rotwein tranken, überkam Jay dasselbe Gefühl, das er vorher schon gehabt hatte: Im Vergleich zum Mittleren Westen erschien ihm alles kultivierter, stilvoller, gewissermaßen europäischer. Die Teller, das Besteck, die Kleidung der Gäste – alles strahlte eine zurückgenommene Vornehmheit aus. Jay hatte das Gegenteil erwartet. Mit niemandem über Politik sprechen, hatte ihm Ron eingeschärft, schon gar nicht über Schwarz und Weiß. Der Dritte zumindest behandelte Aaron und Shawn wie Freunde, nicht wie Diener der Familie.

Als die Steaks aufgetragen wurden, bestellte Sam eine zweite Flasche Rotwein; die erste hatte er beinahe allein geleert. Er war aufgeregt, seine Wangen hatten sich gerötet, seine großen hellblauen Augen pendelten flink von einem zum anderen.

Ist ja nicht so, dass er keine andere haben könnte, sagte Shawn und runzelte die Stirn. Aaron schüttelte den Kopf.

Und wenn er sie –

Ich krieg sie, sagte Sam. Mit Jay krieg ich sie.

Und wenn er sie kriegt, sagte Aaron, kriegt er Probleme, von deren Existenz er nicht den blassesten Schimmer hat.

Das wäre dann allerdings Sams Sache, sagte Jay. Wie's so schön heißt, meine Herren: Wo die Liebe hinfällt.

Shawn und Aaron blickten ihn zweifelnd an.

Ich bin der erste Präsident, der zum zweiten Mal verheiratet ist.

Und der eine heiße Tochter hat, sagte Aaron.

Sam bedeutete der Kellnerin, Jays Glas voller zu schenken.

Stimmt es, dass du Nancy bei Dreharbeiten kennengelernt hast?, fragte Aaron.

Jay nickte.

Wisst ihr, was das Lustigste daran ist? Sie kam zu mir, weil sie auf einer schwarzen Liste für Kommunisten gelandet war. Ich war der Chef der Gewerkschaft der Fernsehschauspieler. Nicht gerade für übermäßiges Verständnis für Kommunisten bekannt. Sie bat mich um Hilfe. Ich habe ihr geholfen.

Wie?, fragte Sam. Er hing an Jays Lippen. Sams Lippen waren dunkelrot vom Wein.

Es gab eine zweite Nancy Davis. Namensverwechslung. Meine wurde von der Liste gestrichen.

Sam nickte langsam, als ginge ihm etwas mit schweren Schritten durch den Kopf. Das Steak schmeckte wunderbar. Shawn lächelte, als wüsste er etwas, das nur er wusste.

Wie war's wirklich?, fragte er. Bei dir.

Bin ein alter Mann.

Komm schon, sagte Sam.

Also erzählte Jay Immer drei wildfremden jungen Männern in einem Restaurant in Lubbock, Texas, von dem Ball, auf dem er Lucy kennengelernt und scheu um einen ungelenken Tanz gebeten hatte, vom ersten schüchternen Kuss auf die Wangen ein paar Wochen später im Auto nach dem Kino, bevor er um die Straße gebogen war und sie vor ihrem Elternhaus hatte aussteigen lassen. Er erzählte von Lucys Vater, bei dem Jay, frischgebackener Officer des NYPD, wenige Jahre zuvor von den Schlachtfeldern Europas zurückgekehrt, kleinlaut um die Hand seiner Tochter angehalten hatte. Und er erzählte vom 20. September 1952, dem schönsten Tag seines Lebens, an dem Barbara zur Welt gekommen war.

Alter!

Shawn pfiff tonlos. Alle drei blickten ihn wie einen Außerirdischen an.

Hab's euch gesagt: ein alter Mann, euer Präsident.

Erzähl vom Krieg, sagte Sam. Wie war's?

Schrecklich.

Hast du viele Nazis erwischt?, fragte Aaron.

Ein paar.

Du bist ein gottverdammter Held!, sagte Aaron.

Geht so.

Wo warst du?, fragte Sam.

Europa.

Genauer.

Österreich. Am Ende. Das war bizarr. Bin ja in Österreich geboren. Im Osten. Im Frühjahr 45 kamen wir in den Westen. Infanterie. Salzkammergut. Da hatten sich hohe Nazis versteckt. Eichmann, der die Judenvernichtung organisiert –

Hast du den?, fragte Sam.

Hat sich nach Argentinien abgesetzt. Mithilfe des Vatikans. Dort hat ihn der Mossad geschnappt. Gehängt in Jerusalem. Ein KZ-Kommandant hatte sich in einem Berghof versteckt. Aber die Gegend!

Jay sprach von den Seen, den Bergen ringsum, den seltsamen Trachten der Menschen, den Enten und Schwänen auf dem Wasser. Er hatte noch niemandem davon erzählt. Auch

Lucy wusste nicht, dass er letzten Sommer nicht zum ersten Mal seit der Einschiffung seiner Eltern Richtung Neue Welt in Österreich gewesen war. Andererseits war es damals noch nicht wieder Österreich gewesen. Er hatte vergessen wollen. Nach vorne schauen, ein neues Leben aufbauen. Er hatte überlebt. Die Naziverbrecher waren besiegt. Das hatte ihm gereicht.

Eine Geschichte, bettelte Shawn, nur eine. Damit wir wissen, wen wir morgen mit unserem Leben beschützen.

Hitler wollte Linz umbauen, sagte Jay. Eine kleine Stadt an einem großen Fluss. Dort war er zur Schule gegangen.

Der war doch Deutscher!, sagte Shawn. Du verarscht uns, Mann!

Hitler war Österreicher.

Sie blickten ihn ungläubig an.

Hast du Österreichisch mit den Menschen gesprochen?

Deutsch, sagte Jay.

Also was jetzt?

Ist dieselbe Sprache – und auch wieder nicht. Ich kann ja selbst kaum Deutsch. Hab kein Wort gesprochen. Dafür viel verstanden.

Darum hat man dich geschickt, sagte Sam. Er blickte Shawn und Aaron triumphierend an.

Soll ich jetzt weitererzählen oder nicht?

Sie nickten. Sam schenkte nach. Aaron ließ die Kellnerin nicht aus den Augen.

Weil er sich als Künstler sah, wollte er ein Museum in Linz. Natürlich größer als alle anderen auf der Welt. Die Kunst holten sie sich. Zuerst von den Juden, dann aus den überfallenen Ländern. Mitten im Krieg kamen sie drauf, dass in dem Salzbergwerk in Altaussee perfekte Lagerbedingungen herrschten. Also mussten die Bergleute neue Stollen ausheben. Da kamen die Kunstwerke hinein. Michelangelo, Rembrandt, Picasso – was weiß ich, kenn mich da nicht aus. Die größten und teuersten jedenfalls. Kurz vorm Krieg ließ der Gauleiter, also der Nazi-Gouverneur, sechs fette Fliegerbomben in den Berg schaffen. Sprengen, bevor uns Amis die Kunst in die Hände fällt! Offiziell träumten die Wahnsinnigen noch immer vom Sieg. Die Bergleute sahen das anders. Vielleicht war ihnen die Kunst egal. Aber der Berg nicht. Der war ihr Lebensunterhalt. Seit Jahrhunderten. Mit einer Bombe sprengten sie den Eingang zu den Stollen, die anderen entschärften sie. Als wir kamen, führten sie uns zu den Stollen.

Da warst du dabei?

Jay nickte.

Und? Hast du die Picassos gesehen?

Einer hängt in meinem Schlafzimmer.

Wenn man das Studentenlokal unweit des Campus betrat, bestellte man an einer hölzernen Bar zur Linken. An den Wänden hingen Tafeln mit den Angeboten des Tages und lustigen Sprüchen, die Regale waren voller Bourbonflaschen. In der Mitte befand sich ein großer langer Tisch, an dem ein paar Leute auf Hockern saßen. Vor dem Fenster zur Straße war eine Bühne aufgebaut; abends sollte eine Band spielen, junge Männer in zerrissenen Jeans schleppten Monitore und Verstärker heran. An der Wand gegenüber der Bar standen Tische, am Ende des Raums waren Nischen im Halbdunkel, Séparées mit roten Lederfauteuils, die im Halbkreis um Tische herum angeordnet waren. An den Wänden hingen Geweihe und Bullenschädel.

Sie saßen in dem verborgensten Séparée, über ihnen das fahle Orange einer Lampe. Sie waren nicht *irgendwer*. Der Barchef selbst brachte die Getränke.

Der ist es, sagte Sam und deutete auf den runden Tisch neben dem Eingang. Reserviert! Wie immer.

Sam strahlte und lachte. Der Dritte sah frisch und gesund und unschlagbar aus, als hätte er am Vorabend nicht so viel Wein und Bourbon getrunken, dass Shawn und Aaron ihn untergehakt zum Auto hatten schleppen müssen. Er trug eine khakifarbene Hose, ein weißes Leinenhemd, die Ärmel so weit aufgekrempelt, dass seine Muskeln zur Geltung kamen. Das rotblonde Haar hatte er nach hinten gekämmt. Immer wieder fiel ihm eine Locke in die Stirn; er wischte sie beiläufig zurück. Der Dritte wirkte nicht im mindesten nervös.

Jay trug seinen schönsten marineblauen Anzug, ein weißes Hemd und eine dünne dunkelrote Krawatte mit passendem Einstecktuch. Immerhin war Sonntag – und Reagan bei seinen Pferden in Kalifornien. Vielleicht beschnitt auch er Bäume. Vielleicht ärgerte er sich über die Ansprachen des anderen Reagan. Wahrscheinlich hatte Reagan sie nie gesehen. Anfang des Monats hatten zweiundvierzig Senatoren, die Hälfte davon Republikaner, von Reagan eine Vereinbarung zum Klimaschutz gefordert, die sich an der Vereinbarung zum Ozonloch orientieren sollte. Vor allem war heute Lucys zweiundsechzigster Geburtstag. Jay hatte ihr einen Blumenstrauß nach Cincinnati schicken lassen.

Sie hatten die Bar durch den Kücheneingang an den Toiletten vorbei betreten. Der Barchef war Sams Freund, er war eingeweiht, würde aber kein Sterbenswörtchen verraten. Shawn und Aaron trugen dunkle schwarze Anzüge; sie sahen echter aus als die Agenten, die an Jays Tür geklingelt hatten. Vor dem Hintereingang parkte ein silberner Bentley. Was das für Kugeln seien, hatte Jay im Auto wissen wollen, als er an einer Kreuzung auf dem Truck vor ihnen zwei silberne Kugeln neben einem riesigen Auspuff hatte baumeln sehen. Unsere armen weißen Freunde, hatte Aaron gesagt, zeigen uns, wie groß und hart ihre Eier sind. Sam hatte sich im Fond zu ihm gedreht: Stierhoden. Willkommen in Texas, Herr Präsident.

Der Präsident und seine Leibwächter tranken Cola. Der Dritte hatte eine Bierflasche vor sich stehen.

Boston Lager, sagte er. Samuel Adams. Ich bin Patriot, Herr Präsident. Bud und Miller und wie sie alle heißen – kann ja kein Schwein saufen!

Jay sah die Flasche zum ersten Mal.

Musst du nachher probieren.

Sam blickte auf die Uhr.

Schon zehn Minuten Verspätung.

Vielleicht, sagte Jay. Seit ich von einer Wespe gestochen wurde, hab ich ein zwiespältiges Verhältnis zu Bier.

Er erzählte die Geschichte. Die drei lachten herzlich. Sie schienen ihm nicht zu glauben. Jay verwies auf gewisse Artikel in gewissen Magazinen. Er erwähnte sogar die Sandalen.

Sie ist da, sagte Aaron. Nicht hinsehen.

Und nicht vergessen, Sam, sagte Shawn, nicht winken, keine Augenküsse, nur nicken. Kurz nicken.

Jay saß so, dass man ihn im Profil sah. Sam saß neben ihm, man sah sein Gesicht. Shawn und Aaron saßen am anderen Ende des Séparées und ließen ihre Blicke unbeteiligt, aber aufmerksam durchs Lokal schweifen. Jay erzählte Sam von Cancún und Chichén Itzá und bog von dort nach Wien ab.

Es geht los, sagte Shawn, Ariella muss aufs Klo.

Der Drang ist offensichtlich nicht besonders stark, sagte Aaron. Ihr Mund steht offen. Sie hält sich die Hand vor.

Und zurück zum Tisch, sagte Shawn.

Dann ging es schnell. Der erste Schrei vom runden Tisch neben dem Eingang. Der zweite Schrei. Der dritte kam von einem Tisch an der Wand. Der vierte und der fünfte vom langen Tisch in der Mitte.

Das ist doch! Mein Gott! Ronald Reagan! Herr Präsident! Ronnie!

Shawn und Aaron erhoben sich.

Wir gehen, flüsterte Aaron.

Shawn und Aaron nahmen vor dem Séparée Aufstellung. Als sich Jay erhob, sah er junge Menschen auf sich zukommen. Sie wahrten einen gewissen Respektabstand, riefen und winkten und versicherten ihn ihrer Liebe und Bewunderung. Rachel war nicht aufgestanden; Jay hatte sie sofort erkannt. Sie saß zurückgelehnt auf ihrem Stuhl, die Beine übereinandergeschlagen, die Arme verschränkt. Ihre blauen Jeans steckten in braunen Cowboystiefeln, das glatte, lange, schwarze Haar fiel über ihre Schultern. Für einen Moment traf sein Blick auf ihren. Sie sah nicht im mindesten beeindruckt aus. Sie nippte an ihrem Cocktail und gab sich betont gelangweilt. Vielleicht war sie gelangweilt.

Wir nehmen den Hintereingang, flüsterte ihm Sam ins Ohr, als ob Jay das nicht wüsste.

Jay setzte sein strahlendstes Lächeln auf. Er winkte den Menschen zu, hob kurz die Arme und deutete entschuldigend auf seine Uhr. Die meisten applaudierten. Dann schritt er zwischen Shawn und Aaron an den Toiletten vorbei durch die Küche auf die Straße. Sam war einige Schritte hinter ihnen. Er war zur Bar gegangen und hatte einen Hundertdollarschein auf den Tresen gelegt.

Im Auto jubelte Sam, als hätte er im Alleingang die Rugby-Weltmeisterschaft gewonnen. Shawn und Aaron warfen einander zweifelnde Blicke zu, Sam küsste Jay mehrere Male auf die Wangen. Vor dem Gästehaus stiegen sie aus. Sam warf Jay den Schlüssel zu.

Sie fahren, Herr Präsident.

Sie fuhren im Ferrari durch die Gegend, als hätten sie eine anstrengende Arbeit hinter sich. Sie lachten und priesen den Sonnenuntergang. Bisweilen griff Sam zum Lenkrad und drückte die Hupe. Jay stieg aufs Gas. Wahrscheinlich würde er nie wieder einen Ferrari fahren. Beim Abendessen schob ihm Sam ein Kuvert über den Tisch. Darin war ein Scheck über 200 000 Dollar.

Soll ich jetzt meinem Agenten die Kommission –

Der hat 10 000 bekommen. Sam lachte. Ich glaube, das ist angemessen für eine Telefonnummer.

21

Am 23. Juni 1988 stand Jay Immer mit einem Gartenschlauch vor seiner Garage. Er wusch und putzte seinen neuen weißen Lincoln Town Car. Den alten Ford hatte er verkauft und sich mit dem Erlös und einem Teil des Geldes aus Texas einen alten Traum erfüllt. Wie schön und nobel der neue Wagen war. Lucy sprach von seinem Angeberauto. Er nannte es präsidentiell.

Den Wasserstrahl richtete Jay allerdings öfter auf sich als auf den Wagen. Er stand da in seinem weißen Unterhemd und einer kurzen roten Hose, den Schlauch zum Himmel gerichtet, die Augen geschlossen, den Mund geöffnet. Wie einen herrlich kühlenden Regen ließ er das Wasser auf sich niederprasseln. Sie hatten bis auf Weiteres genug Geld, um sich nicht nach Aufträgen verzehren zu müssen. Er war so glücklich, wie er es sich nicht einmal in den kühnsten Träumen seiner Kindheit ausgemalt hatte. Und klatschnass, als Lucy die Eingangstür öffnete.

Komm! Schnell!

Auf einmal lachte sie.

Aber zieh dich vorher aus! Kindskopf!

Jay wusste nicht, ob es an seinem Alter lag, dass ihm jeder Sommer ein wenig wärmer als der letzte vorkam und ihn Gartenarbeit und Autowaschen zunehmend stärker ins Schwitzen brachten. Aber so heiß wie in den letzten Tagen war es noch nie gewesen. Als er Lucy sah, fühlte er sich bestätigt:

Es musste sehr heiß sein, wenn die First Lady an einem Juninachmittag vorm Fernseher saß.

Da, rief sie, schau! Ist das nicht der Mann, der dich mal abgeholt hat?

Mit einem Handtuch um die Hüften stand Jay vor dem Fernseher. Er strich sein nasses Haar nach hinten. Auf dem Schirm war James Hansen zu sehen, live aus Washington. Hansen stand in einer Halle des Senats, umzingelt von Reportern, Kameras und Fotografen. Er kam gerade aus einer Anhörung. *Spitzenwissenschaftler sagt: Klimawandel hat begonnen.*

Es ist höchste Zeit, das Geschwafel zu beenden, sagte Hansen ruhig. Der Treibhauseffekt ist hier. Sie werden es bemerken, wenn Sie ins Freie treten. Heute ist der heißeste 23. Juni, den Washington seit Beginn der Aufzeichnungen erlebt hat – im bislang heißesten Juni, den Washington seit Beginn der Aufzeichnungen erlebt hat.

Treibhaus klingt gar nicht so gefährlich, sagte Lucy. Klingt nach Wachstum. Nach Pflanzen und Gemüse.

Meine Administration hat eine Reduktion der FCKW-Gase um fünfundneunzig Prozent angeordnet. Darum gibt's deine Haarsprays nicht mehr.

Herzlichen Dank. Lucy fächelte sich Luft zu. Was wollte dieser Hansen damals von dir? Wer war der Zweite?

Erzähl ich dir später. Hab noch zu tun. Spann bitte den Schirm auf, wenn du dich ins Freie legst. Sonnencreme!

Jay?

Er drehte sich um.

Können wir mit dem Geld aus Texas eine Klimaanlage kaufen?

Mach dich auf die Suche.

Eine Viertelstunde später war seine eigene Suche beendet. Jay legte sich aufs Bett, stellte den Ventilator an und blies den Staub vom Dossier, das Rafe Pomerance ihm vor vier Jahren überreicht hatte.

Am nächsten Vormittag rief Pomerance an. Lucy war mit einer Freundin in ein Einkaufszentrum gefahren, um sich nach günstigen Klimaanlagen zu erkundigen. In der Nacht, als sich Jay wegen der Hitze hin und her gewälzt hatte, hatte ein Blitz einen weiteren Brand im Yellowstone-Nationalpark entfacht. Über den Bildschirm liefen apokalyptische Bilder, ein riesiges, tieforanges Flammeninferno. Jay schlief ohne Laken. Er schwitzte trotzdem.

Herr Immer, sagte Rafe Pomerance, besorgen Sie sich die New York Times.

Pomerance sprach schnell; Jay sah Feuerwehrmänner vergeblich gegen Waldbrände ankämpfen.

Die halbe Welt will wissen, wer Hansen ist, sagte Pomerance. Aber der hat gestern, als er von Washington nach Hause kam, vom Krebs seiner Frau erfahren. Hatte ihm nichts gesagt, wollte seine Aussage vor dem Senat nicht gefährden! Toronto, die Klimakonferenz in drei Tagen. *Woodstock des Klimawandels* steht in der New York Times. Hansen kann auf keinen Fall hin. Wir brauchen eine internationale Vereinbarung. Wir brauchen Sie!

Wie geht's dem Planeten?

Erinnern Sie sich an die Keeling-Kurve? Weit über 1983!

Ehe Jay antworten konnte, hatte Pomerance aufgelegt.

In den letzten fünf Monaten dieses Jahres sei die Erde wärmer gewesen als in jeder vergleichbaren Periode seit Beginn der

Aufzeichnungen vor einhundertdreißig Jahren, las Jay. Die höheren Temperaturen könnten nun einem lange erwarteten globalen Erwärmungstrend zugeschrieben werden, der, wie ein NASA-Wissenschaftler am Vortag erklärt habe, in Zusammenhang mit Schadstoffbelastungen stehe.

Jay legte die New York Times vor sich auf den Tisch, an dem er mit einem Verrückten, der nicht so verrückt war, und einem Trübsinnigen, der allen Grund zum Trübsinn hatte, vor knapp vier Jahren gesessen war. *Globale Erderwärmung hat begonnen, berichtet Experte dem Senat: Drastische Senkung der Verbrennung fossiler Treibstoffe im Kampf gegen Klimawandel gefordert.* Neben einem Artikel über das Einwanderungsgesetz, das den Zustrom aus Mexiko nicht einzudämmen vermochte, stand ein Bericht über die der Dürre geschuldete Lebensmittelteuerung.

Jay blickte aus dem Fenster. Er hatte von Männern gehört, die ihre Familien mit ins Büro nahmen, weil es dort zum Schutz der Computer Klimaanlagen gab. Er hatte nicht gewusst, dass Hansen der Direktor des Instituts für Raumforschung der NASA war. Die Venus, fiel ihm jetzt ein, hatte Hansen gesagt, sei so heiß, weil ihre Atmosphäre hauptsächlich aus Kohlendioxid bestehe.

Verbrennung fossiler Energieträger, Klimawandel, der das Leben auf diesem Planeten für Jahrhunderte verändere, der Südosten und der Mittlere Westen – Jays Mittlerer Westen! – mit extrem hohen Temperaturen im nächsten Jahrzehnt, Ausweitung der Ozeane, Gletscher- und Polareisschmelze, erhöhte Meeresspiegel, verdunstende Flüsse, Spiegelsenkung der Great Lakes –

Jay legte die Zeitung beiseite. Alles, was ihm Hansen damals erzählt hatte, stand heute in der Zeitung. Die New

York Times hätte niemals ein Foto eines Ronald-Reagan-Doppelgängers bei der Eröffnung einer neuen Wasserrutsche in Vermillion gebracht. Über Jahrzehnte hinweg hatte Hansen rund um den Globus die Messungen von Wetterstationen ausgewertet: Vier der heißesten Jahre aller Zeiten waren in den Achtzigern gewesen. Jay war weder empfindlicher noch schwächer geworden. Und Lucy brutzelte nur in den heißesten Stunden der heißesten Tage nicht unter der Sonne.

Wenn es stimmte, dass Reagans Administration alles unternommen hatte, um Forschern wie Hansen die Mittel zu kürzen, während sie gleichzeitig die Kohleproduktion antrieb und neue riesige Gebiete der Ölförderung öffnete, und wenn die Kohleindustrie tatsächlich schwindlig vor Glück war, als er gewählt –

Jay legte zehn Dollar auf den Tisch. Draußen hatte es über dreißig Grad. Neben der Tankstelle warf er ein paar Münzen in ein Telefon. Man stellte ihn unverzüglich zu Ron durch. Das alte Ölgeld aus Texas hatte ihre Beziehung verändert. Aber Jay hatte keine Zeit zum Plaudern. Er brauchte die Nummer des Irren, der wie Gorbatschow aussah.

Sie haben das Büro von Michail Gorbatschow erreicht, sprach eine angenehme Frauenstimme vom Band, der Generalsekretär ist momentan leider unabkömmlich. Hinterlassen Sie eine Nachricht nach dem Piep.

Herr, sagte Jay, der Name war ihm entfallen, hier ist Jay Immer, also Ronald Reagan, ich hab Ihre Nummer von unserem –

Ich höre.

Es war eine lebendige, hohe, sympathische Stimme, die Jay auf einmal im Ohr hatte.

Hören Sie bitte genau zu.

Während die Menschen im Mittleren Westen nicht weniger schwitzten als die Menschen in Kalifornien und klimatisierte Lokale besser besucht waren denn je, versuchte Jay Immer dem Mann am anderen Ende der Leitung so gut wie möglich zu erklären, was er herausgefunden hatte und was die Welt brauchte und dass nur eine internationale Vereinbarung mit China und der Sowjetunion –

Kurz und gut: Herr Generalsekretär, kommen Sie mit mir nach Toronto. Retten wir die Welt!

Njet.

Wie bitte?

Sie wollten nicht in meinem Video mitspielen. Vielleicht finden Sie einen Deng Xiaopeng – oder wie immer der heißt.

Dann knackte es in der Leitung.

Auf der Rückfahrt in sein Weißes Haus legte Jay die Kassette ein, die Pomerance dem Dossier beigefügt hatte.

Er fühle heute wie gestern, hörte Jay die wohlbekannte Stimme, gut moduliert, klar und beruhigend, über Umweltsachen.

Jay schnalzte mit der Zunge. Umweltsachen!

Er glaube an eine gesunde und starke Umweltpolitik, welche die Gesundheit des Volkes schütze, und an die weise Verantwortung im Umgang mit den natürlichen Ressourcen der Nation.

Als der Präsident nach sechs Minuten seine Rede mit Amerika, der Schönen, beendete, die seiner Administration wegen von Tag zu Tag gesünder und schöner werde, um das allen Unkenrufen zum Trotz ein für alle Mal klarzustellen, und sich bis nächste Woche fürs Zuhören bedankte, hatte er kein einziges Wort über Öl oder Benzin verloren.

Gott segne die Vereinigten Staaten von Amerika, sagte Jay mit Reagan und bemerkte, dass er mittlerweile tatsächlich wie dieser klang.

Zwei Tage später sagte er nach dem Aufwachen:

Lucy, wir fahren nach Toronto.

22

Zwanzig, Schrägstrich, zwanzig, sagte Rafe Pomerance.

Sie saßen in der hintersten Ecke einer vornehmen Hotelbar. Die kleine Gruppe diskutierte aufgeregt. Pomerance war um zwanzig Jahre jünger als Jay und Lucy; die mit ihm angereisten Aktivisten waren teilweise später als ihre Tochter Barbara geboren.

Jay fühlte sich frisch, trotz der langen Fahrt. Immer wieder dämpften die jungen Menschen ihre Stimmen, als wollten sie ihre Euphorie und Erwartung nicht verraten. Lucy hatte einen Cocktail vor sich, den Pomerance für sie bestellt hatte. Sie trug ein mintgrünes Sommerkleid. Ihrer Hautfarbe nach war sie eher Mexikanerin.

Jay glaubte nicht, jemandem jemals eine derartige Freude bereitet zu haben wie Rafe Pomerance an diesem Abend. Als ihn der Riese in der Hotellobby erspäht hatte, war er auf Jay losgestürmt, hatte ihn wortlos umarmt und so fest an sich gedrückt, dass Jay kaum Luft bekommen hatte. First Lady, hatte Pomerance gesagt, ich bin, ach was, und sie umarmt: Herzlich willkommen! Dann hatte er sich zu Lucy gebeugt, seine großen Hände auf ihre Schultern gelegt und sie auf beide Wangen geküsst.

Jetzt saß sie neben Jay, lauschte aufmerksam dem Hin und Her der Meinungen und nippte an ihrem Cocktail. Manchmal zwinkerte sie Jay zu. Während der zehnstündigen Autofahrt war sie acht Stunden lang eingeschnappt gewesen. Sie hasse es, wenn er ihr nicht die Wahrheit sage. Er wisse genau, wie sehr sie sich damals über das versunkene Miami aufgeregt habe. Danach habe man – zumindest sie! – nie wieder von der Klimaerwärmung gehört. Und er verheimliche jahrelang den Besuch dieser tapferen Männer. Jay hatte sich zu erklären versucht. Er habe sich damals nicht sicher gefühlt als Reagan, habe sich wenig zugetraut, die beiden seien ihm meschugge vorgekommen, außerdem habe er sie beide in keine Unannehmlichkeiten bringen wollen, zumal die Männer keine konkrete Idee gehabt hätten, was er tun sollte oder konnte oder –

Feig warst du, hatte Lucy gesagt – und dann wieder sehr lange nichts. Als der hohe schlanke Turm mit der langen Antenne erstmals im violetten Licht vor ihnen aufgetaucht war, hatte sie gesagt: Aber jetzt nicht mehr.

Jay überlegte fieberhaft. Zwanzig Prozent Kohlenstoffdioxidreduktion bis zum Jahr 2000. Pomerance hatte das Ziel vorgegeben. Zwanzig Prozent waren ambitioniert, manche sagten radikal, aber machbar und vor allem notwendig. Timothy Wirth, der demokratische Senator aus Colorado, würde bei seiner morgigen Grundsatzrede vor Politikern aus sechsundvierzig Ländern und vierhundert Wissenschaftlern genau dieses Ziel fordern.

Zwanzig, Strich, zwanzig?, fragte eine.

Minus zwanzig bis 2000? Zwei Striche?

Zu negativ.

Let's make America great again, sagte Lucy.

Alle blickten sie an.

Großartig!, rief Pomerance.

Den Planeten, sagte die junge Frau, nicht Amerika.

Sauber, sagte Jay.

Gesund, sagte Lucy.

Let's make the planet sound again, sagte ein junger Mann, der lange nichts gesagt hatte.

Perfekt! Pomerance winkte die Kellnerin herbei. Die nächste Runde geht auf mich.

Die letzte, sagte die junge Frau und deutete auf ihre Uhr.

Die nächste Stunde diskutierten sie lebhaft darüber, welches von Reagans Wahlplakaten sie imitieren sollten. Das mit dem Gesicht vor der wehenden Flagge über dem Weißen Haus schied bald aus. Es ging um den Planeten. Keine Flagge. Sie kamen auf die Anstecknadel mit dem Gesicht des Kandidaten in einem Kreis; der obere Halbkreis rot, der untere blau. Der republikanische Elefant zwischen den Halbkreisen musste auf jeden Fall ersetzt werden. Im roten Halbkreis sollte *-20 – 2000* stehen und darunter –

Sie feilschten um das richtige Hauptwort. Sie kämpften um das passende Adjektiv. Manche wollten das groß behalten, andere es ersetzen. Jay schwindelte es. Er hatte eine Idee, die allen gefiel und mit 7:0 Stimmen abgesegnet wurde: Aus dem Rüssel des republikanischen Elefanten musste Wasser spritzen. Gegen die Dürren, gegen die Austrocknung der Flüsse. Für die Erfrischung aller. Er sollte allerdings grün sein, forderte Lucy und bekam beinahe eine Mehrheit, aber Charlene, die junge Aktivistin, setzte sich mit ihrer Idee durch, dass die Änderungen minimal sein sollten, um maximale Irritation zu erzeugen – blaurot der Elefant, blaues Wasser aus rotem Rüssel.

Die weißen Sterne auf der blauen Mütze des Elefanten, sagte Lucy, sollten grün sein. Minimale Änderung, maximale Irritation.

Die Idee fand eine Mehrheit. Jay war stolz auf seine First Lady. Er hatte sie lange nicht so leidenschaftlich gesehen. Pomerance erbat sich eine Bedingung: Sollte eine dritte Farbe mehr kosten, müssten sie sich ihrem bescheidenen Budget beugen. Im roten Halbkreis würde also *-20% CO_2 by 2000* und im blauen *Let's Make Earth Great Again* stehen.

Our Earth, sagte Charlene. Behält den Klang des Originals.

5:2.

Green, sagte Lucy.

Stimmen wir ab, sagte Pomerance.

Hände schnellten in die Höhe. Es stand 3:3. Alle blickten den jungen Mann an, dessen *sound* überstimmt worden war.

Die First Lady, sagte er und hob seine Hand, hat gesprochen.

Pomerance sprang klatschend auf. Einen Augenblick später standen alle und klatschten einander zu.

Und jetzt stellt euch vor, sagte Pomerance vor dem Aufzug, wie um Zahlen und Daten gefeilscht wird, wenn Politiker und Lobbyisten und Wirtschaftsbosse dabei sind. Vor zehn Jahren standen wir kurz vorm Durchbruch. Man konnte sich allerdings nicht einigen, ob der Klimawandel einsetzen werde oder würde, und wenn, ob wahrscheinlich, sehr wahrscheinlich, sicher, beinahe sicher, blabla. Der Satz kam nicht zustande. Kein Dokument. Alles umsonst.

Er blickte Jay an.

Morgen schicken wir ein starkes Bild in die Welt.

Kinn gerade. Tick zur Seite.

Lächeln. Fast lachen. Das Lächeln nach dem Lachen.

Mund etwas weiter auf. Die Zähne.

Jay saß vor einer weißen Wand ihres Hotelzimmers. Lucy streckte beide Daumen aus, Charlene gab dem Fotografen Anweisungen. Jay trug ein gestärktes weißes Hemd, ein dunkles Sakko, die Krawatte hatte Lucy perfekt gebunden. Er öffnete den Mund etwas weiter.

Heißt nicht umsonst Kopfschuss, sagte Jay. Er musste lachen.

Perfekt, sagte Charlene. Glaub, das war's.

Amen, sagte der Fotograf.

Als der Weckanruf eingegangen war, hatte es schnell gehen müssen. Das Frühstück hatten Jay und Lucy auf dem Zimmer zu sich genommen. Zu gefährlich, hatte Charlene am Abend gemeint, zu viele Umweltaktivisten im Hotel. Zum ersten Mal in seinem Leben hatte Jay Immer sein Frühstück auf dem Zimmer einnehmen müssen.

Pomerance war bei der Eröffnung der Konferenz, die im selben Raum wie der G7-Gipfel eine knappe Woche zuvor stattfand. Auf einem Bild waren die Chefs der sieben führenden Industrienationen abgelichtet. Delors, der Kommissionspräsident der Europäischen Union, Mitterrand, Thatcher, Reagan, der kanadische Premier und Gastgeber, der Italiener, dessen Name Jay nicht einfiel, Helmut Kohl, doppelt so viel Platz einnehmend wie der kleine Japaner neben ihm, dessen Name Jay ebenfalls nicht geläufig war. Angeblich war es bei diesem Gipfel auch um Umweltschutz gegangen. Nichts als Blabla, hatte Pomerance gesagt. Reagans Wangen waren gerötet. Er musste seinen Hautkrebs vergessen haben. Es war sein letzter G7-Gipfel.

Wunderbar, sagte Charlene. Jay, Lucy, hier ist der Plan.

Sie würden ein Taxi rufen und schnell einsteigen. Im Hotel sei ohnehin nicht mehr viel los. Zur Uni, nicht zum Konferenzzentrum. Nicht schön anzusehen von außen. Außerdem tummelten sich darin zu viele Menschen, die auf Reagan oder jemanden, der wie Reagan aussah, allergisch reagierten. Zumal man nicht davon ausgehen könne, dass alle vom neuen Engagement des anderen Reagan wussten. Das Bild würde exakt dort aufgenommen werden, wo die G7-Chefs gestanden seien: Jay, wie Reagan, vor einem Bäumchen zwischen gotischen Fenstern. Charlene hatte das Banner mit dem neuen Wahlspruch *Let's Make Our Earth Green Again*. Sie würde es mit Lucy halten?

Weiß nicht, sagte Lucy.

Jay legte den Kopf schief.

Gut, sagte Lucy.

Du hältst ein Schild mit zwanzig, Schrägstrich, zwanzig, Schrägstrich, zwanzig, sagte Charlene.

Zwanzig, Schrägstrich, zwanzig, *Schrägstrich, zwanzig*?

Minus zwanzig Prozent CO_2-Ausstoß bis 2000, damit der Planet im Jahr 2020 nicht verloren ist. Unsere Frühstücksidee. Hier können wir das perfekt kommunizieren. Die Anstecknadel bleibt wie gehabt. Einverstanden?

Jay nickte. Lucy nickte auch. Charlene lachte.

Hättet es ohnehin nicht verhindern können. Wir haben 4:1 abgestimmt.

23

Es war der heißeste Sommer aller Zeiten.

Seit Juni brannte der Yellowstone-Nationalpark. Es brannte in Alaska, es brannte im Westen. Flammen auf Bildschirmen, Flammen im Freien. Zum ersten Mal in seiner Geschichte war Harvard wegen Hitze geschlossen. Die New Yorker Moskitobevölkerung hatte sich vervielfacht, die Mordstatistik in Jays Heimatstadt einen traurigen Höhepunkt erreicht. Enten flüchteten nach Alaska, die neunzehn Kandidatinnen für die Miss Indiana sangen in Regenmänteln unter Regenschirmen um Regen, den ein Sioux-Medizinmann für zweitausend Dollar im Auftrag einer Großgärtnerei in Ohio herbeitanzen sollte. Nach drei Tagen fielen ein paar Tropfen vom Himmel. Ernten brachen ein, in Texas fütterten Bauern ihrem Vieh Kakteen.

Und die Cubs, seine Chicago Cubs, waren verrückt geworden.

Als ein Einundneunzigjähriger, der sein erstes Cubs-Spiel 1906 gesehen hatte, am 8. August um 18 Uhr 9 die neue Flutlichtanlage im Stadion einschaltete, saß Jay Immer kopfschüttelnd vor dem Fernseher. Er schüttelte den Kopf aus zwei Gründen: Weil es Wahnsinn war, so viel Energie zu verschwenden. Und weil er nicht dabei sein konnte.

Neunundreißigtausend Menschen waren im Stadion, dazu sechshundert Medienvertreter. Neunundvierzig Fernseh- und achtunddreißig Radiostationen berichteten vor

Ort. Während der einzige Ventilator, den sie in einem Geschäft hatten ergattern können, neben ihm rotierte und Jay die Beine hochgelagert hatte, sah er den Gouverneur von Illinois, den Bürgermeister von Chicago und Bill Murray dem Symphonieorchester von Chicago beim Spielen der Nationalhymne zuhören.

Jay war nicht eingeladen. Er wollte weder tausend Dollar ausgeben, um das Spiel auf einem der hohen Dächer rings um das Stadion verfolgen zu können, noch einem Schleichhändler zweihundertfünfzig Dollar in den Rachen schieben. Er wurde nicht eingeladen, weil er der andere Reagan war. Nach der ersten Ansprache hätte man Jay vielleicht noch eingeladen. Nach der zweiten hätte er ein Ticket bekommen können. Jetzt war Jay nicht im Stadion, obwohl Reagan in den dreißiger Jahren Cubs-Spiele im Radio kommentiert hatte. Aber dieses Spiel war ohnehin ein Verbrechen.

Seit anderthalb Monaten stand ein großes Paket auf dem Sofa. Jim hatte geflucht, als er es zur Tür hereingeschleppt hatte. Es war voller Anstecknadeln, auf denen der andere Reagan um zwanzig Prozent CO_2-Reduktion bis 2000 warb. Die grünen Sterne hatten sie sich nicht leisten können. Oder wollen.

Eine Minute nach sieben warfen die Cubs den ersten Ball. Es hatte dreiunddreißig Grad, die Luft war schwer und feucht. Ein starker Südwind blies. Lucy stand schon wieder unter der Dusche. Klimaanlagen waren heillos ausverkauft, die Immers hatten ihre eigene: Fenster und Schiebetür auf, wenn es draußen kühler als drinnen war, ansonsten blieben Fenster und Türen geschlossen. Trotzdem war es kaum auszuhalten.

In Toronto war ein Abschlussdokument unterzeichnet worden, das von den Verantwortlichen zwanzig Prozent Kohlenstoffdioxidreduktion bis 2005 forderte. Mit dem Foto vor der Uni hatten sie auf 2000 beharrt. Auf einem anderen Foto war Pomerance mit der minimal veränderten Anstecknadel zu sehen gewesen. Aber das konnte nur Jay erkennen. Seither hatten sie Unmengen von Anstecknadeln verteilt. Hansen war wieder zurück, seine Frau genesen. Er sah nicht mehr trübsinnig aus. Jay und Hansen hatten fürs Fernsehen einen Werbespot aufgenommen, in dem der Wissenschaftler auf einer Karte den Klimawandel erklärte, bevor er den anderen Reagan fragte, was er davon halte. Zwanzig, Schrägstrich, zwanzig, Schrägstrich, zwanzig, sagte Jay. Danach wurde eingeblendet, was das bedeutete. Es waren nicht nur heiße, es waren schnelle Tage. Etwas war in Bewegung geraten.

Auf dem Feld geriet auch etwas in Bewegung. Es stand 1:1, als Sandberg zur letzten Base unterwegs war. Eine Frau rannte mit ausgebreiteten Armen in seine Richtung, wurde aber von zwei Aufpassern abgefangen. Es war Morganna, *die küssende Banditin*, die seit zwei Jahrzehnten Felder stürmte und Spieler küsste. Man konnte mit allem berühmt werden. Solange man nicht gegen Öl und Benzin auftrat.

Jay nahm einen Schluck von dem Bourbon, den ihm Samuel Richardson III. aus Texas mitgegeben hatte. Während Morganna abgeführt wurde, spitzte sie den Mund und blies der Menge Küsse zu. Nach dem Fototermin in Toronto waren Jay und Lucy zurück ins Hotel spaziert; das Konferenzzentrum hatten sie nicht zu sehen bekommen. Zu gefährlich. Am Abend hätte das weitere Vorgehen besprochen werden sollen, aber Jay und Lucy waren nach dem Mittagessen ins Auto gestiegen. Er hatte sich um seinen Garten gesorgt.

Jay war unwirsch. Seit Wochen. Er hätte sich freuen sollen. Toronto war ein Erfolg. Er bekam begeisterte Briefe von Umweltschützern, Bitten um unterschriebene Postkarten, auf denen *20/20/20* in einem roten Halbkreis über seinem Gesicht stand, unter dem *Let's Make Our Earth Green Again* zu lesen war. Die Werbung mit Hansen erreichte unzählige Menschen in ihren Wohnungen und in Lokalen. Sein Gesicht war auf Tausenden von Anstecknadeln. Und während der demokratische Präsidentschaftskandidat die Ölförderung steigern wollte und Kohle für die Zukunft der Energieversorgung hielt, hatte Bush zum Wahlkampfauftakt am Ufer des Eriesees gesagt: Ich bin Umweltschützer. Daran habe Jay Immer keinen unbeträchtlichen Anteil, hatte Pomerance gesagt.

Ich hätte früher was tun sollen!, rief Jay vorm Fernseher. Als Reagan noch beliebt war.

Kannst du auch an was anderes denken!, rief Lucy aus dem Badezimmer zurück. Hast viel erreicht!

Die Wahrheit war: Das Foto war in einigen unbedeutenden Blättern abgedruckt worden. *Reagan-Doppelgänger nimmt Präsidenten in die Pflicht. Dem anderen Reagan ist die Klimaerwärmung ein Anliegen.* Er predigte den Bekehrten. Während Lucy auf der Rückfahrt aus Toronto geschlafen hatte, hatte Jay einen Spruch seiner Mutter nicht aus dem Kopf bekommen: Außer Spesen nichts gewesen.

Als der Schiedsrichter wegen des Winds und des herumwirbelnden Sands eine Unterbrechung anordnete, stellte sich Jay in den Garten. Der Wind peitschte seine Pflanzen, rüttelte an den Tomatenstauden. Es war unerträglich stickig. Er beneidete die Spieler nicht. General Electric hatte die fünf Millionen Dollar teure Flutlichtanlage installiert, nachdem die Stadtverwaltung das Lichtverbot fürs Stadion aufgehoben hatte.

Er atmete tief durch. Lucy hatte recht. Er musste sich beruhigen. Er war in einen Strudel geraten. Er war nicht darauf vorbereitet gewesen, Leidenschaften zu entwickeln. Er sah auf den Baum, dessen Äste er vor dem Griff zum Wespenbier geschnitten hatte. Jay könnte längst tot sein. Morgen war sein erster zweiter Geburtstag. Der andere Reagan war 364 Tage alt.

Mit einem Mal kam Ruhe über ihn. Seine Gedanken klarten auf. Die verrückten Christen glaubten an etwas. Sie handelten kompromisslos danach. Jay kannte kaum jemanden, der an etwas glaubte und danach handelte. Reagan glaubte nur an sein Bild in den Medien. Er hatte den Menschen Gefühle verkauft. Die strahlende Stadt auf dem Hügel; ein neuer Morgen für Amerika. Aber er betrieb eine Politik gegen die Menschen, gegen den Planeten und für ein paar steinreiche Unternehmer. Pomerance und Hansen glaubten auch an etwas; selbst wenn es gegen die Heilige Wirtschaft ging. Vielleicht hatte Jays Bild Bush erreicht. Wählen würde er ihn trotzdem nicht. Reagans Vizepräsident stand für eine Fortsetzung von Reagans Politik. Noch ein Doppelgänger.

Der Himmel war bedrohlich dunkel, der Wind noch wilder geworden, als Jay ins Haus trat. Lucy las im Schlafzimmer, ihr Ventilator rauschte jetzt neben ihr. Jay freute sich auf das Spiel. Er wollte sich nicht ablenken lassen. Er tat das Richtige. Mehr konnte er nicht tun. Seine Cubs führten 3:1. Er holte Bier aus dem Kühlschrank. Ja, sie hatten den Wahlkampf beeinflusst.

Plötzlich setzte heftiger Regen ein. Jay sah ihn auf dem Bildschirm, hörte ihn gegen die Fenster prasseln. Es donnerte. Die Spieler rannten aus ihrem Unterstand und rutschten auf der Plane aus, die rasch über das Grün gezogen worden war. Es blitzte, als Lucy ins Wohnzimmer kam.

Ich fürchte mich vor Gewittern, sagte sie. Seit ich klein bin.

Komm her. Dein Präsident wird diesem Wahnsinn ein Ende bereiten.

Kurz nachdem der Schiedsrichter eine weitere Unterbrechung angeordnet hatte, klingelte das Telefon.

Schadenfreude ist ein deutsches Lehnwort, sagte Rafe Pomerance. So unamerikanisch. Schadenfreude ist aber auch nicht angebracht. Wir haben eine neue Ladung Anstecknadeln bestellt. Die Nachfrage ist enorm. Alle wissen, dass es ohne CO_2-Steuern nicht gehen wird. Die Kohleindustrie hat resigniert. Wir gewinnen. Deine Cubs übrigens auch. Im Wiederholungsspiel. Da geht heute nichts mehr.

Wenige Wochen später stand Jay mit einem Schlauch im Garten. Er goss sein Gemüsebeet, als er Rauch in der Ferne sah. Tschernobyl, dachte er, jetzt auch bei uns. Er ließ den Schlauch sinken und eilte ins Haus. Die Klimaanlage war installiert worden; es war angenehm kühl. Er stellte das Lokalfernsehen an. Kein Atomreaktor war explodiert. Der Rauch kam aus dem zweitausend Kilometer weiter westlich brennenden Yellowstone-Nationalpark.

24

Am 7. Dezember 1988 kam der Mann des Jahres nach New York. Am späten Nachmittag sollte Michail Sergejewitsch Gorbatschow seine mit Spannung erwartete Rede vor den Vereinten Nationen halten. Manhattan war in Aufruhr. Die Amerikaner fieberten der Ankunft des höchsten Vertreters der Sowjetunion entgegen. Sie nannten ihn *Gorby.*

Gorby würde den Frieden bringen, den Kalten Krieg beenden, Gorby hatte die Sowjetunion verändert und würde sie weiter verändern. Achttausend Polizisten waren für den roten Messias im Einsatz. Jay sah den Besitzer eines Fischlokals auf der Upper West Side stolz auf seine Auslage deuten, in der er die Fahnen der Vereinigten Staaten und der Sowjetunion aus Meeresfrüchten angerichtet hatte. Die Streifen der amerikanischen waren aus Shrimps und weißen Muscheln gefertigt, auf den Bauch gedrehte Calamari fungierten als Sterne. Der Hintergrund der sowjetischen Fahne bestand aus Hunderten von Shrimps, nur Hammer und Sichel waren aus Karton. Kindergartenkinder bereiteten sich auf den Besuch Raissa Maximovnas vor, von der es hieß, auch Nancy und sie hätten ihr persönliches Tauwetter eingeleitet. Ein Junge wurde gefragt, was er die sowjetische First Lady fragen wolle. Als er antwortete, er würde gern von ihr wissen, warum Russland Amerika den Krieg erklären wolle, wurde ihm schnell klargemacht, die falsche Frage gestellt zu haben.

Die singen sogar *Santa Claus Is Coming to Town* mit *Gorbachev Is Coming to Town!*, rief Jay aus seinem Lehnstuhl.

Michael Powell singt wahrscheinlich am lautesten!, rief Lucy zurück. Sie saß in der Küche über ihrem kleinen blauen Heftchen, in das sie gelegentlich Sprüche schrieb, die sie sich merken wollte.

Hatte nicht Reagan selbst, als er im Mai mit Gorbatschow über den Roten Platz geschritten war, auf die Frage eines Journalisten, ob er die Sowjetunion weiterhin als Reich des Bösen sehe, ohne Zögern Nein gesagt, das sei ein anderes Land in einer anderen Zeit gewesen? In einer gemeinsamen Erklärung hatten sie Zusammenarbeit in der Frage des Klimawandels versprochen. Vor einem Jahr hatten die beiden den wichtigsten Abrüstungsvertrag des Jahrhunderts unterzeichnet, in dem sich beide Staaten zur Verschrottung atomarer Mittelstreckenraketen verpflichteten.

Alle nationalen Netzwerke berichteten über den Besuch des Tages. Die Menschen in Manhattan wurden nach ihrer Einschätzung befragt, in Studios wurde diskutiert, die ersten Bilder eines Autokonvois waren zu sehen. Gorbatschows dunkle sowjetische Limousine strahlte Selbstbewusstsein und Würde aus.

Jay wechselte von einem Sender zum nächsten. Auch wenn er es nicht wollte, nahm er die Angelegenheit persönlich. In einem Monat war seine Präsidentschaft zu Ende, George Bush würde ins Weiße Haus einziehen. Jay Immer hatte ihn nicht gewählt.

Lucy! Komm! Schnell!

Da stand er, Michail Sergejewitsch Gorbatschow, nicht besonders groß, etwas vierschrötig, in einem hellbraunen Staubmantel, mit weißem Hemd und roter Krawatte, umzingelt von

Kameras und einer unüberschaubaren Menge, noch näher, noch enger an den Menschen als bei seinem ersten Besuch in den Vereinigten Staaten, als er an einer Kreuzung einfach aus seiner Limousine gestiegen war, Hände geschüttelt und mit den Leuten gesprochen hatte.

Der muss verrückt sein, sagte Lucy.

Nicht mehr als ich, sagte Jay und sah noch genauer hin.

Bewegung kam in die Menge, Gorbatschow winkte und schüttelte Hände, die Kamera vergrößerte den Bildausschnitt, ein prachtvoller Eingang war zu sehen, über dem in riesigen goldenen Lettern *TRUMP TOWER* stand. Leibwächter schoben die Schaulustigen beiseite, und da kam der Besitzer des Gebäudes in schwarzem Anzug und weißem Hemd aus dem Eingang, breit lächelnd, ohne Mantel, eine rote Krawatte umgebunden. Gorbatschow wandte sich ihm zu, Donald Trump eilte ihm freudig entgegen, ringsum wurden Fotoapparate und Kameras hochgehalten. Trump streckte seine Hand aus. Er strahlte.

Wie geht's? Große Ehre, große Ehre!

Ich mag Ihre Krawatte, sagte Gorbatschow.

Der ist verrückt, sagte Lucy. Dieser Akzent!

Ist nicht russisch, sagte Jay. Dann dachte er ein Wort, das man nicht sagte.

Der Mann neben Gorbatschow, mehr als einen Kopf größer als dieser, berührte ihn sanft am Rücken.

Wir haben nur kurz angehalten, sagte der Große, wir sind auf dem Weg, wir –

Es ist eine Ehre, wiederholte Trump.

Das Menschenknäuel um ihn hätte nicht dichter sein können, der Große drängte sich in den Vordergrund, Gorbatschow lächelte und winkte und schien die auf ihn gerichteten Kameras über alle Maßen zu genießen.

Ist der betrunken?, fragte Lucy. Jay führte den Zeigefinger an die Lippen.

Ich hoffe, wir haben Ihre Termine nicht durcheinandergebracht, sagte der Große. Trump hatte sich umgedreht. Jemand flüsterte ihm etwas ins Ohr. Ein Leibwächter in grauem Anzug schnitt Gesichter.

Nein, war schön, sagte Trump. Ich hab davon gehört, und ich könnte nicht glücklicher sein. Ich könnte nicht glücklicher sein.

Gorbatschow drängte sich nach vorn, Trump kam wieder näher.

Alles Gute, sagte Trump, für alles!

Noch einmal schüttelte er Gorbatschows Hand.

Bis bald!

Er drehte sich schnell um, seine Leibwächter umringten ihn.

Verzeihen Sie die Störung, rief der Große. Trump wandte sich um. Der Mann im braunen Staubmantel schrie: *Doswidanja, doswidanja!* Jay schüttelte den Kopf. Er meinte, Ron in seinem Büro jubilieren zu sehen.

Das ist ein russisches Kamerateam, sagte der Große.

Hab ich bemerkt, sagte Trump, hab ich bemerkt. Sie wissen, was ich meine.

Er eilte davon.

Ich weiß, was Sie meinen, rief ihm der Große hinterher.

Im Lauf des Tages wurde das Video ein ums andere Mal gezeigt. Jim hatte mit Jay und Lucy zu Mittag gegessen und sie mit Geschichten über seine Enkel dermaßen erheitert, dass Jay Gorbatschows Doppelgänger für ein paar Minuten beinahe vergessen hätte. Jim brachte längst nicht mehr so viel Post wie vor der Wahl, seine Bandscheiben konnten sich erholen. Lucy hatte faschierte Laibchen mit Erdäpfelpüree gemacht, ein Rezept von Jays Mutter aus der Heimat. Jim liebte diese Laibchen. Seit er manchmal mit ihnen aß, versuchte er, den Namen der Speise auszusprechen. Es klang fabelhaft komisch, *feschirrte*, aber er beharrte darauf, ihn genauso auszusprechen wie Jay und Lucy.

Als Jim gegangen war, saßen sie gemeinsam auf der Couch. Der Präsident und die First Lady sahen wenig von Gorbatschow, dafür umso mehr von seinem Doppelgänger. Um sieben Uhr morgens, als der Erneuerer der Sowjetunion in seinem Präsidentenflugzeug saß, hatte der Moderator einer Morgensendung seinen Doppelgänger in New Jersey von Tür zu Tür geschickt. Lucy kannte jede Ecke; das Team filmte unweit des Viertels, in dem sie aufgewachsen war.

Anfänger, sagte Jay. Allein der schauderhafte Akzent! Der macht aus Gorbatschow einen vertrottelten, halbsenilen Opa, der schon morgens eine halbe Flasche Wodka intus hat.

Aber er sieht ihm zum Verwechseln ähnlich, sagte Lucy. Hat sogar das Feuermal auf der Stirn.

Weil es so gut gelaufen war, änderte der Sender seinen Plan und steckte Gorby kurzerhand mit zwei Models in eine schwarze Limousine. Man schickte ihn direkt nach Manhattan. Gorby strahlte die jungen Frauen an, als hätte er allen anderen Jungs im Kindergarten das Spielzeug weggenommen. Während der Konvoi Michail Sergejewitsch Gorbatschows südwärts fuhr, fuhr Gorbys Konvoi eine Avenue weiter parallel dazu in dieselbe Richtung.

Gorbys Oberkörper ragte aus dem Dach der Limousine, er legte eine Hand auf die andere, die Menge auf den Gehsteigen jubelte. Er winkte, er strahlte. Man filmte ihn von unten, das Bäuchlein unter einem grauen Hemd, über ihm die Wolkenkratzer Manhattans. Die letzte Kreuzung vor der sowjetischen UN-Mission wurde gezeigt, Barrikaden und Absperrungen. Die Sicherheitskräfte waren besorgt, als sie Gorbatschow auf der 68. Straße vor dem Gebäude von Channel 5 stehen sahen. Autos drosselten ihre Geschwindigkeit, irritierte Blicke. Sah der Generalsekretär der KPdSU seinem eigenen Konvoi zu? Ein blaues Auto bremste abrupt, die russischen Diplomaten wurden durchgeschüttelt, sie drehten ihre Köpfe. Drei Polizisten der Motorradstreife hielten an. Sie hatten den Konvoi vom Flughafen an begleitet. Einer richtete seinen Zeigefinger auf Gorby, seine Kollegen musterten ihn, ehe sie seinen Gruß erwiderten und lächelnd weiterfuhren. Einem anderen Polizisten reichte er seine Visitenkarte, der Polizist schüttelte lachend seine Hand. *Spasiba, spasiba!* Es ging weiter. Auch vor dem Trump Tower, wurde den Zusehern erläutert, habe er seine Visitenkarte –

Würdelos, sagte Jay.

Du bist Burgenländer, sagte Lucy, er ist Amerikaner. Er weiß sich zu vermarkten.

Dafür rette ich den Planeten. Mit unserem Geld.

Der Konvoi hielt vor einem Luxusjuwelier. Die Menschen auf den Gehsteigen kreischten wie verrückt, Gorby schüttelte Hände und ließ sich fotografieren, von der Baustelle auf dem Dach riefen Arbeiter, was mit ihnen sei. Kommen Sie runter!, rief Gorby, ich liebe die Arbeiter, besonders die armen Teufel im Kapitalismus! Schon war er von ihnen umringt, ein Mann des Volkes, ein Weltveränderer, der keine Berührungsängste kannte. *Zamir*, rief er, *zamir*! »Auf den Frieden« heiße das, wurden Jay und Lucy von einer Stimme aus dem Off belehrt.

Der würde seine Großmutter verkaufen, sagte Jay, als Gorby am Times Square auf die Menschen losgelassen wurde.

Time's Mann des Jahres, sagte Lucy. Wie passend.

Ein älterer Herr, in Grautöne gekleidet, stürmte ihm entgegen. Er sei aus Polen, er bewundere ihn, Gorbatschow werde dem polnischen Volk die Freiheit schenken – und dem Katholizismus seinen gebührenden Platz in der Gesellschaft zurückgeben.

Darf ich Sie auf einen Hot Dog einladen?

Was?!, rief Gorby. Amerikanskis essen Hunde?

Aber nein!

Der Mann erläuterte, was ein Hot Dog sei, eilte zur nächsten Bude, kam mit dem Essen zurück, und Gorby schlang und schmatzte, streckte einmal den linken, dann wieder den rechten Daumen aus. An seinen Mundwinkeln klebte Senf. Wie ihm die Essiggurken schmeckten!

Dobro, sagte Gorby, dobro-fantastisch!

Die sind aus Polen!

Der Pole strahlte.

Dobro, sagte Gorby, morgen marschieren wir in Polen ein, um alle Essiggurken nach Moskau zu bringen.

Der Kameramann lachte, der Pole lachte, Lucy lachte auch. Jay wollte nicht lachen. Aber er konnte nicht anders. Gorby lachte am lautesten.

Es folgte der Auftritt vor dem Trump Tower. Kurze Sequenzen wurden eingespielt, ein Journalist und eine Journalistin analysierten sie im Nachrichtenstudio. Natürlich sei der Baulöwe darauf hereingefallen, sagte sie, man müsse nur sein Strahlen sehen, die kindliche Freude in seinem Gesicht, zumal. Er möge ja selbstverliebt sein, entgegnete der Journalist, aber nicht dumm, man sehe es doch an seiner Antwort: *Hab ich bemerkt, Sie wissen, was ich meine.* Vielleicht in diesem Moment, sagte die Journalistin, sein Gesicht sei kreidebleich geworden, als ihm der Leibwächter etwas ins Ohr geflüstert habe. Der Große, also der Kollege vom Sender, sagte der Journalist, habe doch selbst. Zumal, sagte die Journalistin, Trump die Gorbatschows in den Trump Tower eingeladen habe, was diese höflich abgelehnt hätten, natürlich habe er da gedacht, siehst du, kommen sie doch –

Hören wir, was Donald Trump selbst zu sagen hat, unterbrach eine Moderatorin.

Donald Duck wär mir lieber, sagte Lucy.

Spätestens als er in den Fond der Limousine geblickt und vier wunderschöne junge Frauen gesehen habe, sagte Trump, habe er's gewusst. So weit sei die kapitalistische Dekadenz in der Sowjetunion noch nicht gediehen.

Und jetzt kommt der Mann, der Manhattan in Atem hält: Michail Sergejewitsch Gorbatschow – auch bekannt als Ronald V. Knapp aus dem sonnigen Kalifornien!

Es war fünf Uhr nachmittags. Seit Stunden hatte Fox TV den Auftritt angekündigt. Der Moderator klatschte, als sein Gast beschwingt ins Studio trat, die Arme hob, sich kopfnickend nach allen Seiten verbeugte und *Spasiba* sagte, *dobri den*. Ein paar Kostproben seiner Späße wurden eingespielt. Der Moderator lachte, als hätte er jemandem ein Furzkissen auf den Stuhl gelegt.

Wie machen Sie das mit dem Feuermal?

Hab ich von Geburt an.

Der Moderator lächelte milde, Gorby lehnte sich zurück und schlug die Beine übereinander.

Gewiss. Wie kam es zu Ihrer Berufung?

Meine Mutter! Sind ja immer die Mütter! Ich könnte Ihnen Geschichten erzählen! Meine Mutter jedenfalls, ich komm letztes Frühjahr auf Besuch, wedelt die mir schon von Weitem mit der *L. A. Times* entgegen. Bub, ruft sie, du bist auf dem Cover! Das bist du! Mach was draus!

Ein folgsamer Sohn.

Da, sagte Gorby und blickte ins Ungefähre, *da*. Wurde ja auf der Rückbank eines Ford gezeugt. Meine Mutter sagt, ihr ist ein Kind angedreht worden, mein Vater sagt, jetzt muss er heiraten. Ich also von Anfang an im Mittelpunkt! Aber immer auf eigenen Beinen! Meine Eltern ließen sich bald scheiden, wie das damals als alleinerziehende –

Auf einmal weisen Sie alle auf diese verblüffende Ähnlichkeit hin.

Und ich höre von Ron Smiths Doppelgänger-Agentur. Engagiere für vierhundert Dollar einen Fotografen, wir stellen das Coverfoto nach, ich damit zum Doppelgänger-Wettbewerb, 47 Bewerber treten an – oder wollen antreten. Als die Jury *mich* sah, war der Bewerb entschieden!

Du musstest dich keinem Bewerb stellen, sagte Lucy. In Jay rumorte es.

Wie darf man sich das Leben eines Doppelgängers vorstellen?, fragte der Moderator.

Der Pontiac Grand Prix wird zum Auto des Jahres gewählt. Was liegt also näher, als ihn vom Mann des Jahres vorstellen zu lassen? Ich ab nach New York, im Flugzeug fragt mich eine Stewardess, ob ich Gorbatschow sei, ich sage Pssst und mache diesen –

Gorby führte den Zeigefinger vor den Mund und zwinkerte der Kamera zu. Er sah so frisch und erholt aus, als käme er direkt von einem Urlaub am Schwarzen Meer.

Fünf Minuten später begrüßt mich der Kapitän an Bord. Der Mann neben mir spricht mich an. Hohes Tier bei Best

Western Hotels. Wie ich zu Pontiac komme? Mit einem Auto, sage ich. Sie nehmen meine Limousine, sagt er, keine Widerrede, also steige ich vor dem Autohaus aus einer glänzenden schwarzen Limo. Enthülle feierlich den Grand Prix. Machen Sie was Russisches, sagt einer. Ich zieh meinen Schuh aus und mach den Chruschtschow. Alle biegen sich vor Lachen.

Ein Foto wurde eingeblendet. Gorby klopfte mit seinem rechten Schuh auf eine funkelnde Kühlerhaube.

Barbar, sagte Jay.

Sie waren Metzger, Kaplanassistent in der Armee, Christbaumhändler, mehr als zwei Jahrzehnte Santa Claus –

Noch vieles mehr, sagte Gorby. Er nickte eifrig.

Jetzt sind Sie obendrein Sänger. Wie kam's dazu?

Ich hatte einen Traum, und als ich aufwachte, wusste ich: Das ist mehr als bloß ein Traum! Alle Bilder aus diesem Traum sind in meinem Video.

Wie ging's weiter?

Text geschrieben, mit einem Gitarristen das Lied aufgenommen und – jedenfalls Regisseur engagiert, Video produziert, Rechtsstreit – und zack: Video gesperrt.

Sie haben den Rechtsstreit gewonnen, sagte der Moderator. Wir strahlen als Erste das Video aus.

Weltpremiere, sagte Gorby und blickte direkt in die Kamera. Mehr als ein Traum, nehmen Sie mich beim Wort.

Jay stellte lauter.

Militärische Stechschritte. Zur traurigen, schleppenden Melodie der Internationale schritt Gorbatschow, umringt von grauen Offizieren, einen grauen Korridor entlang. Auch er grau, mit entschlossenem Blick, von Nebel umhüllt. Ein Offizier öffnete eine Tür, zur heiteren Melodie der amerikanischen Hymne trat Ronald Reagan ein.

Pff, machte Lucy.

Er sah nicht im entferntesten wie Reagan aus, eher wie ein angehender Versicherungsvertreter. Eine Mauer war zu sehen. Mit einem Mal wurde die Musik fröhlich. Gorby stand da, in weißem Sakko mit schwarzen Aufschlägen, eine goldgelbe Binde um die Hüften, eine goldgelbe Fliege unterm Hemdkragen. Er hielt ein Mikrofon in der Hand und bewegte sich geschmeidig zur Musik. Die Offiziere tanzten, Reagan irrte durch ein Labyrinth. Man sah ihn aus der Vogelperspektive.

I'm gonna rock that wall, sang Gorby, schüttelte Reagans Hand –

Nur die Frisur, sagte Jay.

Und Gorbatschow, sagte Lucy.

Nun standen sie vor der Mauer, Gorby zog sein Sakko aus, Reagan reichte ihm einen Vorschlaghammer, mit dem Gorby der Mauer aber nichts anhaben konnte. Da präsentierte ihm Reagan einen gelben Presslufthammer, der ratternd loshüpfte, der Präsident konnte ihn kaum halten, das Rattern des Hammers zeichnete sich übertrieben in seine Wangen.

Till it all comes down, sang Gorby.

Nun kam Reagan mit einem Bagger angefahren. Er saß in der Führerkabine, steuerte mit Hebeln den Kran, von dem ein langes Seil hing. Auf einer schwarzen Abrissbirne saß Gorby mit offenem Mund und irre geweiteten Augen. Unter Scheinwerferbeleuchtung ritt er auf der Kugel mit dem ersten Schwung durch die Mauer, die mit Feuer und Rauch einstürzte.

Und Gorby tanzte. Er sang, er könne den Boogie und den Woogie und den, von dem Jay Immer noch nie gehört hatte –

Tanzen kann er, sagte Lucy, alle Ehre!

Reagan hingegen, oder der junge Mann, der ihm nicht im geringsten ähnelte, tanzte ungelenk und steif, wie jemand, der weiß, dass er kein Gespür hat, und sich dafür schämt. Unvermittelt kamen zwei junge Frauen in bunten Leggings und bunten Kostümen ins Bild, tanzten wie verrückt, ihre langen Haare wehten, und da erschienen viele sportliche junge Frauen, ausgelassen im Konfettiregen tanzend, und ein junger Mann im Schwimmanzug mit einem Surfbrett, und der Papst mit einem riesigen goldenen Kreuz vor der Brust, und Stevie Wonder, jung, mit Dreadlocks und Sonnenbrille – alle verrenkten ihre Glieder und bewegten sich zu Gorbys Gesang.

Wow, rief der Moderator, wow!

Spasiba, sagte Gorby und deutete im Sitzen eine bescheidene Verbeugung an. Dann schob er dem Moderator seine Visitenkarte über den Tisch.

25

Der Dritte pfiff am Steuer des Lincoln. Aaron saß neben ihm, Shawn und Jay hatten im Fond Platz genommen.

Nicht schlecht für einen Ford, sagte Sam. Aber, Mann, diese Kälte!

Schnee!

Shawn lachte.

Wir sind Cowboys. Keine Schifahrer.

Es war eine Premiere. Noch nie hatte Jay einen anderen Menschen seinen Wagen steuern lassen. Lucy besaß keinen Führerschein, und wie ihre Mutter nannte Barbara den schrammenlosen weißen Lincoln Town Car ein Angeberauto. Der Dritte hatte darauf bestanden, selbst nach Wixom zu fahren. Im Kofferraum war eine Sporttasche voller grüner Mützen, die so viele Menschen wie möglich im Fernsehen sehen und danach kaufen sollten, um die nächste Medienoffensive für die Rettung der Atmosphäre zu finanzieren. Die grünen Mützen sollten den neuen Präsidenten an sein Versprechen erinnern.

Weil es schon einmal so gut funktioniert hatte, hatte Jay den Dritten am Telefon um Aaron und Shawn als Leibwächter gebeten. Der Dritte hatte den Plan wunderbar gefunden, aber unbedingt selbst mitkommen wollen. Er war nicht nur abenteuerlustig. Er schien auch wegen seines Vaters dabeisein zu wollen, der nichts vom Klimawandel hören wollte.

Sie waren am Lake Michigan entlanggefahren, vorbei an den rauchenden Schloten gigantischer Fabriken. Aber es rauchten längst nicht mehr so viele Schlote wie zu Beginn seiner Amtszeit. Die Schlote rauchten mittlerweile in Südamerika und Asien, wo die Arbeiter billiger waren. Shawn hatte *Dirty Diana* zu singen begonnen, als sie an Gary vorbeigekommen waren. Während seine Leibwächter die Geburtsstadt Michael Jacksons gefeiert hatten, war Jay mulmig zumute geworden. Lucy hatte ihn gewarnt. Die Agenten hätten ihn bestimmt nicht vergessen. Aber sein Plan war gut.

Bei Battle Creek, anderthalb Stunden vor Wixom, bog der Dritte zu einer Tankstelle ab. Er nickte Aaron zu, der ihm ein unförmiges schwarzes Plastikding in die Hand drückte. Samuel Richardson III. zog eine Antenne aus, klappte das Ding auf und atmete tief durch. Dann wählte er auf großen weißen Tasten die Nummer der Lincolnfabrik.

Als Jay Immer in Wixom aus seinem weißen Lincoln stieg, klopfte er Shawn auf die Schulter. Der Riese schloss sachte die Tür hinter ihm, Jay nickte dankbar. Olivgrüne Bomberjacke, khakifarbene Jeans, schwarze Sportschuhe. Der Präsident war einer von ihnen. Ein Freund der Arbeiter, ein Freund der Industrie. Er musste sich nicht um ein Lächeln bemühen. Er strahlte von selbst. Die Anspannung, die ihn überkommen hatte, als er in der Ferne den hohen weißen Wasserturm mit dem Ford-Logo hatte näher kommen sehen, hatte sich gelöst. Er war bereit.

Es war ein Überraschungsbesuch. Der scheidende Präsident wollte sich bei den Menschen verabschieden, die diese Nation groß machten. Kein Aufsehen, bloß das kleine Kamerateam eines Lokalsenders. Keine Begrüßung, keine

Lobhudelei. Es ging nicht um ihn; es ging um die, die hart für sich, ihre Familien und die Vereinigten Staaten arbeiteten. Er wollte noch einmal bei den Leuten sein. Er wollte sich bei ihnen bedanken.

Herr Präsident, sagte der Manager. Es ist mir eine Ehre. Alles vorbereitet. Auch wenn's sehr schnell gehen musste.

Mir ist es eine Ehre, sagte Jay und streckte seine Hand aus. Wenn mir etwas am Herzen liegt, kann selbst ich spontan sein.

Aaron und Shawn nahmen ihn in ihre Mitte, der Dritte zog den Manager beiseite. Das Kamerateam folgte. Pomerance hatte es für sein Anliegen gewinnen können.

Jay meinte, zu schweben. Etwas schien ihm Flügel zu verleihen. Er sah sich von hinten, mit dem Blick der Kamera, sah seinen Rücken auf Bildschirmen, auf denen *Abschiedsbesuch in Wixom, Michigan* eingeblendet war. Männer und Frauen, Alte und Junge, Weiße und Schwarze jubelten ihm zu. Sie klatschten und riefen den Namen des Präsidenten, während Jay Immer vorbei an hydraulischen Armen, die Karosserien zusammensetzten, an Kränen, die leere Wagen in die Luft hoben, an Männern, die Räder anschraubten, zum Förderband geführt wurde, über das Lincoln Town Cars liefen, in die Arbeiter blitzschnell Sitzgarnituren montierten. Ein präzises Ineinandergreifen von Maschinen und Menschen; jede und jeder hatte eine Aufgabe. Frauen polierten in Windeseile die neuen Wagen auf Hochglanz.

Es war wie im Traum. Es war, wie er es sich vorm Einschlafen oder mitten in der Nacht, wenn er aufgewacht war, vorgestellt hatte. Vielleicht war etwas dran an der Technik, sich vorm Einschlafen bis ins kleinste Detail auszumalen, wie etwas Großes in die Tat umgesetzt werden könne. Nacht für Nacht daran zu glauben, dass das scheinbar Unmögliche möglich werde. Weil es möglich war. Weil es mit diesem Gesicht, in dieser Welt, in diesem historischen Augenblick möglich war.

Schon stand Jay Immer auf einer Hebebühne, der Dritte stellte die Sporttasche neben ihn. Shawn und Aaron nahmen Aufstellung; zwei große starke Männer in schwarzen Anzügen und weißen Hemden, in deren Ohren verkabelte Knöpfe steckten. Als die Bühne langsam hochgefahren wurde, jubelte die Menge.

Die Maschinen liefen weiter. Unter Jay warteten an die hundert Arbeiter und Ingenieure, dicht an dicht. Sie winkten ihm zu, sie pfiffen und klatschten. Er musste nicht nach seiner Tasche tasten. Er brauchte keinen Redezettel. Als er die Arme hob, wurde es allmählich still. So war Reagan vor acht Jahren nach dem Attentat vom Kongress empfangen worden. Jay winkte. Er strahlte. Er deutete, dass es jetzt aber gut sei. Er hustete zweimal ab. Die Kamera war auf ihn gerichtet.

Wissen Sie, sagte er, wie viele Automessen ich in meinem Leben eröffnet habe? Sie wissen es nicht. Sehr viele. Sie können es nicht wissen, weil darüber nicht berichtet wird. Jedes Mal, wenn ich eine dieser Messen eröffnete, staunte ich über diese Wunder der Technik und verbeugte mich innerlich vor den Menschen, die dergleichen herstellen. Heute verneige ich mich vor Ihnen. Vor jedem Einzelnen.

Er senkte kurz sein Haupt. Der Applaus war ohrenbetäubend. Jay sah entrückte Gesichter, hörte begeisterte Stimmen. Er sah, wie die Kamera von den Arbeitern zu ihm und wieder zurück geschwenkt wurde. Er war live im Fernsehen. Er schrieb Geschichte. Er war kein Possenreißer wie Gorby.

Hätte ich meinem Großvater von diesen Autos erzählt, er hätte mich für verrückt erklärt. Im Fernsehen sieht man den Präsidenten mit einem Cadillac Fleetwood –

Vereinzelte Pfiffe. Jay hob beschwichtigend die Hände.

Aber wenn ich selbst fahre, also nicht gefahren werde oder reite, fahre ich einen wunderschönen weißen 88er Lincoln Town Car. Steht übrigens auf dem Parkplatz.

Die Menschen lachten und johlten. Der Manager nickte eifrig.

Darum bin ich zu Ihnen gekommen und nicht nach –

Er flüsterte: Flint.

Er hatte noch nie solchen Applaus bekommen.

Zu –

Er flüsterte: General Motors.

Er hatte die Halle in der Hand.

Ich senke mein Haupt vor Ihrem Können, vor Ihrer Arbeit, vor den frühen Morgenstunden und späten Nächten, vor den langen Schichten, vor dem, was Sie erschaffen. Sie sind das Fundament dieser Nation! Sie sind seine Gegenwart!

Jay musste innehalten, wenn er nicht brüllen wollte. Er wollte nicht brüllen. Es war schlecht für die Stimme, schlecht für ihn. Brüllen war seine Vergangenheit. Er bückte sich, nahm eine grüne Mütze aus der Sporttasche und setzte sie auf.

Sie können auch die Zukunft sein! Wir befinden uns an einer Zeitenwende. Es geht nicht um mich. Ich bin nicht mehr der Jüngste. Es geht um Ihre Kinder, um Ihre Kindeskinder. Um unsere Kindeskinder. Es geht um diesen Planeten! Heute muss ich Ihnen etwas sagen. Ich will ehrlich zu Ihnen sein.

Jay holte Luft. Das war sein Moment. Unten bewegte sich etwas. Die beiden Agenten, die einmal an seiner Haustür geklingelt hatten, redeten auf das Kamerateam ein. Ihm stockte der Atem. Kurz schloss er die Augen. Er sah noch einmal hin. Sie waren es. Direkt unter ihm hatten Shawn und Aaron die Arme vor der Brust verschränkt. Er musste zum Punkt kommen.

Diese schönen Autos bringen unseren Planeten um!

Es wurde still.

Sie verpesten die Luft. Sie erwärmen die Erde. Sie halten uns vom Öl abhängig. Sie verändern das Kli –

Die ersten Pfiffe, die ersten verzerrten Gesichter. In diesem Moment sah Jay Immer, wie der Kameramann seine Kamera sinken lassen musste. Die Agenten blickten zu Jay hinauf, während sie sich einen Weg durch die Menge bahnten. Sie bedeuteten ihm unmissverständlich, dass Schluss mit lustig sei. Er war nicht mehr live. Sein Gesicht schützte ihn nicht mehr.

Was wird aus uns?, rief einer. Er erntete große Zustimmung.

Fütterst du deinem Town Car Nüsse?, rief eine Frau.

Lasst ihn runter!

Das ist doch –

Jay stemmte sich gegen die Panik, die ihn überkommen wollte. Er war allein mit diesen Menschen, die ihm nicht mehr wohlgesonnen waren. Er wäre nicht der Erste, der vom Geheimdienst unschädlich gemacht worden wäre. Die Agenten kämpften sich mit gezückten Ausweisen in Richtung Shawn und Aaron durch.

Wir wollen einen Planeten, sagte Jay, auf dem Menschen *leben* können. Wir müssen an die Langzeitfolgen denken, nicht in Amtszeiten rechnen. Wir verscherbeln die Zukunft unseres Planeten und unserer Nachfahren für die mächtigen Interessen der Gegenwart. Denken Sie an Ihre Gehaltszettel –

und dann an die Gewinne, die Ford schreibt. Wir können Autos bauen, meine Damen und Herren, Sie können Autos bauen, die mit grüner Energie fahren, die kein Benzin verbrennen, die unsere Atmosphäre entlasten und unsere Kinder und Kindeskinder atmen lassen. Damit es noch Antarktis und Pinguine gibt, wenn sie zur Welt kommen. Damit die Korallenriffe überleben. Damit die Schönheit dieses Planeten erhalten bleibt. Sie könnten Züge bauen und Geleise quer durchs Land legen. Deshalb sind *Sie* die Zukunft dieser Erde!

Applaus brandete auf, Pfiffe gellten dazwischen. Manche jubelten ihm wieder zu, andere zeigten ihm den Mittelfinger.

Was steht auf dieser Mütze?

MEGA!, schrie eine Frau.

Let's make America great again? Jay legte eine Pause ein; es wurde stiller. Wieder? Wir sind groß. Wir können noch größer werden. Alle gemeinsam.

Die Agenten standen vor Shawn und Aaron. Shawn und Aaron bewegten sich nicht. Von unten wurden ihm Fäuste entgegengereckt. Er sah hasserfüllte Gesichter; Gesichter, wie er sie seit dem Krieg nicht mehr gesehen hatte. Es wurde auch geklatscht. Man lächelte ihm wieder zu. Zwei Männer waren einander in die Haare geraten. Der Manager blickte Jay vorwurfsvoll an. Jay hob die Tasche hoch und warf die grünen Mützen in die Menge.

Make Earth Green Again!

Der Dritte hielt die Hupe gedrückt, als sie Wixom hinter sich ließen. Er jubelte, als hätte er Rachel eben zum Traualtar geführt. Shawn und Aaron sangen *Bad*, Jay war in sich versunken. Er konnte keinen klaren Gedanken fassen. Er nahm die grüne Mütze ab.

Shawn und Aaron hatten ihn aus der Fabrik geleiten müssen. Seine Leibwächter hatten aufgebrachte Männer weggestoßen, ihre Körper schützend vor seinen gestellt. Sie hatten die Agenten nicht an ihn herangelassen. Jay wollte nicht an deren Blicke denken; auch nicht daran, ob sie in der Nähe seines Weißen Hauses lauerten oder sein Telefon abhörten. Der Dritte hatte aufgebracht auf sie eingeredet. Ob sie schon mal was von Meinungsfreiheit und Erstem Amendment gehört hätten. Jay Immer habe keinen Moment lang behauptet, Ronald Reagan zu sein. Er habe für sich gesprochen. Man habe ihn sprechen lassen. Das sei ein freies Land!

Während die drei jungen Texaner ihre Aktion feierten, sah Jay nichts als Blicke. Hass, Wut, Grimassen. Die Verachtung des Managers. Die paar ausgestreckten Daumen und nickenden Köpfe, die paar entflammten Gesichter waren nicht der Rede wert. Aufmunterndes Lächeln! Menschen, die freudig wirken wollten, die zu bedeuten schienen, einen Versuch sei's wert gewesen. Ein paar Mützen waren in seine Richtung geworfen worden. Shawn und Aaron hatten sie abgewehrt.

Jay sah grüne Mützen auf dem Boden liegen, Menschen auf ihnen herumtrampeln. Eine Frau hatte einer anderen die Mütze vom Kopf gerissen. Ein großer Weißer hatte mehrere zerfetzt, eine nach der anderen, wie bei einer ernsten Arbeit. Der Kameramann hatte Jay entschuldigend angesehen, als er unter wüsten Beschimpfungen aus der Halle geführt worden war. Unsere Kunden, hatte Jay auf einem riesigen Schild vor dem Ausgang gelesen, sind die nächsten Inspektoren. Und diese würden keine grünen Mützen tragen.

Herr Präsident, was ist?, rief der Dritte. Du warst großartig!

Fabelhaft!, rief Aaron.

Die Kamera, sagte Jay.

Was ist mit der?, fragte Shawn.

Nichts. Eben. Das Entscheidende –

Shawn blickte ihn verständnislos an. Dann grinste er.

Hast du uns von oben gesehen?

Jay nickte.

Hast du Sam gesehen?

Jay schüttelte den Kopf. Er blickte zum Fenster hinaus. Darum ging es doch nicht. Auf der Rückfahrt von Toronto, vorbei an brechend vollen Viehtransportern, die im Dunklen fuhren, damit man nicht sah, woher das billige Fleisch kam, nach Tausenden von Autos und Trucks hatte er vor anderthalb Jahren eine Erleuchtung gehabt: Autofahrend brachten sie den Planeten um. Und Tag für Tag rollten neue Autoflotten auf die Straßen.

Schau mal.

Aaron hatte sich nach hinten gedreht. In seiner Linken schwenkte er einen schwarzen Camcorder.

Er hat alles aufgenommen, sagte er.

Für mein Heimkino, sagte der Dritte. Er lachte. Aber Jay, eines musst du schon zugeben.

Jay hob den Kopf. Er verstand nichts mehr. Samuel Richardson III. blickte ihn über den Rückspiegel an.

Was?

Der Ferrari ist trotzdem geil!

26

Am Donnerstag vor Weihnachten klingelte es kurz nach Mittag an der Haustür. Jay hatte einen Motor gehört, der nicht Jims war. Er wusste, wer zu Besuch kam. Er hatte die beiden früher erwartet.

Umso verblüffter war Jay, als er einen etwa Vierzigjährigen mit grüner Mütze im Spion sah. Blonder Schnauzbart, dicke Daunenjacke. Der Mann trat von einem Bein aufs andere. Aus seinem Mund trieben Atemwölkchen.

Als Jay die Tür öffnete, nahm der Mann die Mütze ab. Er wusste, was sich dem anderen Reagan gegenüber ziemte.

Herr Immer, sagte er. Sie haben was vergessen.

Er hielt die Mütze zwischen Daumen und Zeigefinger. Dann ließ er sie fallen. Ehe Jay begriff, worum es ging, schlug ihm der Fremde einmal mit der flachen Hand ins Gesicht.

Der Mann blieb stehen. Er kniff die Augen zusammen.

Sie wollen uns zu Sozialfällen machen?

Er spuckte auf die Mütze, griff in seine Jackentasche und reichte Jay eine Visitenkarte. Dann drehte er sich um und ging langsam, die Hände in den Taschen seiner dicken Daunenjacke, zu einem alten roten Ford Escort. Jay las seinen Namen, als der Motor gestartet wurde. Der Mann war Betriebsrat einer Gewerkschaft.

Du musst ihn anzeigen, sagte Lucy. Sie stand starr hinter ihm; ihre Augen waren nass. Warum hast du dich nicht –

Ich werde ihn nicht anzeigen.

Und wenn er wiederkommt?

Der kommt nicht wieder.

Jay hob die Mütze auf und trug sie zwischen Daumen und Zeigefinger zur Waschmaschine.

27

Drei Ronalds, sagte Ron.

Er grinste. Sein riesiger Bauch bewegte sich unter einem mintgrünen Hemd, sein Gesicht war gerötet. Jay bemerkte zum ersten Mal, dass sein Agent keine Augenbrauen zu haben schien. Er war viel zu leicht gekleidet für einen Januartag in New York.

Sie saßen in einem Büro in Midtown. Der Himmel war dunkelblau, die Sonne schien, aus den Mündern der Passanten trieben Atemwölkchen. Ronald V. Knapp lachte, als hätte er unter stürmischem Beifall einen seiner Kosakentänze vollführt, einen Fuß in der Hocke vor den nächsten setzend, die Arme vor den Knien verschränkt, wild nach Frieden schreiend. Knapp ließ sich in seinen Stuhl sinken und schlug die Beine übereinander. Er trug einen grauen Anzug und ein weißes Hemd mit hellroter Krawatte. Sein Gesicht war gebräunt, das schüttere Haar angegraut. Die schwarzen Augenbrauen waren buschig, seine Finger fleischig und klobig. Jay fand das amüsant. Der Präsident der Vereinigten Staaten sah aus wie ein burgenländischer, der erste Mann der Sowjetunion wie ein kalifornischer Bauer. Knapps Feuermal überstrahlte alles. Vor ihm auf dem Tisch lag eine Pelzhaube, auf die ein roter Stern gestickt war.

Ron, sagte Ron und zeigte auf sich, von Ronald.

Er deutete auf Jay:

Ronald, Ronnie oder eben auch Ron.

Er nickte Knapp zu:

Ronald, den seine Freunde wahrscheinlich Ron oder Ronnie rufen.

Knapp wollte etwas entgegnen, sein Agent ließ es nicht dazu kommen:

Wie um alles in der Welt sollen wir miteinander reden?

Nennen wir ihn Donald, sagte Jay mit vor der Brust verschränkten Armen und legte den Kopf in den Nacken.

Knapps Augen verengten sich. Es war tatsächlich gespenstisch, wie ähnlich er Michail Sergejewitsch sah.

Wenn du mir endlich ein paar gute Aufträge verschaffst, sagte er zu seinem Agenten, einverstanden. Dann lass ich mir auch einen Tower bauen und meinen Namen in fetten goldenen Lettern draufsetzen. Oder in roten.

Mit Shrimps, sagte Jay leise. Aber niemand verstand, was er meinte.

Wenn wir schon dabei sind, sagte Ron, keine Alleingänge mehr! Ich hab auch ein paar hungrige Mäuler zu stopfen, von meiner Frau ganz zu schweigen. Darf ich auf die Pakttreue der Supermächte zählen?

Knapp bejahte eifrig, stand auf und stellte sich an die Fensterfront. Jay war sich sicher, dass ein von Gorby unterschriebener Abrüstungsvertrag nicht den Füller wert war, mit dem er unterschrieben wurde.

Es war schön, zurück in der Stadt seiner Kindheit zu sein. Er lebte seit Jahrzehnten in Chicago, aber heimatliche Gefühle hatte er nur in New York. Er liebte den Rauch, der winters aus den Kanaldeckeln stieg, über ihnen wehte und in kleinen Fahnen weiterzog – wie der Morgennebel über dem Altausseer See, wo sie milliardenschwere Kunstwerke aus den Stollen getragen hatten. Er liebte die Wassertanks auf den Dächern der Wohnhäuser. Er liebte sogar die U-Bahn-Abgänge.

Trotzdem hatte ihm Ron wie einem kranken Ross zureden müssen. Jay wollte mit diesem selbstverliebten Schmierenkomödianten Knapp nichts zu tun haben. Lucy hatte ihn überzeugt, dem Treffen doch zuzustimmen. Ihr Präsident sollte Knapp nicht kampflos das Feld überlassen. Also hatte Jay Ron das Versprechen abgerungen, nichts aufzunehmen, wobei Knapp spräche. Das sei unvereinbar mit seiner Standeswürde.

Herr Präsident, fragte Ron jetzt, hab ich Ihr Wort?

Keine Alleingänge, sagte Jay. Möchte nur dezent an Texas erinnern.

Knapp blickte betont beiläufig auf die Straße hinunter. Gorbatschows Rede vor den Vereinten Nationen hatte die Welt entzückt. In anderthalb Stunden habe er den Kalten Krieg beendet, seine Rede alle Erwartungen übertroffen. Er hatte den Rückzug großer Truppenkontingente aus Osteuropa angekündigt, die Sowjetarmee sollte um eine halbe Million Soldaten verkleinert werden. Knapp schien über seine verbliebene Truppenstärke nachzudenken.

Wie ist die Geschichte ausgegangen?, fragte Ron.

Sam hat Rachel die Wahrheit gesagt. Seitdem sind sie ein Paar. Jay legte eine kurze Pause ein. Und seit Weihnachten verlobt.

Was so ein gekaufter Präsident alles bewirken kann!

Weißt du, sagte Knapp, was die ARD ist?

Knapp drehte sich am Fenster um und blickte Jay an. Ein Lächeln huschte über seine Mundwinkel.

Das erste deutsche Fernsehen! Und weißt du, was die TASS ist? Die offizielle sowjetische Nachrichtenagentur! Die rote Associated Press!

Knapp nickte bedeutungsschwer. Jay sah Reagan vor sich, wie er vor wenigen Tagen in marineblauem Sakko, weißem Hemd, mit Manschettenknöpfen und bordeauxroter Krawatte seine Abschiedsrede gehalten hatte. Auf dem Schreibtisch ein Glas mit Stiften, hinter ihm gerahmte Familienbilder, über dem linken Ringfinger eine Schiene. Keine minimal veränderte Anstecknadel, keine grüne Mütze.

ARD und TASS haben mein Video gekauft. Noch am selben Tag, an dem ich erstmals bei Fox auf der Couch saß.

Knapp sprach, als hätte jeder seinen Auftritt gesehen. Er nahm es für gegeben, dass man wusste, wovon er sprach. Jay ärgerte sich, dass er wusste, wovon Knapp sprach.

Schade, dass du bei meinem Video nicht mitgemacht hast. Unser Reagan war nicht mehr als ein Hilfssheriff.

Mir hat Sylvester Stallone gefehlt, sagte Jay.

Traf ihn unlängst in einem Lokal in L. A. Guter Typ. Na, Gorby, sagte er, wie geht's?

Herr Präsident, sagte Ron, Herr Generalsekretär! Zur Krönung unseres Gipfeltreffens schlage ich ein Erinnerungsfoto vor. Ich will Sie nicht überrumpeln, aber wir haben im Nebenzimmer alles vorbereitet. Die Medien werden sich auf das Bild stürzen!

Wodkawetttrinken?

Knapp drehte sich wieder zum Fenster. Er hatte die Hände hinter dem Rücken verschränkt.

Ich war zu einem Fest des russischen Botschafters bei den Vereinten Nationen eingeladen, sagte er betont leise. Sein Atem beschlug das Fenster. Auf jedem Tisch eine Flasche Wodka. Ich hab meine Freundin mit unserer aufs Klo geschickt. Hat den Wodka ausgeschüttet und Wasser eingefüllt.

Heißt ja Wasser auf Russisch. Die Russen haben Augen gemacht. Wie der saufen kann!

Knapp drehte sich um und tippte an seine Schläfe.

Ich dachte eher an gleiche Ausgangsbedingungen, sagte Ron. Ein Tisch, zwei Supermächte. Ein Präsident, ein Generalsekretär.

Der Agent blickte von einem zum anderen. Ron trug mintgrüne Socken mit rosaroten Streifen.

Armdrücken, sagte er.

Auch wenn es Jay Immer genossen hätte, den Jüngeren beim Armdrücken zu besiegen – wovon er ausging –, war er dagegen. Das war zu billig.

Knapp mochte die Idee. Der Stärkere sei nicht immer der Stärkere, manchmal scheine jemand zu unterliegen, während er in Wirklichkeit gewinne. Dabei nickte er, als hätte er eine seit Jahrtausenden verschüttete Weisheit ausgegraben. Was heiße es schon, den Kalten Krieg zu verlieren, wenn die Welt danach sicherer und friedlicher sei?

Er zog die Schultern hoch.

Aber Wodkawetttrinken hat mehr Pfiff.

Jay war kurz davor, auf Armdrücken zu bestehen.

Ich dachte, sagte Ron, ihr solltet in der Ausgangsposition verharren. Unentschieden. Gleichgewicht des Schreckens.

Sie schlichen um den einzigen Tisch in einem großen, hellen Raum. Eine Fotografin hatte Schirme und Stativ aufgebaut. Jay fragte sich, ob er nicht besser in Chicago geblieben wäre. Es fiel ihm zusehends schwerer, sich zu beherrschen. Dieser Aufschneider! Er dachte an das Zwitschern der Wanderdrosseln, das ihn vor der Journalistenmeute beschützt hatte. Und immer wieder an Reagans Abschiedsrede.

Es sei die Ehre seines Lebens gewesen, Präsident zu sein. Als Präsident sei man immer ein wenig von den Menschen entfernt. Man sitze im Fond eines Autos, das ein anderer fahre, sehe die Menschen durch getöntes Glas, Eltern, die ihre Kinder hochhielten, ein Winken, das man nicht erwidern könne; so oft hätte er stoppen und sich mit den Menschen verbinden wollen. Der Abschied sei eine süße Sorge. Süß wegen Kalifornien und der Ranch, die Sorge gelte den Verabschiedungen, der Welt, dem Weißen Haus, in dem er ein Fenster gehabt habe, an dem er morgens so gern nachgedacht habe, das Gras auf der Uferbank, den Morgenverkehr und die Segelboote beobachtend. Ein Segler war es dann auch, von dem Reagan erzählt hatte, der im südchinesischen Meer ein klappriges Boot voller Flüchtlinge aus Indochina erspäht habe. Auf einmal sei das Boot näher gekommen, eine ausgemergelte Gestalt habe gerufen: Hallo, amerikanischer Segler! Hallo, Freiheitsmann!

Ron setzte sich auf die Tischkante. Der Tisch sah nicht besonders stabil aus; Jay hielt es durchaus für möglich, dass er unter der Last seines Agenten einbräche. Am Schluss seiner Abschiedsrede hatte Reagan einen Brief zitiert, den ihm eine Bürgerin geschickt habe. Man dürfe nie vergessen, was die Jungs in der Normandie getan hätten.

Wie wär's damit?, sagte Jay und faltete die Hände auf dem Tisch. Ich leg Feuer an die sowjetische, Donald legt Feuer an die amerikanische Fahne.

Ron und Knapp sahen ihn wie einen Geisteskranken an.

Hört zu, bevor ihr einander komische Blicke zuwerft. Das ist doch, was täglich geschieht. Weltweit. Wenn Hass gegen andere Staaten und Völker geschürt wird.

Ron bewegte seinen Kopf sehr langsam von rechts nach links und wieder zurück. Aus Knapps Miene war nichts abzulesen.

Es ist verboten, die eigene Fahne zu verbrennen, fuhr Jay fort. Die ist heilig. Aber meines Wissens nach nicht jene des Feindes. Ist oft sogar erwünscht.

Aber ich *bin* Amerikaner!, rief Knapp. Willst du, dass ich hinter Gittern lande? Oder bist du vom FBI? Ich weiß, dass die mir folgen!

Ronald, sagte der Agent leise.

Natürlich beobachten die mich! Man muss ja nur eins und eins zusammenzählen. Gorbatschow ist der Held der Stunde, aber immer noch der Führer des Feindes. Reich des Bösen! Schon mal gehört davon?

Knapps Gesicht war rot angelaufen. Er richtete seinen Zeigefinger auf Jay.

Reagan hatte noch einmal von der strahlenden Stadt auf einem Hügel gesprochen. Groß und stolz sei sie auf Felsen gebaut, stärker als der Ozean, von Gott gesegnet und von allen Arten von Menschen bevölkert, die in Frieden und Harmonie leben wollten. Alles in allem sei seine Bilanz gar nicht schlecht. Am Ende, als sich die Kamera entfernt hatte, hatte er Tränen in den Augen gehabt.

Hast du eine bessere Idee?, fragte Jay. Er sah ein, dass seine nicht sonderlich durchdacht war. Wäre Wixom ein Erfolg gewesen, hätte er seine grünen Mützen auf den Tisch legen können.

Bessere? Knapp schlug sich gegen die Stirn. Jede Idee ist besser als die! Ich würde sogar einen Wrigley's-Kaugummi von dir annehmen und mich darüber freuen wie ein armer Russe, der so was zum ersten Mal sieht! Kannst mir auch eine Banane schenken!

Knapp schritt auf und ab, als überlegte er, was mit den Betonköpfen in Ostdeutschland zu tun sei. Die Fotografin legte ihre Kamera in die Tasche. Ron prüfte mit der flachen Hand vor dem Mund seinen Atem.

Natürlich nehm ich keinen Kaugummi an! Auch keine Banane! Ich bin Perestroika! Glasnost! Kein Hampelmann!

Jay suchte den Blick der Fotografin. Sie deutete auf ihre Uhr. Ron wischte sich über die Stirn.

Jakov Smirnoff wollte, dass ich für ihn werbe, ja? Auf dem Plakat sollte *Ich arbeite für Essen* stehen. Abgelehnt! HBO wollte mit mir eine Werbung drehen, in der Gorby auf dem Scheißhaus sitzt. Abgelehnt! Ein japanischer Sender wollte, dass Gorby seinen Kopf in eine Klomuschel steckt. Abgelehnt!

Knapp drehte sich um und funkelte sie an. Sein Agent schien wenig glücklich über seine Tugendhaftigkeit.

Haben Sie einen Vorschlag, Herr Knapp?, fragte die Fotografin.

Gorby ist ein Mann des Kompromisses, sagte Knapp und tat, als spuckte er in die Hände. Draußen heulte eine Sirene auf. Klatschend rieb er die Hände aneinander und legte die Stirn in Falten. Das Feuermal zog mit.

Armdrücken, sagte er. Mit schlaffen Rechten, die nicht drücken wollen. In unseren Linken kleine weiße Fahnen. Abrüstung.

Ron atmete durch.

An die Arbeit, Herrschaften!

28

Er lasse die Supermächte jetzt allein, hatte Ron nach dem Abendessen gesagt, im Unterschied zu den Künstlern habe er noch zu tun. Knapp hatte ihn einen elenden Ausbeuter genannt, für den nach der Revolution nicht mehr viel zu machen wäre; allerdings könnte er durch Knapps Fürsprache zumindest in ein Arbeitslager kommen, während das Leben des Obersten Ausbeuters – Knapp hatte auf Jay gedeutet – unwiderruflich verwirkt wäre.

Danke, dass du nicht mit deinem Klimawahn gekommen bist, hatte der Agent seinem Reagan zum Abschied ins Ohr geflüstert.

Sie saßen im hintersten Winkel einer eleganten Hotelbar. Ron hatte den Auftrag gegeben, dafür zu sorgen, dass die beiden Herren unbehelligt blieben. Knapp ließ es sich nicht nehmen, zu jedem Bier einen Wodka auf die Rechnung ihres Agenten setzen zu lassen. Mit erhobenem Glas forderte er Jay zum Aufstehen und Anstoßen an. So mache man das in Russland.

Knapp hatte seinen Krawattenknopf gelockert. Er sprach ohne Punkt und Komma, dafür mit vielen Ausrufezeichen.

Was er schon alles gemacht hatte! Zuerst Tütenpacker in einem kleinen Lebensmittelladen, dann an der Kassa, aber als man sah, wie er ein Huhn zerteilte, sofort zum Fleischhauer befördert, wobei er hauptberuflich noch Schüler war! Er hatte Tausende von Christbäumen verkauft, noch ehe er sie gekauft hatte, mit Bestellungen von Firmen, denen er im Herbst Briefe mit Subskriptionsformularen geschickt hatte! Er war jahrzehntelang als Santa Claus aufgetreten, verkaufte jetzt mit seiner Freundin Immobilien, hatte in großen Fabriken gearbeitet und nebenbei ein Marketingstudium absolviert! In der Fabrik hatte es geheißen, wenn er ein C bekomme, werde ihm ein Teil seiner Ausbildungskosten ersetzt – er hatte selbstverständlich ein A bekommen und die gesamte Ausbildung gratis dazu!

Knapp redete mit Händen und Füßen. Er begeisterte sich an seinen eigenen Geschichten, die er pointensicher erzählte. Es war Montag, der 16. Januar 1989. Am Freitag war er in Washington, D. C. zur Angelobung George Herbert Walker Bushs eingeladen. Der echte Gorbatschow blieb in der Sowjetunion. Vor fünf Tagen hatte Reagan seine Abschiedsrede gehalten.

Wie machst du das mit dem Feuermal?, fragte Jay.

Knapp grinste und zog die buschigen schwarzen Brauen hoch. Als er sich vergewissert hatte, dass die Blicke von der Bar und den Tischen auf sie gerichtet waren, stand er auf, als würde er dazu gezwungen. Scheinbar widerwillig öffnete er seinen Gürtel und begann die Hose aufzuknöpfen.

Soll ich dir *mein* Feuermal zeigen?

Er sprach lauter als vorhin. Langsam ließ er die Hose hinunter, eine weiße Unterhose kam zum Vorschein. Er zog seine graue Anzughose bis knapp über die Knie –

Lass gut sein, Gorby, sagte Jay. Lippenstift?

Knapp seufzte und zog die Hose wieder hoch. Er schüttelte den Kopf.

Muss dir ein Kommunist erklären, wie man täuscht? Lippenstift verschmiert viel zu leicht. Kennst du vielleicht vom Küssen. Meine Freundin malt es mir mit Make-up auf. Das man im Film für blaue Augen verwendet. Was lernen wir daraus? Er zog die Brauen hoch. Blaue Augen sind gar nicht blau!

Nahtlos ging Knapp zu seinen besten Täuschungsmanövern über. Jay musste lachen. Knapps gute Laune und sein Elan waren ansteckend. Gut, also, ich trag das Feuermal – so begannen seine Geschichten, und Jay fragte sich, oder eigentlich Lucy, wie es eine Frau mit so einem Mann aushalte. Knapps Freundin schien einzig und allein für das Aufmalen des Feuermals zuständig zu sein.

Knapp hatte fünf Kinder aus erster Ehe. Sein Vater hatte seine Mutter geschlagen, und als deren Mutter davon Wind bekommen hatte, war sie mit einer Axt aus Kanada angereist, hatte damit die versperrte Haustür am Rande Detroits eingeschlagen, Knapps Vater war aus dem Fenster geflohen, die Großmutter hatte Ronald, seinen Bruder und seine Mutter in ihr Auto gesetzt und war losgebraust. Mittlerweile hatte der Alkoholikervater andere Säufer aus seinem Stammlokal geholt, um auf einer Brücke seiner Schwiegermutter den Weg abzuschneiden. Sie waren entkommen. Was natürlich nicht zuletzt Knapps Verdienst war.

Mit leuchtenden Augen erzählte er von seinem Großvater, von dem er alles gelernt hatte: schießen, jagen, auf Bäume klettern, Menschen und Fährten lesen, Fleisch zerteilen. Darum hatte er die bessere Stelle in dem Lebensmittelladen bekommen, darum in der Klosterschule für die Brüder jagen und Fasane auf die Teller zaubern können, darum –

Woher bist du?, fragte Knapp.

Von hier, sagte Jay, Lower East Side.

Ursprünglich, meine ich.

Österreich.

Pater Lambert!

Knapp rief den Namen so laut aus, dass sich alle in ihre Richtung drehten. Sein Gesicht ging auf, als hätte er alle Menschen in der Sowjetunion auf einmal frei, satt und glücklich gemacht.

Pater Lambert, Bruder in der Klosterschule, die Knapp besucht hatte, stammte aus Österreich. Sein Akzent war viel stärker als Jays und der Pater so dick, dass er seine Schnürsenkel nicht selbst binden konnte, weshalb es Knapp für ihn erledigen musste. Einmal hatte ihn Pater Lambert zum Biertrinken in den nächsten Ort mitgenommen. Mit dem dicken Pater, dem das große Kreuz über dem gigantischen Bauch hing, an einer hölzernen Theke neben Männern stehen, die statt Messwein Bier und Bourbon tranken! Marlboro statt Weihrauch!

Knapp lachte. Er hatte Tränen in den Augen. Jay mochte ihn. Im Fernsehen, auch vorhin, in Rons Büro und beim Fotografieren, als Knapp alles hatte kontrollieren wollen, weil er alles besser zu wissen schien, hatte er ihn nicht ausstehen können. Jetzt sah er ein Schlitzohr, das seine Chance ergriffen hatte und das Beste aus ihr machen wollte. Im Gesicht Michail Sergejewitsch Gorbatschows sah Jay Immer die Quintessenz der Vereinigten Staaten.

Mit kindlicher Begeisterung sprach Knapp von berühmten Menschen, die er getroffen, die ihn erkannt und angesprochen hatten. Er konnte nicht genug fotografiert und eingeladen werden, freute sich diebisch über jeden Menschen, der ihm den Generalsekretär der KPdSU abnahm, feierte jede Täuschung wie den Neubeginn der Welt. Am meisten freute er sich über kostenloses Essen und Trinken.

Ich bin kein gebildeter Mensch, sagte Knapp, aber eins hab ich von den Mönchen gelernt: Du musst dich selbst mögen, damit dich andere mögen. Wenn du andere magst, kannst du hilfreich sein. Jedenfalls, mein Großvater –

Jay kannte seine Großeltern von winzigen Schwarzweißfotografien. Harte, zermürbte Gesichter. Alterslos, aber immer alt. Arme, schwer rackernde Bauern mit viel zu wenig Land an der heutigen Grenze zwischen Österreich und Ungarn, zwischen West und Ost, zwischen Reagan und Gorbatschow. Die Grenze war einmal hier und einmal dort gezogen worden. Seine Großeltern hatten im ungarischen Teil der Donaumonarchie gelebt, Wesen aus einer fremden, untergegangenen Welt.

Knapp stand mit erhobenem Glas vor ihm und breitete die Arme aus. Jay erhob sich. Sie stießen miteinander an. Jemand klatschte.

Zamir, sagte Knapp, auf den Frieden.

Auf die Abrüstung, sagte Jay.

Auf einmal war ihm, als hätten sie tatsächlich Frieden und Abrüstung in der Hand. Als könnten sie tatsächlich die Welt zum Besseren verändern. Knapp legte seinen Kopf in den Nacken, leerte den Wodka mit einem Schluck, schüttelte den Kopf und küsste Jay schmatzend auf die Wangen. Als er sich setzte, schien er verändert.

Das Musikvideo, sagte Knapp, ja? Hab das tatsächlich geträumt. Kann auch kein Zugpfeifen hören. Passiert immer was Schreckliches. Als der Sarg meines Vaters in die Erde gelassen wurde, pfiff ein Zug. Nachdem mein Großvater gestorben war, sagte meine Großmutter zu mir: Ronald – sie nannte mich nie Ronald –, ich muss dir was Furchtbares erzählen. Über dich und deinen Großvater. Mir schnürte es die Kehle zu. *Du bist Indianer.*

Er blickte Jay mit weit geöffneten Augen an.

Ich fiel ihr um den Hals. Konnte diese Cowboys ohnehin nie leiden! Großmutter weinte. Ich hatte die Frau mit der Axt nie weinen sehen. Ich wollte, dass du's weißt, sagte sie. Da ist was geschehen. Verstehst du?

Jay nickte. Knapp wischte sich eine Träne von der Wange. Er sah erleichtert aus. Immerhin hatte er bei einem Österreicher beichten gelernt. Mit einem Mal blitzte etwas in Knapp auf.

Was haben wir für ein Glück mit unseren Gesichtern! Er schlug mit der flachen Hand auf den Tisch. Nicht auszudenken, wenn ich mit Stalins Gesicht geboren wäre! Stell dir vor, du hättest Hitlers Gesicht!

Daran hatte Jay noch nie gedacht. Er hatte überhaupt noch nie daran gedacht, ein anderes Gesicht haben zu können. Plötzlich erschien ihm das äußerst merkwürdig.

Was hältst du vom anderen Reagan?, fragte Jay.

Aus menschlicher oder geschäftlicher Sicht?

Das beantwortet meine Frage. Danke.

Jay griff nach seinem Bier. Sein Kopf war wunderbar leicht. Er wollte nicht, dass seine Präsidentschaft endete. Jeder sah wie Bush aus.

Im Fasching, sagte Jay, war ich einmal als Indianer verkleidet.

Er spürte etwas Warmes in sich hochsteigen. Er sah sich mit dem bunten Federschmuck auf dem Kopf, den seine Mutter von einer wohlhabenden Familie ausgeliehen hatte. Wie sehr er sich über die Ohrringe gefreut hatte! Auch an ihnen hingen Federn. Die bunte Kriegsbemalung! Die flache Hand vor dem Mund! Dieses Geräusch! Auf dem Kriegspfad –

Meine Tochter sagt, man darf nicht *Indianer* sagen.

Knapp machte eine wegwerfende Handbewegung.

Jay konnte seine Augen nicht vom Feuermal nehmen. Die Form war perfekt; vielleicht war es etwas zu rot.

Als man bei der Armee einen Assistenten für einen Kaplan gesucht hatte, hatte Knapp sofort die Hand gehoben. Nicht umsonst strenge katholische Schulen besucht. Außerdem hatte er nicht in Korea sterben wollen. Kurze Zeit später war er für das Budget aller Konfessionen verantwortlich, hatte sich aber nicht sonderlich in die Materie vertieft. Eines Tages sollte er Messwein bestellen. Beim katholischen Bedarf von fünfzig Flaschen fügte er eine Null hinzu. Vierhundertundfünfzig Flaschen versteckte er mit einem Freund auf dem Dachboden. Himmlische Privatmessen!

Hab ich das gemacht, weil ich Indianer bin oder weil ich ich bin?

Jay wiegte den Kopf. Er wollte von dem Offizier erzählen, der seinen Nachnamen nicht hatte aussprechen wollen, als der Barmann an ihren Tisch trat.

Meine Herren, sagte er, ich weiß, dass Sie ungestört bleiben wollen. Aber da ist ein Fotograf – er deutete in Richtung Bar, ein blondes Bürschchen winkte ihnen zu –, der sich nicht abwimmeln lässt. Möchte unbedingt ein Foto.

Für wen fotografiert er?, fragte Knapp.

Vanity Fair.

In zehn Minuten.

Keine Alleingänge, sagte Jay.

Ach was, sagte Knapp, ich bin Indianer!

Er wandte sich dem Barmann zu:

Wir brauchen ein großes weißes Tischtuch.

Der Barmann nickte und eilte wie ein Parteisekretär in der Provinz davon.

Jetzt hörst du mir zu, sagte Jay. Glaub mir fürs Erste einfach.

Es ging um Knapps fünf Kinder und seine unzähligen Enkel. Es ging um die Zukunft des Planeten, die auf dem Altar der Öl- und Kohleindustrie geopfert wurde. Es war Zeit, aufzuwachen.

Du bist der Kommunist, sagte Knapp.

Wenn das Kommunismus ist, sagte Jay, bin ich gern Kommunist. Deine Genossen pumpen ja wie die Bösen Kohlendioxid in die Atmosphäre.

Als sie eine Viertelstunde später mit grünen MEGA-Mützen vor einem von zwei Kellnern gehaltenen weißen Tischtuch saßen, auf dem mit *20/20/20* das Ende des Kalten Krieges gegen das Klima und ein Wettrüsten um erneuerbare Energien gefordert wurde, drängten sich die Gäste um den Fotografen. Knapp flüsterte ihm zu, die Kellner nicht mit ins Bild zu nehmen. Jay musste lachen. Er dachte an den Rocker und an den kleinen Dunklen auf dem *Interspar*-Parkplatz in Unterwart. Das musste er Knapp erzählen. Knapp flüsterte ihm ins Ohr, Bush bei der Angelobung medienwirksam an sein Versprechen vom Eriesee erinnern zu wollen. Dann streckte er die Daumen aus.

Amerikanskis gute Menschen, sagte Knapp, dobrofantastisch. Wrigley's Kaugummi und *zamir*!

29

Hier ist ein Mann, sagte der neue Präsident zu Beginn seiner Rede, der sich einen bleibenden Platz in unseren Herzen und in unserer Geschichte verdient hat. Präsident Reagan, im Namen der Nation danke ich Ihnen für die wunderbaren Dinge, die Sie für Amerika getan haben.

Vier Tage nach dem Gipfeltreffen mit Gorby saßen Jay und Lucy vor dem Bildschirm. In Washington schien es milder zu sein als in Chicago. George Herbert Walker Bush stand in dunklem Anzug und weißem Hemd vor einem Pult, eine große randlose Brille auf der Nase. Sein angegrautes Haar war akkurat gescheitelt, der neue Präsident zwei Jahre älter als Jay. Die fünfzehn Jahre, die den abtretenden Präsidenten von dem *anderen Reagan* trennten, waren nun, als die Kamera auf ihn schwenkte, greifbar. Reagan saß in einen langen schwarzen Mantel gehüllt, um den Hals einen weißen Schal, der überaus flauschig aussah. Er hatte den Kopf in den Nacken gelehnt und nickte einmal. Der Applaus schwoll an. Er erhob sich kurz, deutete eine Verbeugung an. Reagan schien die Luft anzuhalten. Ein greiser König, der alles gesehen hat und von nichts mehr zu überraschen ist. Sein Gesicht war aufgedunsen.

Hat er wirklich *Dinge* gesagt?, sagte Lucy.

Wunderbare Dinge.

Stell dir vor, der Pfarrer hätte letzte Woche beim Begräbnis gesagt: Anne hat in ihrem Leben viele wunderbare Dinge gemacht. Ich hätte gedacht, der hat sich keine Minute mit ihr beschäftigt.

Bush sprach mit geneigtem Haupt ein Gebet, in dem er den Herrn bat, in die Herzen zu schreiben: Gebraucht Macht, um Menschen zu helfen. Jay und Lucy hörten, dass sie in einer friedlichen und prosperierenden Zeit lebten, der Tag des Diktators sei vorbei, ein neuer Wind wehe.

Ein leiser Wind wehte tatsächlich, und der neue Präsident musste hin und wieder unmerklich den Kopf schütteln, damit ihm die Haare nicht über die Augen fielen.

Die Zukunft, sagte Bush, erscheine mit einem Mal wie eine Tür, durch die man bloß zu treten habe. Durch die Tür der Demokratie zur Freiheit. Freie Märkte, Wohlstand, freie Rede. Wir wissen, was richtig ist, sagte er: Freiheit ist richtig. Wir seien aber nicht bloß die Summe unserer Besitztümer, wir müssten die Welt besser zurücklassen, als wir sie betreten hätten. Das Gesicht der Nation müsse freundlicher, jenes der Welt milder werden. Er sprach von Obdachlosen, armen Kindern, Drogensüchtigen, von Verbrechern und Müttern, welche die Kinder in ihren Leibern vielleicht nicht lieben könnten, sie aber trotzdem austrügen.

Wenn Bush getragen wirken wollte, versuchte er, Reagan nachzuahmen. Dessen Pathos stand ihm nicht. Bush war kein Schauspieler, auch kein Bademeister gewesen. Er war glattrasiert und sah gleichzeitig aus, als hätte er sich noch nie rasieren müssen.

Er sprach vom Defizit. Sie hätten mehr Willen als Geld. Aber der Wille entscheide, Güte und Mut. Die Spaltung, die mit Vietnam begonnen habe, müsse aufhören. Dies sei die Zeit der ausgestreckten Hände und der gültigen Verträge. Dann sprach er direkt die Kinder vorm Fernseher an.

Wann, sagte Jay, reitet Gorby endlich auf seiner Abrissbirne auf die Bühne? Hat so was versprochen.

Hoffentlich mit grüner Mütze, sagte Lucy.

Bush dankte den Kindern, dass sie in diesem Moment vor den Fernsehschirmen säßen und Demokratie ansähen. Die Demokratie gehöre allen. Die Freiheit sei wie ein schöner, bunter Drachen, der mit dem Wind höher und höher steige. Dann sprach er vom Kokain, das ins Land geschmuggelt werde, und von seiner Entschlossenheit, dagegen zu kämpfen.

Jay sah die letzten acht Jahre vor sich, die das Land prosperierender, sicherer und glücklicher gemacht hätten, wie Reagan in seiner Abschiedsrede gesagt hatte – zwei Amtszeiten, von denen Jay, anders als Reagan, nie geträumt hätte. Ohne Lucys Brief säße er jetzt zwei Jahre nach Rentenantritt als ehemaliger Polizist vor dem Fernseher. Wahrscheinlich säße er nicht davor. Vielleicht hätte ihn doch noch eine Kugel ereilt.

Im Frühling vor drei Jahren hatte Jay Reagan getroffen. Lucy und er waren nach Washington geflogen. Sie hatten in einer großen Gruppe eine Führung durchs Weiße Haus bekommen, nachher hatte es einen Empfang gegeben. Reagan war jovial und freundlich gewesen. Er hatte viel gelacht und gescherzt. Da war auch etwas Melancholisches um seine Augen gewesen, in den Krähenfüßchen und Lachfalten. Er hatte ausgesehen wie im Fernsehen. Als Jay an der Reihe war, hatte ihm der Präsident die Hand geschüttelt. Hab gehört, dass Sie gute Witze erzählen, hatte Reagan gesagt, nachdem ihm sein Berater etwas ins Ohr geflüstert hatte. *Hab gehört, dass Sie gute Witze erzählen.* Ende der Durchsage. Er hatte Jay angeblickt und gleichzeitig durch ihn hindurchgeschaut.

Das hatte Jay eine Zeit lang beschäftigt. Nicht weil Reagan der mächtigste Mann der Welt genannt wurde. Aber da standen einander zwei Menschen gegenüber, die man für Zwillinge – oder hätte man sie nicht für Zwillinge halten können? Wahrscheinlich hatte Reagan einen Mann gesehen, der ihm in gewisser Weise ähnelte, mehr nicht. Jay hingegen hatte jenem Mann die Hand geschüttelt, mit dem er ein Leben lang verglichen worden war, um schließlich in ihn zu schlüpfen. Ronald Reagan hatte nie zu hören bekommen, wie ähnlich er Jay Immer sehe. Reagan hatte ihm einmal auf die Schulter geklopft; dann hatte er sich dem Nächsten zugewandt. Darum hatte Jay nicht gelogen, als er im Burgenland die Frage, ob er dem Präsidenten begegnet sei, verneint hatte. Er war ihm nicht *begegnet*. Es war auch egal. In diesem Moment vergab Jay Immer Ronald Reagan.

Die Geschichte sei ein Buch mit vielen Seiten, sagte Bush, in das jeden Tag aufs Neue geschrieben werde. Heute werde ein neues Kapitel aufgeschlagen, das mit Hoffnung und Bedeutung zu füllen sei. Heute gehe es um Einheit, Vielfalt und Großzügigkeit. Dieses Kapitel werde von allen gemeinsam geschrieben.

Nachdem er seine Rede beendet hatte, ging der neue Präsident zum scheidenden, um ihm kurz die Hand zu schütteln. Gorby war nicht aufgetaucht, Bush hatte kein Wort über das Klima verloren. Er hatte nicht nur die ausgestreckte Hand und die offene Tür, er hatte auch das größte Defizit der Geschichte geerbt.

30

Wissen Sie, warum ich das mithabe?

Knapp stand vor dem großen Bildschirm an der Mittelwand, welche die erste von der zweiten Klasse trennte. In seiner Rechten hielt er ein Taschenmesser, das er eben hervorgezogen hatte. Müde Augen musterten ihn, etliche Passagiere waren aus dem Schlaf gefahren. Eine Frau hielt sich die Hand vor den Mund, ein paar Männer warfen einander Blicke zu. Schmatzend klappte Knapp das Messer auf, leckte sich die Lippen und deutete auf den Bildschirm mit der Karte Hollands.

Deswegen.

Er wies mit der Klinge auf Gouda.

Haben wir in der glorreichen Sowjetunion nicht.

Die Stewardessen lachten, einige Fluggäste klatschten. Knapp lüpfte seine grüne Mütze mit dem weißen MEGA-Schriftzug. Das Feuermal glänzte. Er bückte sich kurz.

Dafür haben wir das!

In seiner Linken schwenkte er eine Wodkaflasche.

Und weil das außer den sowjetischen Spionen unter Ihnen niemand hat –

Er stellte die Flasche auf den Boden, erhob sich ächzend und richtete das Messer auf sein Publikum –

Hände hoch, wer ein Wässerchen will! Die da vorn bekommen nichts.

Er deutete mit dem Messer über die Schulter.

Mein Herz ist bei den Menschen in der zweiten Klasse. Bald wird alles erste Klasse sein!

Die Passagiere lachten und klatschten, Hände fuhren in die Höhe. Jay sah, wie sich eine Frau glucksend Tränen aus den Augen wischte. Knapp war ein miserabler Schauspieler, sein russischer Akzent eine Beleidigung. Aber er war ein großartiger Unterhalter.

Als auf dem Bildschirm ein Film anlief, wanderte Knapp von Reihe zu Reihe, stieß mit den Passagieren auf den Frieden und die Rettung der Welt vor Treibhausgasen an. Besonders gern setzte er sich zu alleinreisenden Frauen und flüsterte ihnen ins Ohr. Jay hörte ihn immer wieder lachen. Knapp hatte gut lachen. Er war Jays Gast.

Das Foto in Vanity Fair war von anderen Medien aufgegriffen worden: *Doppelgänger fordern Wettrüsten um erneuerbare Energien; Beendet den Kalten Krieg gegen das Klima!; Erstaunliche grüne Freundschaft.* Ron hatte wutschnaubend angerufen. Nicht wegen des Alleingangs mit dem Foto, das Knapp auf seinen Reisekoffer geklebt hatte, sondern wegen eines Anrufs in seiner Agentur: Sollte Jay Immer noch einmal öffentlich über seinen Besuch in Wixom sprechen, werde er auf Geschäftsentgang verklagt – auf eine Summe, die er sich nicht einmal vorstellen könne. Sein Haus bliebe zwar friedlich; in ihm lebten dann aber andere Menschen.

Jay sprach nicht mehr über Wixom. Nicht über die Arbeiter, die grüne Mützen geschwenkt hatten; nicht über das Video des Dritten, von dem Ausschnitte gezeigt worden waren, als der andere Reagan mit Anstecknadel und grüner Mütze in einer beliebten Talkshow gesessen und *20/20/20* wiederholt hatte, aber nicht schlagfertig genug war, um die Menschen für sich einzunehmen, wie Knapp es vermochte.

Die Unterbrechung der Live-Übertragung hatte seinem Auftritt eine besondere Dringlichkeit gegeben. Menschen hatten den Anfang seiner Rede gehört; sie wollten wissen, wie sie weiterging. In der Talkshow wurde eingespielt, wie Jay Immer auf der Hebebühne *Make Earth Green Again* rief.

Ob er nicht mit dem Auto zur Fabrik gefahren sei, hatte die Gastgeberin Jay vor Publikum und laufenden Kameras gefragt, ob er zur Küste Floridas wandere, um nach Cancún zu schwimmen. Seine ehrlichen Antworten waren mit triumphierendem Nicken quittiert worden. Schon hatte eine Werbung seinen Besuch im Studio beendet; was er hatte sagen wollen, war ungesagt geblieben. Er hätte die Gastgeberin fragen sollen, ob sie den Wegweiser kenne, der in jene Richtung gehe, in die er weise, hatte Knapp gesagt, als Jay ein paar Wochen nach dem Desaster wieder ans Telefon gegangen war. Jay war wenig souverän, wenn er nicht Reagan war. Aber das war Schnee von gestern. Er flog dem größten Erfolg im Kampf gegen den Klimawandel entgegen. Damit es weiterhin Schnee in New England gäbe.

Keine Angst, Ronnie, sagte Knapp. Bin nicht nur wegen Käse hier.

Er öffnete das Gepäckfach über ihrer Sitzreihe, hob die große Sporttasche auf den Boden, kramte grüne Mützen heraus und hievte die Tasche keuchend ins Gepäckfach zurück.

Es heißt doch Angebot und Nachfrage, Herr Präsident. Ich erzeuge gerade Nachfrage.

Knapp wischte sich mit einem Taschentuch Schweiß von der Stirn, wobei er einen weiten Bogen um das Feuermal machte.

Wie Pater Lambert sagte: Der Hirte hat dort zu sein, wo die Herde säuft.

Jay hatte die Mützen bezahlt und bei Auftritten verschenkt. Der Doppelgänger des Generalsekretärs der Kommunistischen Partei der Sowjetunion schenkte Wodka aus, um anschließend grüne Mützen zu verkaufen. Der Rubel rollte. Jay ließ sich nach hinten sinken.

Morgen kamen in Noordwijk mehr als sechzig Minister und Diplomaten aus aller Welt zum ersten großen internationalen Klimagipfel zusammen. Der Beschluss würde zwar aller Voraussicht nach hinter dem Vorschlag aus Toronto zurückbleiben, aber ein Einfrieren der Emissionen auf dem Stand von 1990 ab dem Jahr 2000 ließ sich allemal sehen. Erstmals gäbe es einen bindenden Vertrag! Dann konnte sich Jay wieder um seinen Garten kümmern.

Im Mai hatte Hansen vor dem Kongress ausgesagt. Die Gründe für den Klimawandel seien wissenschaftlich nicht erklärbar und könnten auch einem natürlichen Prozess geschuldet sein. Er hatte vom Kongress gefordert, lediglich jene Maßnahmen zu ergreifen, die gut für die Wirtschaft seien, unabhängig von allen Bedenken bezüglich des Treibhauseffekts.

Ist der völlig verrückt!, hatte Lucy vor dem Fernseher gerufen. Den nimmt doch kein Schwein jemals wieder ernst! Schalt um.

Da hatte sich Senator Al Gore zu Wort gemeldet:

Warum widersprechen Sie sich?

Ich habe das nicht geschrieben. Mein Text wurde geändert. Ohne diese Änderungen hätte ich ihn nicht vor dem Kongress verlesen dürfen.

Das hatte alles verändert, der Klimawandel war nicht mehr totzuschweigen. Der Zensurversuch des Weißen Hauses beherrschte tagelang die Titelseiten der Zeitungen. In Nachrichtenstudios wurde darüber diskutiert, Regierungssprecher entschuldigten sich und beteuerten, die Freiheit der Wissenschaft müsse unangetastet bleiben, dergleichen dürfe nie wieder vorkommen. Die ganze Welt schien schockiert. Nur Knapp hatte nichts davon gehört.

Aber wenn die Meinungsfreiheit im Land der Freien eingeschränkt wurde, war der Erneuerer der Sowjetunion dabei.

Kurz nach Sonnenaufgang verließen sie ihr Motel. Eine Möwe glitt über Jay hinweg, er atmete tief ein und schloss die Augen. Er hörte das leise, gleichmäßige Heranrollen der Wellen. Er roch das Meer. Als er die Augen öffnete, zwinkerte ihm Knapp zu. Sie waren wie Kinder, die einen Streich ausgeheckt hatten. Es war kalt, der Himmel von dramatischen Wolken überzogen. Jay fragte sich, warum man Wolken dramatisch nannte.

Er war glücklich. Es machte nichts, dass Knapp wie ein Berserker schnarchte. Hast einen halben Wald umgesägt, hatte Jay gesagt, als Knapp mitten in der Nacht von seinem eigenen Schnarchen aufgeschreckt war. Ich beschütz dich vor den wilden Tieren, hatte Knapp geantwortet, um gleich darauf weiterzusägen. Die Matratze ihres Doppelbetts war viel zu weich, Knapps Gewicht hatte sie zu einer schiefen Ebene umgeformt. Aber das machte alles nichts.

Pomerance, ein Riese in Windjacke, strahlte. Charlene, die kleine Aktivistin mit den großen schwarzen Augen, lächelte. Niemand sprach. Sie stapften den Strand entlang. Die Sonne drang allmählich durch die Wolken. Das Wasser glitzerte.

Jay ließ sich zurückfallen. Knapp schritt voran. Jay folgte den Fußspuren im Sand.

Es war ein weiter Weg gewesen. Heute würde für kommende Generationen Geschichte geschrieben. Ein kleines Stück dieses Weges war er mitgegangen. Er hatte etwas gemacht aus seinem Leben. Viel Schwachsinn, um ein Dach über dem Kopf zu haben und Rechnungen zu begleichen. Viel Spaß nach dem Neuanfang. Dann aber der andere Reagan. Er hatte nicht nur einen CO_2-Fußabdruck hinterlassen.

Jay Immer bemerkte, dass er Bilanz zog.

Ganz gut, stand unterm Strich. Wie früher unter den Schularbeiten.

Etwas erleichterte seinen Schritt. Heute würde ihr Bild um die Welt gehen. Heute würden keine Agenten seine Verbreitung verhindern. Ihr Fotograf wartete bereits an der Strandpromenade. Niemand aus der kleinen Gruppe um Pomerance war zum Gipfel delegiert. Weil die Holländer ihre Küsten behalten wollten, hatten sie ihnen Pässe gegeben, mit denen sie überall Zutritt hatten. Die Meeresspiegel durften nicht weiter steigen.

Zamir!, rief Knapp, als die achtundsechzig Flaggen jener Länder, die an der Konferenz teilnahmen, zum Greifen nahe kamen. Knapp blieb stehen, breitete die Arme aus und legte den Kopf in den Nacken. Es war still. Außer ihnen schien kein Mensch auf den Beinen zu sein.

Hinter einem Mauervorsprung kleideten sich Jay und Knapp hastig um. Heftiger Wind kam auf. Knapp zog eine dicke braune Lederjacke an, warf sich einen roten Schal um, Charlene malte ihm das Feuermal auf die Stirn. Jay schlüpfte in einen eleganten schwarzen Mantel, ehe er Knapp die grüne Mütze aufsetzte, den Schirm weit nach oben gerichtet. Dann setzte er seine eigene grüne Mütze auf.

Im Vorfeld der Konferenz war gemunkelt worden, der Spitzendiplomat der Vereinigten Staaten versuche, trotz allem, was Präsident Bush öffentlich bekundete, die Sowjetunion und Japan für die Verwässerung der Beschlussziele zu gewinnen. Um das zu verhindern, waren Jay und Knapp nach Holland geflogen. Abends hatten sie im Aufenthaltsraum ihres schäbigen Motels einen Plan entworfen. Sie mussten die Weltöffentlichkeit warnen. Noch war das Klima zu retten.

Pomerance und der Fotograf trieben Jay und Knapp zur Eile an. Über ihnen blähte der Wind die Flaggen.

Tag der Fahne, sagte Jay und schritt zur amerikanischen.

Zeigen wir der Welt, rief Knapp, wer sie weiterhin zerstören will!

Er griff nach dem Seil, mit dem vor wenigen Stunden die sowjetische Fahne hochgezogen worden war.

Ho ruck!, rief Charlene.

Jay zog mit beiden Händen am Seil. Der Wind schien dagegenzuhalten, die Fahne bewegte sich kaum. Jay zog fester, stemmte die Füße in den Boden und lehnte sich nach hinten.

Da rief Knapp: *Erster!*, lüpfte seine Mütze und verbeugte sich. Hinter ihm stand die Fahne der Sowjetunion auf Halbmast. Bis Amerikanski fertig, trägt Japan längst Trauer!

Knapp eilte zur japanischen Fahne, griff nach dem Seil und zog sie nach unten, als könnte ihm der Wind nicht das Geringste anhaben. Jay setzte für den Fotografen seinen entschlossensten Blick auf und nahm den Kampf wieder auf. Auf einmal musste er lachen. Er tat gerade das Gegenteil von dem, was im Werbespot für Reagans Wiederwahl zu sehen gewesen war. Da hatte ein weißer Mann vor seinem Haus die Flagge der Vereinigten Staaten gehisst und eine tiefe Männerstimme *It's morning again in America* verkündet, weil unter Reagan das Land stolzer und stärker und besser geworden sei. Jay zog mit aller Kraft am Seil. Er wünschte, seine Tochter könnte ihn sehen. Endlich hatte er die Fahne dort, wo sie hingehörte.

Zum Glück haben wir nicht armgedrückt, sagte Knapp und klopfte ihm von hinten auf die Schulter.

Einer von uns ist nicht ausgeschlafen, sagte Jay, weil der andere wie ein Walross schnarcht.

Jay wischte sich den Schweiß von der Stirn, seine Halsschlagader pochte. Ein paar Möwen kreischten. Er hätte viel dafür gegeben, dabei zu sein, wenn Reagan morgen in der Zeitung sah, was sein Doppelgänger in diesem Augenblick sah: Fünfundsechzig bunt bedruckte Stoffplanen flatterten über der Strandpromenade von Noordwijk, während die Flaggen der Vereinigten Staaten, der Sowjetunion und Japans auf Halbmast gesetzt waren. Darunter reichten einander Jay Immer und Ronald V. Knapp mit grünen MEGA-Mützen die Hand.

Bitte wieder ernst blicken!, rief Charlene. Pomerance streckte die Daumen aus. Der Fotoapparat klickte.

Meine lieben Ronalds, sagte Pomerance am nächsten Vormittag, darf ich vorstellen: Herr Barbera Kirata, Minister aus Kiribati.

Das Alter des ungewöhnlich kleinen Mannes war schwer zu schätzen; seine großen offenen Augen verliehen ihm etwas Jungenhaftes. Jay stieß Knapp in die Seite. Sein Genosse war kurz davor, einen schlechten Scherz zu machen.

Jay Immer, sagte Pomerance. Jay streckte die Hand aus.

Sehr erfreut.

Großartige Aktion, sagte Kirata. Jetzt wird es niemand wagen, den Gipfel zu unterminieren. Unsere Flagge ähnelt übrigens ein wenig der Ihren. Die untere Hälfte blau mit weißen Wellen –

Kirata streckte seine Hand Knapp entgegen. Knapp, der

nicht groß war, erschien im Vergleich wie ein Riese.

Die obere ähnelt Ihrer. Rot mit einer strahlenden gelben Sonne, die im Meer versinkt, darüber ein gelber Fregattvogel.

Sehr erfreut, sagte Knapp, Herr –

Kirata, sagte Pomerance.

Wie Kir –

Ibati, sagte der Minister. Wir heißen i-Kiribati, die Menschen von Kiribati. Wir sind das Land. Wir werden auf diesem Land geboren, bringen auf diesem Land unsere Kinder zur Welt und gehen wieder in dieses Land ein. Dieses Land ist unsere Vergangenheit, unsere Gegenwart und unsere Zukunft.

Ich bin nur ein dummer Amerikaner, sagte Jay. Wo genau liegt dieses Land?

Auf halbem Weg zwischen Hawaii und Australien. Dreiunddreißig Korallenatolle und Inseln entlang des Äquators im Zentralpazifik. Sieht man auf keiner Karte. Global gesehen sind wir für 0,0012 Prozent der Treibhausemissionen verantwortlich. Kein Grund, unseren gelben Vogel auf Halbmast zu setzen.

Sie sind der Umweltminister?, fragte Knapp.

Umwelt, ja, sagte Kirata. Und Bildung. Und Dezentralisierung. Und Inneres. Und – fragen Sie mich lieber, was ich nicht bin.

Zwei Generalsekretäre also, sagte Jay.

Er lachte. Knapp und er waren an diesem Tag auf den Titelseiten der wichtigsten europäischen Tageszeitungen abgebildet: *Anderer Reagan und Grüner Gorby setzen Flaggen auf Halbmast; USA, Sowjetunion und Japan aufgefordert, Klimagipfel nicht zu hintertreiben; Doppelgänger nehmen Weltmächte in die Pflicht.* Jay konnte sich nicht erinnern, jemals so viele dankbare Menschen an einem Tag getroffen zu haben.

Warum sind Sie hier?, fragte Jay.

Ich bin ein kleiner Mann, sagte Kirata. Auf Kiribati gibt es kein Stück Erde, das weiter als mein Scheitel aus dem Wasser ragt. Wenn der Meeresspiegel um einen Fuß steigt, ist das Wasser hier –

Er deutete auf sein Schienbein.

Bei zwei Fuß sind wir hier –

Er deutete auf seinen Oberschenkel.

Drei Fuß –

Er deutete auf seinen Bauch.

Verstehen Sie mich?

Wir müssen den Kalten Krieg gegen das Klima beenden, sagte Gorby. Also den Heißen Krieg.

Zwanzig, Schrägstrich, zwanzig, Schrägstrich, zwanzig, sagte Jay. Ab nun geht's darum, welcher unserer Staaten zuerst Verkehr, Produktion und Energieversorgung umstellen kann. Damit der andere davon lernt.

Wunderbar!, rief Pomerance. Genau das wiederholen wir jetzt vor laufenden Kameras.

Die Stimmung vor dem Sitzungssaal war angespannt. Aktivisten schritten mit gesenktem Kopf die Gänge entlang, die Hände in den Hosentaschen. Wissenschaftler lehnten mit verschränkten Armen an Mauern, bisweilen nickten sie Jay und Knapp zu. Pomerance schien kurz vor einem Herzinfarkt. Lediglich Knapp versuchte, hier und da seine Witzchen anzubringen. Selbst er brachte kaum jemanden zum Lachen.

Zur entscheidenden Abstimmung hatten nur die Umweltminister im Saal bleiben dürfen. Die Sitzung hatte am Vormittag begonnen; nun war es zehn Uhr abends. Wenn ein Minister auf die Toilette musste, wurden ihm Fragen zum Stand der Verhandlung zugerufen. Die Minister hielten die Köpfe gesenkt und ließen sich von ihren Mitarbeitern abschirmen.

Als sich Jay umblickte, sah er viele grüne Mützen mit der weißen MEGA-Aufschrift. Klar und einfach, hatten sie vor einem Jahr beschlossen. *Let's Make Our Earth Green Again* klang zu nett. *Make Earth Green Again* war der Dramatik der Situation angemessener. Im letzten Jahrzehnt war die Keeling-Kurve rasant nach oben geschossen, Pomerance hatte sie an diesem Tag unzählige Male mit seinen riesigen Händen vor Kameras aus aller Welt in die Luft gezeichnet.

Die Politiker, hatte Pomerance auf der Pressekonferenz mit Jay, Knapp und dem Minister aus Kiribati gesagt, denken an ihre Wiederwahl und an die Unternehmen, denen sie dienen. Wir denken an unseren Wahlkreis. Unser Wahlkreis ist die Erde.

Nach allem, was heute passiert ist, sagte Pomerance und blickte Jay in die Augen, schaut die ganze Welt den Halbmaststaaten auf die Finger. Sie müssen eine Einigung erzielen.

Als Barbera Kirata kurz vor Mitternacht aus dem Sitzungssaal kam, wurde es laut.

Herr Minister! Was dauert so lang? Wann wird unterschrieben?

Kirata eilte Richtung Toilette. Knapp nahm die Verfolgung auf; Jay folgte ihm. Als der Minister Knapps Stimme hörte, drehte er sich um. Er senkte seine Stimme:

Eure Leute ruinieren alles.

Was hat er gesagt? Im Hintergrund wurde es laut. Gorby? Jay?

Sie verhandeln!, rief Gorby und drehte sich um. Meine Damen und Herren: Im Sinne von Glasnost, stürmen wir den Saal! Offenheit! Transparenz!

Applaus brandete auf, viele schienen zu neuem Leben erweckt. Eine Gruppe von Aktivisten beriet über den Saalsturm, als sich die Auffassung durchzusetzen begann, damit möglicherweise die Unterstützung der Öffentlichkeit zu verlieren.

Jay, sagte Knapp, jetzt liegt's an uns.

Ich weiß nicht.

Aber ich.

Knapp zog einen Taschenspiegel aus seinem Mantel. Das Feuermal saß. Er steckte den Spiegel zurück und schritt erhobenen Hauptes auf den Eingang zu. Jay zögerte. Er sah sich mit Barbaras Augen. Er hörte Lucy: Feig warst du. Er folgte Knapp.

Vor dem Eingang standen zwei weiße Hünen. Als Knapp und Jay näher kamen, verschränkten sie die Arme vor der Brust.

Meine Herren, sagte Knapp und breitete die Arme aus. Uns werden Sie wohl einlassen.

Die Männer blickten einander verunsichert an. Der Rechte suchte jemandes Blick im Hintergrund. Dann schnalzte er mit der Zunge:

Verschwindet, ihr Clowns!

Als die Türen nach Mitternacht geöffnet wurden, verschwand ein Minister nach dem nächsten wortlos Richtung Ausgang. Die drei Schurken mussten einen Hinterausgang benutzt haben.

Viele Staaten, stand im Abschlussdokument, unterstützten die Stabilisierung des weltweiten Kohlendioxidausstoßes. Es gab kein verbindliches Ziel. Keine Prozente, kein Jahr. Knapp wischte sich das Feuermal von der Stirn. Jay setzte sich auf einen Stuhl.

Wir berufen eine Pressekonferenz für morgen früh ein, sagte Pomerance. Es sollte zuversichtlich klingen.

31

Am Abend vor Thanksgiving betraten Jay und Lucy eines der schönsten Kinos von Chicago. Über dem Eingang stand in großen Lettern *Zurück in die Zukunft II*.

Für die beiden waren Tickets hinterlegt. Sie hätten zur Weltpremiere nach Kalifornien fliegen können, aber die Einladung schien eher Rons Drängen als dem Wunsch nach Jays Anwesenheit geschuldet zu sein. Ihm genügte, in einem von Steven Spielberg produzierten Film mitgewirkt zu haben. Von allen Seiten wehte ihn Geschichte an. Manchmal, wenn er nicht schlafen konnte, erzählte er seinen Eltern davon.

Zwei Tage nach der Rückkehr aus Noordwijk hatte Knapp angerufen. Hab ich's nicht vorhergeträumt, Herr Präsident? Von wegen die Mauer steht noch in hundert Jahren! Und wer, hatte Jay geantwortet, hat Hunderte Male wiederholt: *Mister Gorbachev, tear down this wall*?

Jays Filmkarriere kam nach Reagans. Für seine kleine Szene war er nicht nach Hollywood geflogen; ein kleines Studio in Chicago hatte gereicht. Den Text hatte er nicht lernen müssen; es hatte genügt, Lucy die zwei Sätze mehrere Male vorzusagen, bis sie von ihr für gut befunden wurden. An einem kalten Februartag vor neun Monaten war seine Szene gedreht worden. Die rothaarige Visagistin mit dem Muttermal über der Oberlippe und dem Zigarettenatem; der spindeldürre Kameramann mit dem schütteren Haar; der alte Concierge beim Eingang, der ihm nachgerufen hatte, die letzte Eiszeit sei ja auch nicht von Autoabgasen beendet worden. Ron hatte gejubelt, als man Jay Immer für den Film angefragt hatte, wenngleich er angemerkt hatte, ohne Jays Weltrettungsambitionen wäre seine Rolle richtig groß ausgefallen.

Jay und Lucy hatten sich den ersten Teil von *Zurück in die Zukunft* ausgeliehen und herzhaft über das Jahr 1955 gelacht, in das Marty McFly in einem umgebauten Auto zurücktransportiert wird. Die Mode, die Moralvorstellungen, die Diners, Autos und Tanzveranstaltungen – das war ihre Zeit; in dieser Zeit war Barbara geboren. Auch sie hatten so scheu getanzt wie Martys zukünftige Eltern, die der Reisende aus der Zukunft mit offenem Mund beobachtet. Martys erster Blick in der Vergangenheit fällt aber auf eine Filmankündigung über einem Kinoeingang. *Cattle Queen of Montana* steht in roten Buchstaben auf einem weißen Schild, *mit Ronald Reagan.* Als Marty kurz darauf den jungen Dr. Brown trifft und ihm vergeblich zu erklären versucht, dass er dank einer Zeitmaschine, die der Wissenschaftler erst erfinden wird, mit einem Auto aus dem Jahr 1985 gekommen ist, glaubt ihm Dr. Brown kein Wort. Na, sagt er, dann sag mal, wer im Jahr 1985 Präsident ist. Reagan, antwortet Marty. Reagan? Der Doktor lacht schallend. Der Schauspieler? Und wer ist Vizepräsident? Jerry Lewis?

Jay und Lucy hatten zurückgespult, um die Szene noch einmal zu sehen. Angeblich hatte Reagan bei einer Privatvorführung im Weißen Haus dasselbe verlangt, weil er vor lauter Lachen dem Dialog nicht habe folgen können. In seiner nächsten Rede zur Lage der Nation hatte er den ersten Teil des Films zitiert: *Wohin wir reisen, brauchen wir keine Straßen.*

Weil dort, in der Zukunft, Autos flogen. Und die Zukunft begann, als Hunderttausende Marty McFly, seine Freundin und Dr. Brown in *Zurück in die Zukunft II* ins Jahr 2015 reisen sahen.

Geräuschlose Autos, die mit Biomasse fahren und fliegen, Werbehologramme, die dreidimensional auf Menschen zukommen, Jacken, die sich automatisch auf Trägergröße einstellen, Schuhe, die sich von selbst binden, schwebende Skateboards und Türen, die sich per Fingerabdruck öffnen, Fingerabdrücke, die Rechnungen begleichen, kleine Kästchen, mit denen man fotografiert, Anrufe, die mit allen Daten des Anrufers auf einer Leinwand erscheinen, mehrere Bilder und Kanäle gleichzeitig auf einem Schirm – und eine Minipizza, aus der auf Knopfdruck eine große wird.

In der Zukunft gelandet, schickt Dr. Brown Marty McFly schnurstracks in das Achtzigercafé.

Jay griff nach Lucys Hand.

Marty trägt eine mehrfarbige Schirmmütze; er ist als sein zukünftiger Sohn verkleidet, den er vor einer großen Dummheit bewahren soll. Er blickt sich um. Zwei Buben stehen vor einem Videospiel, an der Bar sitzt eine junge Frau mit kurzem blonden Haar, in pinkem Top und pinkem Röckchen. Hinter der Bar flackern mehrere Fernseher, neben- und übereinander. Auf einem laufen die Schlümpfe, auf einem anderen ist ein Transparent mit der Aufschrift *Ron, ich liebe dich* zu sehen. Auf einem Regal scheint eine kleine Statue von Ronald Reagan mit der Statue einer schwarzen Lady Liberty zu tanzen. Vor der jungen Frau in Pink steht ein Bildschirm, auf dem ihr Michael Jackson Tortillas mit scharfer Sauce, Avocados, Huhn, Rind oder Schwein empfiehlt. Plötzlich wird der Bildschirm von einem Kranarm weggezogen. Ein Mann und eine Frau strampeln auf Fahrradtrainern und trinken Kaffee. Marty wird ein Bildschirm entgegengeschwenkt, auf dem Ronald Reagan mit braunem Sakko, weißem Hemd und roter Krawatte vor viel Blau zu sehen ist.

Lucy drückte Jays Hand.

Willkommen im Achtzigercafé, sagt Jay Immer zu Marty, wo es immer Morgen ist in Amerika, selbst am Nachmittag. Dann lacht er, das Lachen wird verzerrt, das Bild scheint durchgerüttelt zu werden. Unser Tagesangebot, sagt er, ist Sushi. Da flimmert das Bild erneut, links von Reagan taucht Ayatollah Khomeini auf. Auch er hat ein Angebot.

Was?, flüsterte Jay.

Nimm das Geiselspezialangebot, flüsterte Lucy.

Es scheint, als wollte der Bärtige mit dem Turban Reagan vom Bildschirm verdrängen, der nun in zwei Teile gespalten ist, links der Ayatollah, rechts der Präsident der Vereinigten Staaten. Es knistert und funkt. Ich wollte nur 'ne Pepsi, sagt Marty, schon fährt eine schlanke Flasche Pepsi aus dem Tisch.

Lucy strich über Jays Hand und küsste ihn flüchtig auf die Wange – als wäre es weder 1989 noch 2015, sondern 1955.

Jay lächelte, während sich Marty unter dem Baseballschläger eines Halbstarken wegduckte und der Schläger den Bildschirm zerschmetterte, auf dem Jay Immer wieder als Ronald Reagan zu sehen war. Lucy griff nach ihrem Popcorn.

2015, flüsterte sie ihm ins Ohr, wird man dich noch immer sehen.

Und hören, sagte Jay.

Im Studio hatte er seine Sätze ein ums andere Mal wiederholen müssen; am Ende war entschieden worden, Jays Stimme zu verwenden. Das war sein Triumph. Nicht die Bilder, die er jetzt schon am liebsten vergessen hätte. Sein Gesicht war gerötet, viel zu stark geschminkt. Er sah wie ein Zombie aus. Er sah nicht wie Reagan, aber auch nicht wie er selbst aus. Trotzdem würde ihm dazu gratuliert werden, als wäre es die größte Tat seines Lebens.

Allmählich löste sich seine Anspannung. Vor zwei Wochen war die Berliner Mauer gefallen, die Atmosphäre wurde dem Kohlendioxidausstoß überlassen – und Jay Immer war mit schiefen gelben Zähnen für zwanzig Sekunden auf der Kinoleinwand zu sehen. 2015, die Zukunft, würde ohne ihn auskommen müssen. Niemand in seiner Familie war alt geworden. Er lehnte sich zurück. Lucy lachte viel. Allerdings sah die Zukunft nicht zum Lachen aus. Lebensfreude hatte nur das Achtzigercafé ausgestrahlt.

Beim Nachspann, als die meisten bereits den Saal verlassen hatten und Jay seinen Namen auf der Leinwand las, durchströmte ihn mit einem Mal eine wohlige Wärme.

Jay Immer, las Lucy halblaut mit, unglaublich.

Unglaublich ist nur eine Zukunft ohne Pepsi, sagte er. Scheint niemand in Betracht gezogen zu haben. Aber Anrufe, bei denen man den anderen sieht!

Als die Lichter angingen, standen Jay und Lucy auf.

Walk of fame, sagte Lucy und hakte sich bei ihm unter, schau nicht so mürrisch.

Jay rückte seine Krawatte zurecht und strich sein Sakko glatt. Er wollte so schnell wie möglich zur Garderobe. Im Foyer kamen ein paar Menschen auf ihn zu. Jeder, der seine Unterschrift wollte, schien fünf weitere in seine Richtung zu ziehen. Zwei Fotografen brachten sich in Position. Ein kleiner Junge klammerte sich an seinem Bein fest. Jay strich ihm über den Kopf.

Eine halbe Stunde später hatte er allen Autogrammwünschen entsprochen und ein paar Witzchen angebracht. Man hatte ihm auf die Schulter geklopft. Die Anstecknadel hatte niemand beachtet. Er war zurück in der Gegenwart.

32

Ich beginne jetzt die Reise, die mich in den Sonnenuntergang meines Lebens führt.

Der Brief datierte vom 5. November 1994. Der schwarze Füller war mit erheblichen Schwierigkeiten über die beiden Blätter geführt worden; zum Ende hin neigten sich die Zeilen nach oben, die Abstände vom linken Rand wurden breiter, einmal waren Worte gestrichen.

Meine amerikanischen Mitbürger, stand unter dem Datum, über dem der Name des Schreibers und ein goldener Adler gedruckt waren, *unlängst wurde mir mitgeteilt, dass ich einer von Millionen Amerikanern bin, die von der Alzheimerkrankheit betroffen sind.*

Nancy habe Brustkrebs überstanden, er seinen Krebs. Nach reiflichen Überlegungen hätten sie sich entschlossen, seine Erkrankung öffentlich zu machen. Momentan gehe es ihm gut. Den Rest der ihm von Gott zugemessenen Jahre wolle er mit jenen Dingen verbringen, die er immer gern getan habe – mit seiner Frau und seiner Familie, draußen im Freien. Er wünschte bloß, Nancy diese schmerzhafte Erfahrung ersparen zu können. Wenn der Herr ihn nach Hause rufe, werde er mit der größten Liebe für dieses Land und ewigem Optimismus für dessen Zukunft gehen.

Ich weiß, dass es für Amerika immer eine helle Morgendämmerung geben wird.

Jay legte die Zeitung beiseite, zog seinen Mantel an, setzte eine dicke Mütze auf und verließ das Haus. Draußen atmete er die kalte Luft ein, ein paar Krähen hockten auf kahlen Bäumen. Es war Montag, Wochenbeginn, was seit Langem nichts mehr bedeutete. Am Samstag hatte Reagan den Brief geschrieben; da waren Lucy und Jay einkaufen gewesen, hatten abends Freunde zum Essen getroffen. Er fragte sich, wie oft Reagan den Brief begonnen, ob er ihn von einer getippten Vorlage abgeschrieben habe. Er beschleunigte seinen Schritt, unter den Schwingen der Krähen vorbei an den Häusern der Nachbarn, zum Ende der Straße. Er sah den Cowboy auf seinem Pferd in den Sonnenuntergang reiten. Lächelnd tippte der Cowboy an seine Hutkrempe, ehe er panisch seine Jacke abzutasten begann. Jay bekam die ungelenke, beinahe kindliche Schrift nicht aus dem Kopf. *Aufrichtig, Ihr Ronald Reagan.* Jay hätte die Unterschrift echter hinbekommen.

Nur weil der Präsident abgedankt hatte, musste Jay Immer noch lange nicht abdanken. Sein Gesicht war auf Werbeplakaten in Deutschland und Frankreich zu sehen, in England warb er auf riesigen Tafeln mit der Königin, deren Doppelgängerin eine scharfzüngige Dame war, mit der er einmal zu viel Gin Tonic getrunken hatte. Im Frühjahr war er mit Lucy nach Hongkong gereist, um drei Szenen für einen Film zu drehen. Er war bei Wohltätigkeitsveranstaltungen und Eröffnungen aufgetreten, hatte Bänder durchschnitten und Pferderennstrecken freigegeben, Einkaufspassagen eingeweiht und Reden gehalten. Die Menschen kreischten, wenn sie ihn in Anzug und mit Brillantine im Haar sahen. Sie winkten, wollten mit ihm fotografiert werden. Darum hatte er den anderen Reagan begraben. Er wollte in Frieden leben. Lucy sollte arglos aus dem Küchenfenster blicken.

Nach der Niederlage von Noordwijk hatten sie sich aufzubäumen versucht. Jay hatte mit Hansen einen neuen Werbespot aufgenommen, Anstecknadeln und Mützen verteilt, *20/20/20* gerufen und Katastrophenszenarien ausgemalt, für den Fall, dass der Kohlenstoffdioxidausstoß nicht radikal reduziert würde. Dann waren die Attacken gekommen. Nicht in Form einer Klage wegen Geschäftsentgang. Der Lincoln Town Car war im Jahr nach seinem Besuch in Wixom zum Auto des Jahres gewählt worden.

Jay Immer hatte sich nicht unterkriegen lassen, als in Schmierblättern zu lesen war, er versuche nun, da ihm mit Reagans Abtritt sein täglich Brot abhanden gekommen sei, verzweifelt im Geschäft zu bleiben. Er hatte auch für Knapp dagegengehalten, dem sein Lebenswandel, seine Frauen, seine vielen Kinder vorgehalten wurden – nicht selten unter Hinweis auf seine Herkunft.

Dann erschien *Wer ist der andere Reagan?*. Ein Schundblatt schrieb ab, was das andere in die Welt setzte. Der selbsternannte Weltretter habe als Polizist seine Waffe allzu locker getragen und nicht nur zu oft auf Schwarze geschossen, sondern dabei auch den Tod seines Kollegen Will Turner verursacht. Wills Frau wollte nicht mehr mit Jay sprechen. Schon gar nicht zu Weihnachten. Er konnte sich nicht dagegen wehren.

Den letzten Schlag hatte ihm das Foto aus dem New Yorker Stripclub versetzt. Jay hatte keine Ahnung, wer es aufgenommen hatte. Nach dem Foto für Vanity Fair hatte ihn Knapp aus der Hotelbar in einen Club gelockt, um dort in Ruhe eine Zigarre zu rauchen. Erst als Jay die halbnackten Frauen an den Stangen sah, wurde ihm klar, wohin ihn sein Genosse geführt hatte. Er wäre nie im Leben in einen solchen Club gegangen. Sie waren nicht mehr nüchtern und setzten sich. Jay bestellte ein Bier; danach wollte er verschwinden. Die halbnackten, aufdringlich parfümierten Frauen versuchten vergeblich, sich auf seinen Schoß zu setzen, um ihn zu einem Privattanz in ein Séparée zu locken. Jay musste lachen, als er seinen Kopf zur Seite drehte und zwei pralle schwarze Pobacken Knapps weiße Glatze reiben sah. Knapp hatte die Augen geschlossen, ein seliges Grinsen im Gesicht. So waren sie auf dem Foto verewigt, das die Medien liebten. Besonders jene, die den anderen Reagan hassten.

Das Foto war anderthalb Jahre nach seiner Aufnahme aufgetaucht. In grauen Stunden fragte sich Jay, ob Knapp dahinterstehe. Es tat nichts zur Sache. Die Keeling-Kurve stieg steiler nach oben als je zuvor. Die Tasche mit den grünen Mützen verstaubte in seiner Garage.

An der Tankstelle kaufte Jay einen Becher Kaffee. Alle Zeitungen machten mit dem Brief auf. Was so lange vermutet worden war, war nun bestätigt. All diese seltsamen Parallelen. Es war abstrus, so zu denken, aber etwas dachte trotzdem in ihm: Was, wenn sich Reagans Krankheit überträgt? Jays Stimme war schwach, er klang verzagt, die Kassiererin musste mehrmals nachfragen, welches Gebäck er wolle. Auf der Straße rief sich Jay in Erinnerung, was nach der Niederlage von Noordwijk geschehen war.

Ungarn hatte begonnen. Den Eisernen Vorhang und die Wachtürme, vor denen Lucy und Jay gestanden waren, gab es nicht mehr. Ilse und Fritz fuhren einmal die Woche hinüber, wie sie sagten. Mit vollen Tanks und vollem Kofferraum fuhren sie zurück. Ilse ließ sich frisieren und massieren, ihre Zehen pediküren, ihre Finger maniküren. Fritz ging zum Zahnarzt, vielleicht auch ins Bordell, wie viele seiner Landsleute. In die Therme und zum Essen fuhren sie nun nach

Ungarn. Alles kostete so gut wie nichts. Die Ungarn, erzählten sie, kämen mit ihren kleinen Plastikautos und in stinkenden Bussen herüber, um Waschmaschinen, Fernsehapparate und Bananen zu kaufen. Bei Sperrmüll müsse man aufpassen. Was nicht niet- und nagelfest sei, lande auf Anhängern und Gepäckträgern, Sperrmüll oder nicht. Zu den eigenen jetzt auch noch ungarische Zigeuner! Jay wäre gern noch einmal nach Österreich geflogen und ins Burgenland gefahren. Aber Lucy zog es nach Miami und Cancún.

Gegen Gorbatschow war geputscht worden, man hatte ihn in seiner Datscha am Schwarzen Meer festgesetzt. Nach ein paar Tagen war er freigelassen worden und nach Moskau zurückgekehrt, aber die Gegenkräfte waren zu stark, Weihnachten vor drei Jahren war er zurückgetreten. Knapp nahm es persönlich. Er hasste Boris Jelzin, als hätte dieser ihn verraten. Er nannte ihn einen stupiden Alkoholiker, der schuld sei, dass Ronald V. Knapp nicht mehr mit schönen, jungen Frauen Wodka ausschenken dürfe. Die Sowjetunion gab es nicht mehr. Der Kommunismus war aus Osteuropa verschwunden, die grünen Mützen waren verblichen. Deutschland war vereinigt. Seine Hauptstadt hieß wieder Berlin.

Und Jay Immer war immer noch Präsident.

Während er zügig durch die kalten Straßen ging, versuchte er sich einzureden, dass hier und heute die Parallelen zu Reagan endeten.

Guten Tag, sagte der Mann, dem Jay beinahe täglich auf seinem Spaziergang begegnete. Wie immer lief ein Hund neben ihm. Wie immer war er vornehm gekleidet. Wie immer lüpfte er seinen Hut und deutete eine Verbeugung an.

Guten Tag, erwiderte Jay.

Etwas war anders. Als Jay den Krähen hinterherblickte, die mit Futter in den Schnäbeln von einem Baum zum nächsten flogen, fiel es ihm ein: Der Mann hatte nicht *Guten Tag, Herr Präsident* gesagt. Vielleicht fand er es an diesem Tag unangebracht. Im Sommer hatte er ihn lächelnd gefragt, wie es seiner Tochter gehe, und Jay hatte die Frage erst verstanden, als er an der Tankstelle den Playboy mit der nackten Patti Davis auf dem Cover gesehen hatte. Das braune Haar gewellt, glitzernde braune Augen, die weißen Zähne gerade, ein herausfordernder Blick. Ein muskulöser Mann, dessen Gesicht nicht zu sehen war, umfasste von hinten mit seinen großen schwarzen Händen ihre weißen Brüste, während sie ihre Hände auf seine Schultern gelegt hatte. *Ronald Reagans abtrünnige Tochter* stand über ihrem Namen.

Das könne sie ihm nicht antun, hatte Jay gemeint. Da sei nichts, wofür sie sich schämen müsste, hatte Lucy entgegnet. Trotzdem hatte es Jay nicht richtig gefunden. Jetzt sah er es anders. Patti Davis hatte so lange gewartet, bis ihr Vater das Foto nicht mehr sehen – oder sofort wieder vergessen würde. Aber sie blickt ihn an, dachte Jay, ihren Vater.

Als ihn Lucy in die Küche kommen sah, legte sie rasch die Zeitung beiseite. Sie trug einen weißen Bademantel und trank Kaffee.

Wie geht's?, fragte sie.

Wunderbar, sagte Jay, schöner Tag. Kalt, aber gute Luft.

Hast du meinen Schlüssel gesehen?

Schatz, sagte Jay, wenn du ihn dorthin hängst, wo er hingehört, müssen wir ihn nicht suchen.

33

Es – und Jay nannte es immer *es* – begann mit den Schlüsseln. Und weil es mit den Schlüsseln begann, sah er es lange nicht.

Vielleicht wollte er es nicht sehen, andererseits hatte Lucy ständig ihre Schlüssel verlegt, sie waren nie an dem Ort, an dem sie sein sollten, sie fahndete stunden- und tagelang nach ihnen, als wäre sie bei der Polizei. Ein halbes Leben lang hatte sie ihre Schlüssel gesucht. Das war nichts Neues.

George Bush, der einen Wahlkampf lang den Umweltschützer gegeben hatte, war eine Amtszeit gewährt worden. Eines Tages war wieder Krieg, und Jay und Lucy saßen vor dem Fernsehapparat, auf dem sie den Krieg zu sehen bekamen. Der Krieg erinnerte Jay an die Videospiele, von denen Bobs Neffen nicht genug bekommen konnten. Aus der Sowjetunion war eine Gemeinschaft Unabhängiger Staaten geworden, der kein langer Bestand gewährt war. Das Reich zerfiel, Gorbatschow war von der Bildfläche verschwunden, Knapp spielte wieder Santa Claus und sprang mit großer Begeisterung von einer scheiternden Geschäftsidee zur nächsten, Jay und Lucy flogen nach Florida und Cancún, wo sie weiterhin freie Kost und Logis hatten, solange Jay bei Abendessen harmlose Reden hielt, um reichen Menschen etwas Geld für gute Zwecke zu entlocken. Einmal pro Aufenthalt ließ er sich auf die Bühne bitten, erzählte die immer gleichen Witze und leerte große Gläser mit Tequila, während die Leute riefen, so einer fehle heute. Nachher drückten sie ihr Bedauern über

Reagans Krankheit aus, die sie tragisch und schrecklich nannten. Lucy briet unter der Sonne und wurde so braun, dass sie als Mexikanerin, wenn nicht als Nachfahrin der Ureinwohner durchgegangen wäre. Am Buffet lud sie sich so viel auf ihren Teller wie nie zuvor. Manchmal musste er sie abholen und zum Tisch zurückgeleiten.

Der nächste Präsident war zwanzig Jahre jünger als Jay, seine First Lady anders als alle zuvor. Sie war ambitioniert und würde vielleicht dereinst die erste Präsidentin der Vereinigten Staaten sein. Bill Clinton spielte Saxophon, gestand, einmal Marihuana geraucht, aber nicht inhaliert zu haben, und war als Frauenheld berüchtigt. Insgesamt schien das Land einen anderen Kurs einzuschlagen, Generationen und Moralvorstellungen zu wechseln, aber nicht den Umgang mit Kohle und Benzin. Im Sommer 1993 hatte Clinton den Nichteinstellungsbann für die von Reagan gefeuerten Fluglotsen aufgehoben. Vielleicht hatte Jay Immer tatsächlich ein wenig die Geschichte beeinflusst.

Die Jahrtausendwende feierten Jay und Lucy mit Freunden. Um Mitternacht hielten alle den Atem an. Die Umstellung auf den 1.1.2000 könnte problematisch verlaufen, hatte es geheißen, ein eigenes Wort war dafür erfunden worden, *Y2K*, aber nichts geschah, alles blieb in Bewegung, es war der 1.1.2000 und die Welt nicht im Chaos versunken. Sie hielten Sektflöten in Händen und hatten für einen Moment tatsächlich das Gefühl, etwas gänzlich Neues bräche an. Endlich war das 20. Jahrhundert mit seinen Weltkriegen und Katastrophen vorbei. Das Wettrüsten um erneuerbare Energien ließ weiterhin auf sich warten.

Stücke der Berliner Mauer werden versteigert, sagte Jay mit erhobenem Glas, die wenigen verbliebenen Diktatoren müssen sich warm anziehen, und die Tür, die wir aufgestoßen haben, führt schnurstracks in die Freiheit.

Leise lächelnd fügte er hinzu: Aber sie klemmt.

Dann tanzten alle den Donauwalzer – so wie Jays Eltern es zu Silvester gehalten hatten. Lucy, die ihn ein halbes Leben lang geneckt hatte, wie schlecht er tanze, Lucy, die Knapps Tanzkünste bewundert hatte, was ihn durchaus eifersüchtig gestimmt hatte, trat ihm mehrere Male auf die Zehen. Jay verzog das Gesicht, als hätte ihn eine Wespe in den Hals gestochen. Armer Liebling, sagte Lucy und küsste ihn auf die Nasenspitze.

Es begann mit den Schlüsseln, und es begann mit George Walker Bush, der seinem Vater zum Verwechseln ähnlich sah, aber nicht einmal daran dachte, mit geheucheltem Umweltschutz reüssieren zu können. Zumindest müsse man keinen Doppelgänger engagieren, meinte Jay am Telefon zu Ron und erinnerte sich, einmal gesagt zu haben, jeder sehe wie George Bush aus. Am 4. Juli 2001 verschlang ein kleiner drahtiger Japaner fünfzig Hot Dogs vor Nathan's auf Coney Island. Die Welt war aus den Fugen.

Es sei nicht wie immer, sagte Barbara, das eine Schlüsselverlegen habe nichts mit dem anderen zu tun. Jay nickte. Dann wiederum war es wie immer. Sie wurden alt, man wurde vergesslich. Lucy sprach viel von ihren Eltern, von früher, von ihrem Bruder John, der im Krieg gefallen war. Die Briefe, die er seinen Eltern aus dem Pazifik geschickt hatte, hatte sie nach deren Tod in einer Schuhschachtel aufbewahrt. Sie hatte es nie übers Herz gebracht, sie zu lesen. Lucy erinnerte sich an so vieles, das Jay längst vergessen hatte. Er trat weiterhin auf, man stellte ihn als den Präsidenten aus der Zukunft vor, immer öfter wollte Lucy nicht mitkommen. Und immer öfter machte sich Jay Sorgen, wenn er sie allein zurückließ. Sie brauche keine Babysitterin, sagte Lucy, war dann aber doch froh, wenn Barbara zu ihr kam, während ihr Mann auf kleinen Bühnen Witze über die Sowjetunion riss, die immer weniger verstanden wurden.

Er hörte immer schlechter, sah immer weniger. Auch das war normal. Er wurde älter. Er hatte immer schlecht gehört, eine Explosion im Krieg, wenige Meter neben ihm, hatte sein Trommelfell verletzt, und auch das Sehen wurde mit dem Alter schlechter. Außerdem musste er nicht mehr alles sehen und hören. Jay ertappte sich dabei, immer öfter nur so zu tun, als hätte er nicht gehört, was er eben gehört hatte. Er war im Frieden mit sich, wenn er neben dem Pool stehen und Lucy darin plantschen sehen konnte. Er wollte nicht denken, dass er sie beaufsichtigte. Er war kein Bademeister.

Weißt du, sagte Barbara, bei Reagan –

Es ist nicht wie bei Reagan, sagte Jay.

34

Am 5. Juni 2004 war die Reise in den Sonnenuntergang zu Ende. Es hatte zehn Jahre gedauert. Was *es* war, stand mittlerweile auch bei Lucy außer Frage. Sie war untersucht worden und hatte Tests durchlaufen, bei denen sie Kreise malen, Farben nach bestimmten Mustern anordnen, Punkte miteinander verbinden und Objekte benennen musste. Die Tests wurden immer einfacher, die Resultate immer schlechter. Sie bekam Medikamente, die die Krankheit verlangsamen sollten. Jay hörte den Ärzten zu und schickte Lucy immer öfter mit Barbara zu ihnen.

Lucy hatte ihre Reise in den Sonnenuntergang angetreten. Es war etwas, worüber man schwer sprechen konnte. *Es* war immer anders.

Pass auf mich auf, sagte Lucy einmal, bitte.

Natürlich pass ich auf dich auf, sagte Jay.

Reagans Krankheit hatte zehn Jahre gedauert. Drei Viertel davon waren vielleicht die schönsten von Jays und Lucys gemeinsamem Leben gewesen. Jetzt erst, an dem Tag, an dem alle Zeitungen und Nachrichtensendungen Leben und Sterben eines ehemaligen Bademeisters rekapitulierten, den man acht Jahre lang den mächtigsten Mann der Welt genannt hatte, wurde es Jay Immer bewusst.

Bill Clinton hätte ewig Präsident bleiben sollen, sagte Jay.

Du mit deiner Politik, sagte Lucy, bringt nur Unheil.

Barbara wandte sich ab.

Ein paar Tage später, als er von seinem Spaziergang zurückkehrte, fand er Lucy nicht am Pool, sondern am Küchentisch. Sie flüsterte aufgebracht; er verstand sie kaum. Das Foto, das den anderen Reagan und die andere First Lady zeigte, war von der Wohnzimmerwand verschwunden.

Lucy saß mit einer Schere am Küchentisch. Vor ihr lag das Foto. Nur der Präsident war darauf zu sehen – in marineblauem Anzug, weißem Hemd, mit roter Krawatte, rotem Einstecktuch und viel Brillantine im Haar.

Was machst du?, rief Jay. Bist du verrückt?

Er riss ihr die Schere aus der Hand. Seine Halsschlagader pochte. Er wollte etwas sagen; es kam nur ein unartikuliertes Zischen aus ihm.

Gefall mir da nicht.

Aber du kannst dich doch nicht einfach rausschneiden!

Natürlich kann ich das. Siehst du ja.

Aber doch nicht aus *diesem* Foto!

Doch, sagte Lucy und nickte. Sie blickte ihn wie ein trotziges Kind an. Doch.

Ihre Linke war zur Faust geballt, oben und unten stand zusammengeknülltes Papier heraus. Lucy warf es in den Papierkorb, Jay folgte ihr. Der Papierkorb war voller Fotoschnipsel. Sein Blick fiel auf eine offene Schublade, in der Alben und kleine bunte Ordner wild durcheinder lagen.

Jay setzte sich an den Tisch. Kurz befürchtete er, den Verstand zu verlieren. Er wusste etwas, das er nicht in Gedanken fassen konnte. Etwas drohte in ihm zusammenzustürzen. Er musste sich dagegenstemmen.

Warum tust du das?

Was?

Dich aus den Fotos schneiden!

Warum sollte ich mich aus den Fotos schneiden? Hast du den Verstand verloren? Du Dodel!

Lucys Gesicht war rot angelaufen. Sie blickte ihn empört an. Es fühlte sich an, als hätte er sie tatsächlich zu Unrecht beschuldigt. Er konnte sich nicht erinnern, wann sie ihn zuletzt beschimpft hatte. *Dodel.* Auf Deutsch. Wann hatte er dieses Wort zuletzt gehört? Jay ging auf Lucy zu. Als er sie umarmen wollte, stieß sie ihn weg. Da war eine Kraft in ihr, die er ihr nicht zugetraut hätte.

Lucy, sagte er.

Warum beleidigst du mich?

Am Nachmittag lag sie auf ihrer Sonnenliege, das Wasser im Pool glitzerte. Ein Kardinal sang, Lucy hielt eine Illustrierte in der Hand. Jay brachte ihr nach wie vor ihre Zeitschriften, auch wenn sie nur noch darin blätterte und zu lesen vorgab. Es tat ihm weh, ihr dabei zuzusehen. Er wusste nicht, ob sie ihn oder sich oder Gott damit täuschen wollte. Er verfluchte *es*, auch wenn das sinnlos war.

Lucy stand auf, Jay stützte sich auf dem Kescher ab.

Was machst du jetzt?

Sie blickte ihn entgeistert an.

Er war sehr krank, sagte Jay. Es war eine –

Eine was?

Er war fünfzehn Jahre älter als wir.

Wir müssen uns um die First Lady kümmern. Um die Kinder. Gott im Himmel, die armen Kinder!

Tränen rannen über Lucys Gesicht; sie atmete schwer. Wenn es bloß so bleiben könnte, dachte Jay, wenn es doch bloß bis zum Ende so bleiben könnte.

In den nächsten Tagen versteckte Jay alle Scheren, derer

er habhaft werden konnte. Lucy fand Nagelscheren, mit denen sie sich aus den Fotos schnitt, die er nicht in Sicherheit hatte bringen können. Auf den einen war sie zu dick, auf den anderen schaute sie blöd, auf wieder anderen mochte sie nicht neben bestimmten Personen abgebildet sein. Genauso oft bestritt sie rundweg, auch nur das Geringste mit den Löchern in den Fotos zu tun zu haben. Er versteckte die Nagelscheren und kaufte Nagelzwicker. Wenn sie im Garten döste, verräumte er Fotos und Alben. In der Bestecklade fand er Messer mit verbogenen Klingen. Auch sie versteckte er. Lucy wollte wissen, wer ihre Messer stehle, ihre Angst vor Einbrechern wurde bedrohlich. Er ersetzte die Messer durch unverbiegbare.

Als er mit einer Banane in den Garten trat, lag Lucy auf ihrer Sonnenliege. Sie trug einen roten Badeanzug, ihr Haar war braun, für einen Moment hatte er das Gefühl, alles wäre wie immer. Vielleicht hatte sich etwas eingerenkt, vielleicht war es am Ende doch nicht so schlimm, vielleicht war *es* etwas anderes. Er legte die Banane auf ihren Bauch, Lucy wachte auf.

So ist es, sagte sie, einmal oben, einmal unten.

Das sagte sie ständig. Sie verfügte über ein Arsenal an Sprüchen, die sie bei jeder Gelegenheit aufsagte. Nur wenn sie von früher sprach, war er derjenige, der vergessen hatte. Wenn Barbara ein altes Lied anstimmte, stimmte Lucy mit ein, und letzte Weihnachten vorm Christbaum, den Jay zum ersten Mal allein aufgeputzt hatte, war sie mit leuchtenden Augen vor der Tanne gestanden und hatte *Stille Nacht* und *Ihr Kinderlein kommet* so innig und herzzerreißend gesungen, dass Jay nicht gewusst hatte, wohin blicken. Er hörte sie noch immer. *Schlafe in himmlischer Ruh*. Sie hatte wie ein verzweifelter Engel geklungen, der den Herrn anfleht. Als wollte sie zeigen, dass sie das Lied kannte. Als wollte das Lied zeigen, wie schwer es zu vergessen war.

Wir sollten zu Reagans Begräbnis fahren, sagte Jay, in voller Montur. Die würden Augen machen.

Was redest du? Der reitet auf seiner Farm. Der steht nicht so faul rum. Der rettet die schöne Frau vor den Indianern.

Cattle Queen of Montana, sagte Jay, 1955.

Er schießt dem anderen das Ding, na, das, wie –

Welches Ding?

Vom. Bin ich jetzt blöd, oder was? Seit dem Unfall. Bin ganz blöd seit dem Unfall.

Was schießt er dem anderen weg?

Jay blickte sich um. Der Himmel war blau, Wespen und Bienen schwirrten durch den Garten, Wanderdrossel, Kardinal und Hauszaunkönig zwitscherten. In den nächsten Tagen musste er den Rasen mähen; Lucy wusste nicht mehr, dass Bienen und Wespen stechen konnten. Wahrscheinlich wusste sie auch nicht mehr, wie diese kleinen schwarzgelben Wesen überhaupt genannt wurden. Die Tomaten waren groß und rot, er meinte ihren Duft aus der Entfernung zu riechen. Nachher würde er Himbeeren pflücken. Sie waren süß und reif. Lucy liebte Süßes mehr denn je. Die Erdbeeren brauchten noch ein wenig.

Na das, womit man Zigaretten anzündet!

Ein Feuerzeug?

Nein, du Dodel, das andere –

Ein Streichholz?

Streichholz! Warum sagst du's nicht gleich? Seit dem Unfall vergess ich so viel.

Der Unfall war vor einem Dreivierteljahr geschehen, kurz nach Jays 78. Geburtstag. Er war mit Lucy nach Downtown gefahren und hatte sie vor ihrem Lieblingsgeschäft abgesetzt, wo sie Menschen fragte, wo dieses und jenes zu finden sei. Dieses und jenes, dessen Namen sie nicht mehr kannte, besorgte Jay. Als er eine halbe Stunde später zurückkam, stand Lucy zwischen einer älteren Dame und einem jungen Mann vor dem Geschäft. Der junge Mann stützte sie, Lucy schimpfte auf die ältere Dame ein.

Polizei, rief sie, als sie Jay erblickte, Polizei, endlich!

Tut mir so leid, sagte die Dame, sie ist mir vor den Wagen gelaufen. Sie ist gestürzt und –

Sie hat mich überfahren, sagte Lucy, ich bin über die Kühlerhaube geflogen!

Jay blickte den jungen Mann an, der sanft den Kopf schüttelte.

Hier, sagte die Dame, meine Karte. Rufen Sie mich an, wenn –

Schon gut, sagte Jay.

Du musst die Hexe festnehmen! Sie hat mich überfahren! Mit vollem Karacho!

Jay schüttelte der Dame kurz die Hand.

Sie ist gestürzt, sagte der junge Mann leise, zum Glück ist sie gut gefallen. Zum Glück hat die Frau scharf gebremst. Sie ist bei der Stoß –

Lügner!, rief Lucy und riss sich von ihm los. Halunke!

Jay bedankte sich bei dem jungen Mann und fuhr mit Lucy in das Krankenhaus, in dessen Notaufnahme er einmal kollabiert war. Es sah moderner und anonymer aus, sie mussten länger warten, aber dann wurde Lucy geröntgt und untersucht. Sie hatte nichts gebrochen, nur ein paar

Abschürfungen. Sie sei glücklich gefallen, meinte die Ärztin und fragte Jay leise, ob seine Frau die Medikamente nehme und wie sie auf diese anspreche.

Danach war Lucy so oft über die Kühlerhaube gerollt und geflogen und gepurzelt, bis sie das Wort Kühlerhaube verloren hatte. Der Unfall war ihr Wort für *es*, bis sie eines Tages auch den Unfall vergessen hatte.

35

Ein Jahr nach dem Unfall flog Jay nach Los Angeles. Barbara und Bob hatten sich freigenommen, um bei Lucy zu sein. Barbara kochte, Bob las seiner Schwiegermutter vor, am Abend fuhren sie in die deutsche Brauerei, um Schnitzel zu essen und österreichischen Kaffee zu trinken. Lucy, erfuhr er, bestehe darauf, dass Riesling Rotwein sei.

Herr Präsident, sagte Ron zur Begrüßung, auch wenn ich weiß, dass er unter der Erde liegt, muss ich mir die Augen reiben. Wie halten Sie sich dermaßen jung?

Ron lachte, Knapp klopfte Jay auf den Rücken. Er trug das Feuermal.

Zurück aus der Zukunft, oder was?

Die First Lady, sagte Jay, hält mich jung.

Wunderbar, sagte Ron, so soll es sein. Meine hingegen, gut, ich sag nichts.

Er ist tot, aber er lebt noch immer, sagte Knapp. Bei mir ist's umgekehrt.

Er kniff die Augen zusammen.

Dobro. Hätte halt nie dieses Lied aufnehmen sollen. Dann stünde –

Die Mauer immer noch, sagte Ron. David Hasselhoff behauptet dasselbe.

Was ich immer wissen wollte, sagte Jay, wie viele Bush-Doppelgänger gibt es eigentlich?

Ron zuckte mit den Schultern.

Einen, sagte Knapp, sitzt im Weißen Haus.

Ronnie! Liebling!

Mit ausgebreiteten Armen kam ihm in einem hellblauen Kleid, mit einer kleinen türkisen Handtasche und einer kleinen Krone auf dem Kopf die Königin von England entgegen. Jay ließ sich in die Umarmung fallen. Während sie ihn auf die Wangen küsste, strich sie über seinen Rücken.

Ich wusste, dass du lebst. Nicht einmal auf meine Geheimdienste ist mehr Verlass. Was sind das für Zeiten!

Ich fürchte, das neue Jahrtausend ist nicht unseres.

Wir sind dermaßen 20. Jahrhundert! Sie kniff ihn in die Wange. Seh dich später. Du kennst das Zauberwort.

Gin Tonic, sagte Jay.

Was ist mit mir?, fragte Knapp.

Wodka, sagte die Königin, Marke Jelzin.

Ron hatte einen Strandabschnitt gemietet. Nach einer launigen Begrüßung aß und trank man an kleinen Stehtischen im Sand, Knapp sang sein Lied zu Kosakentänzen und tanzte mit leichtfüßigem Discoschritt, Stevie Wonder gesellte sich zu ihm und verlor beim wilden Herumhüpfen seine Sonnenbrille, Saddam Hussein und Ayatollah Khomeini zogen an den beiden Enden eines Seils; Saddam war jünger und gewann. Der Ayatollah war jener Mann, der Jay in *Zurück in die Zukunft II* aus dem Bild hatte drängen wollen. Jay grüßte ihn unterkühlt.

Er zog Schuhe und Socken aus, krempelte die Anzughose hoch und ging den Strand entlang. Hin und wieder hielt ihn jemand auf, um mit einem Mobiltelefon ein Foto zu schießen. Die Telefone waren viel kleiner als jenes, mit dem der Dritte vor gut fünfzehn Jahren in Wixom angerufen hatte. Barbara und Bob hatten auch eines. Jay wollte nicht ständig erreichbar sein, auch wenn Ron ihn dazu drängen wollte. Auferstanden?, fragte man. Zurück von den Toten? Jay lächelte und ging weiter.

Niemand hielt ihn für Reagan, abgesehen von einem verwirrten älteren Herrn, dessen Frau ihn von Jay wegzerrte und sich vielmals entschuldigte. Der Sand war warm, die Ozeanbrise tat ihm gut. Die junge Blondine im roten Badeanzug fiel ihm ein. Ja, er hatte die Welt vor dem Atomkrieg gerettet, auch wenn Knapp die Sache anders sah. Er hätte die Welt auch gern vorm Heißen Krieg gerettet. Aber ein Held war nichts ohne soziale Bewegung.

Jay war erschöpft, als er zurückkam. Knapp drückte ihm eine Flasche Bier in die Hand.

Wespenfrei, sagte er.

Jay nahm einen Schluck. Seine Beine schmerzten. Immerhin hatte er Beine. Er konnte noch gehen. Er wusste, welcher Tag heute war. Er wusste, wer er war. Er –

Pater Lambert hätte es auf einen Schluck geleert, sagte Knapp. Kannst kein Österreicher sein.

Dafür kann ich meine Schnürsenkel noch selbst binden.

He, Zigarrenkönig, rief Knapp, hierher!

Da seh ich ja Hitler ähnlicher, flüsterte Jay.

Wie geht's Frau Lewinsky?, fragte Knapp.

Hast du zur Abwechslung einen andern Witz?

Clintons Doppelgänger war ein ungestalter weißer Fleischberg mit rotem Gesicht, den Monica Lewinsky keines Blickes gewürdigt hätte. Sie sollten den Kleinsten, also Gorby, in die Mitte nehmen, forderte eine junge Fotografin, drückte mehrmals ab und verschwand wortlos.

Gern geschehen!, rief ihr Clinton hinterher. Kein Respekt mehr. Nirgends.

Ja, hab ich, sagte Knapp und wartete, bis ihn alle ansahen. Bush kommt in die Hölle. Der Teufel öffnet die erste Tür. Dahinter ein Steinbruch, alle rackern, schwitzen, werden geschlagen, schrecklich. Und?, fragt der Teufel. Würd gern den nächsten Raum sehen, sagt Bush. Der Teufel zieht ihn weiter und stößt die zweite Tür auf. Eine Galeere, alle rudern, die Handgelenke in Eisen gelegt, man treibt sie mit Peitschen an, entsetzlich. Und?, fragt der Teufel. Seh mir vielleicht doch noch den nächsten an, sagt Bush. Der Teufel öffnet die dritte Tür. Da ist das Oval Office, Bill Clinton sitzt mit einer Zigarre am Tisch, unter dem Monica Lewinsky kniet. Und?, fragt der Teufel. Was soll's, sagt Bush, nehm ich halt diesen. Sicher?, fragt der Teufel. Sicher, sagt Bush. Monica, ruft der Teufel, du kannst gehen!

Clintons Doppelgänger lachte lauter als Knapp. Ron trat zu ihnen.

Hat Gorby sein Repertoire erweitert?

Clinton verdrehte die Augen.

Kommt ein Mann zum Arzt, sagte Clinton. Sagt der Arzt: Ich hab eine gute und eine schlechte Nachricht für Sie. Die schlechte ist: Sie haben Krebs. Was ist dann die gute?, fragt der Mann. Sie haben Alzheimer, sagt der Arzt.

Er solle ihr zuhören, hatte die Königin von England gemeint und das Eis in ihrem Gin Tonic umgerührt. Vielleicht wäre Lucy in einem Heim besser aufgehoben. Vielleicht wäre das für alle am besten und gesündesten. Vielleicht hast du einfach keine Ahnung, hatte Jay geantwortet und war aufgestanden.

Er lag auf dem großen Bett mit der angenehmen Matratze und spürte noch immer die Umarmung der Königin.

Trotz seiner harschen Worte hatte sie ihn innig gedrückt und auf die Wangen geküsst. Sie hatte ihm ihr Wort gegeben, für sich zu behalten, was er außer ihr niemandem erzählt hatte. Am liebsten hätte Jay Clinton die flache Hand ins Schweinchengesicht geklatscht. Aber er musste mit seinen Kräften haushalten. Wenn Jay so tat, als hätte er nichts gehört, fühlte es sich momentan beinahe so an. Er war tatsächlich ruhig geblieben.

Kommen Sie!, rief Jay, als es an der Tür klopfte. Ein kleiner brauner Mann in weißer Kleidung trat ins Zimmer. Jay deutete auf das Bett, der junge Mann stellte den Teller mit der Messinghaube auf den Nachttisch.

Woher sind Sie?, fragte Jay.

Von hier.

Ich meine ursprünglich.

Nicaragua.

War ich leider nie. Werd ich wahrscheinlich auch nicht mehr schaffen.

Wissen Sie, dass Sie –

Ja, ja, sagte Jay, ich weiß das alles.

Er reichte dem jungen Mann einen Zehndollarschein und lüpfte die Messinghaube. Auch wenn sich alles geändert hatte – der Burger sah wie damals aus. Er schmeckte auch so famos wie damals. Messer und Gabel rührte Jay nicht an. Als er den Teller auf den Boden stellte, war sein Bademantel weiß. Der Präsident hatte zu essen gelernt.

Damals, sagte er, hätte ich einen zweiten verdrücken können. Heute kann ich nach der Hälfte nicht mehr. Warum verbiegst du die Messer?

Jay stellte sich mit einer Flasche Bier ans Fenster. Er sah Lichter auf dem Ozean, Menschen auf der Strandpromenade, aus der Entfernung drang das Gelächter der Feier. Auch wenn der Witz nur so dahingesagt war, auch wenn Clinton nichts über Lucys Krankheit wissen konnte – wie konnte man dergleichen lustig finden?

Damals hätten wir auch darüber gelacht, sagte Jay. Soll wohl wie ein Abwehrzauber wirken.

Am Neujahrstag 1994 war das von Clinton unterzeichnete Freihandelsabkommen NAFTA in Kraft getreten. Am selben Tag hatte die Guerilla im mexikanischen Chiapas einen Teil der Provinz besetzt und zum autonomen Gebiet erklärt. *Es reicht!* war der Kampfruf, mit dem die Indios nach Jahrhunderten der Unterdrückung aufgestanden waren. Jay hatte an ihren Guide in Chichén Itzá denken müssen. Der Anführer der Aufständischen nannte sich Subcomandante Marcos, trug eine schwarze Wollmaske, rauchte Pfeife und sprach poetisch. Bis heute kannte niemand sein Gesicht. Die Maske, sagte er, sei das Gesicht der Unterdrückten, die kein Gesicht hätten, weil sie nicht gesehen würden. Das mexikanische Militär hatte Massaker verübt, den Aufstand aber nicht niederschlagen können. Rund um die Welt riefen Menschen: Wir sind Marcos, wir sind Chiapas, man sieht uns nicht!

Der Subcomandante brauchte keinen Doppelgänger. Er hatte viele. Und Jay Immer konnte sich nicht mehr an das Gesicht des jungen Mannes aus Nicaragua erinnern, der ihm eben einen Burger gebracht hatte.

Jay nahm ein Fläschchen Bourbon aus der Minibar. Er war – Jay hielt inne. Er war dreiundzwanzig Jahre lang der 40. Präsident der Vereinigten Staaten gewesen. Er hatte fünfzehn Jahre länger gedient als der echte. Es war Zeit, den Hut zu nehmen, den Lucy ihm aufgesetzt hatte. Jay ging zum Telefon und rief die Rezeption an.

Guten Abend, Herr Immer. Womit kann ich Ihnen helfen?

Haben Sie zufällig eine Mütze? Am besten eine schwarze Wollmütze.

Eine schwarze Wollmütze?

Keine Angst, ich will keine Bank überfallen.

Die Frau am anderen Ende der Leitung kicherte.

Einen Moment.

Jay blickte in den Spiegel. In den letzten Jahren war er merklich gealtert. Er war schwächer geworden, vor allem dünner. Er hatte Prostatakrebs. Längst kein Todesurteil mehr, hatte der Arzt gesagt, das Karzinom sei rechtzeitig erkannt worden, das bekomme man mit einer Strahlentherapie gut in den Griff. Nächste Woche ging es los. Jay hatte es so eingerichtet, dass er nicht über Nacht bleiben musste. Man würde ihn zur Behandlung ins Krankenhaus fahren, am frühen Abend wäre er wieder bei Lucy. Bald würde er achtzig sein. Jay riss den Mund weit auf. Niemand in seiner Familie war so alt geworden. Er zwinkerte seinem Spiegelbild zu. Ob Reagan Messer verbogen hatte? Dabei fühlte er sich nicht alt. Nur der Körper –

Tut mir leid, Herr Immer, wir sind –

In Kalifornien, sagte Jay. Danke.

Auf dem Bett, an die weichen duftenden Polster gelehnt, schloss er die Augen. Er sah sich vor den Spiegel treten, sich langsam entkleiden. Sein Körper war knochig geworden, die Kraft aus den Muskeln entwichen. Er sah sich in eine Militärhose und einen olivgrünen Pullover schlüpfen – und eine schwarze Wollmütze mit Löchern für Augen und Mund über das Gesicht ziehen. Dann. Nein. Die Maske passte, er nahm sie wieder ab, stopfte sie in eine Hosentasche und verließ das Zimmer. Kurz vor dem Festzelt, er konnte Gorby auf einem

Tisch jauchzen und trampeln hören, zog er die Maske übers Gesicht. Als er das Zelt betrat, wurde es still. Alle Augen richteten sich auf ihn. Manche der Anwesenden machten sich so klein wie möglich.

Ist das der andere Reagan?, flüsterte jemand.

Das ist Subcomandante Marcos, sagte Bill Clinton.

Jay schritt langsam auf die Bühne, Ron reichte ihm zögernd das Mikrofon und trat ein paar Schritte zur Seite. Der Schlagzeuger der Band trommelte leise. Er trug eine grüne Mütze, auf der in weißen Blockbuchstaben MEGA stand.

Es reicht, sagte Jay.

Er öffnete die Augen. Er sah alles klar vor sich. Der Präsident kannte seine letzte Mission.

VORHANG ZU

36

Ich habe ein Foto mit dem Präsidenten. Meine Rechte liegt in seiner Linken, er ist in die Knie gegangen, sein Kopf neben meinem, mit dem Zeigefinger der Rechten deutet er in die Ferne. Ich bin acht Jahre alt. Der amerikanische Präsident hat mir eben auf dem Interspar-Parkplatz in Unterwart die Hand geschüttelt.

Als ich fünfundzwanzig Jahre später das Polaroid in einem Fotoalbum meiner Großeltern fand, fiel es mir wieder ein. Ich war auf den Schultern meines Großvaters gesessen, als der amerikanische Präsident *Die schöne Burgenländerin* sang. So etwas, hatte mein Großvater gesagt, gäbe es nur in Amerika. Ein Polizist, der Präsident werde. Mein Großvater hatte mir die Fuchsbauten im Wald gezeigt. Noch dazu ein Burgenländer!

Mehr als zwei Jahrzehnte später konnte sich der Präsident an meinen Großvater erinnern. In einem weißen Unterhemd und der ausgewaschenen blauen Baumwollhose, in der er sich nach dem Wespenattentat den Kameras gestellt hatte, saß Jay Immer bei meinem ersten Besuch im Sommer 2009 in seinem Garten. Er war sehr dünn, Haut und Knochen. Lucy saß in einem Rollstuhl neben ihm. Man hatte ihr einen gelben Pullover und eine hellblaue Hose angezogen; die Wangen eingefallen, das braune Haar kurz geschnitten, der Blick starr geradeaus. Wenn ich ihre Hände in meine nahm, sie bei ihrem Namen oder First Lady rief, wenn ich herumblödelte und ihr direkt in die Augen blickte, kam Bewegung in sie. Ihr Gesicht ging auf, sie wollte etwas sagen, aber mehr als ein krächzender Laut kam nie aus ihr. Sie verstehe ihn, sagte Jay, sie rede mit ihm. Ich hielt das für eine notwendige Selbsttäuschung, ohne die er nicht durchgestanden hätte, was er bis zuletzt *es* nannte. Aber als ich eines Nachmittags ihren Mann pries, sagte sie plötzlich: Mei Präsident. Es klang burgenländisch und amerikanisch.

Die Sonne schien, über den Himmel zogen weiße Wölkchen. Mercedes, die sich um Lucy und zusehends auch um Jay kümmerte, hatte uns Bier gebracht. Sie trug eine ausgebleichte grüne Mütze. Während sie Lucy fütterte und ihr dabei gut zusprach, wollte der Präsident wissen, welche Vögel ich hörte.

Er vermisste ihren Gesang, wenn er in den Garten trat. In einer lange vergangenen Februarnacht hatte er erlauscht, wie einer leise, als wollte er niemanden stören, fiezte, und wie von einem anderen Baum verhalten, aber versichernd eine Antwort kam – ein leises Gefieze, er konnte es nicht anders nennen, um dem anderen zu signalisieren, man sei noch da, trotz der Kälte, es werde wieder Frühling.

Seine Eltern hatten von Tauben, Elstern, Spatzen, Schwalben und Rotkehlchen erzählt. Mit ihrem tieforangen, beinahe roten Bauch musste die Wanderdrossel eine Verwandte des Rotkehlchens sein. Er beschrieb mir ihren Ruf. Ich berichtete, was ich hörte.

Nutzt alles nichts, sagte er und deutete auf sein Hörgerät, ich hör nur tiefe Töne. Und dich, Lucy, dich hör ich immer.

Das Polaroid lag vor ihm auf dem Tisch. Er konnte bloß Schemen ausmachen, hell und dunkel, grobe Flächen. Jay erinnerte sich, wie die Frau am Würstelstand meinen Großvater Herr Inspektor genannt hatte, und wie gern er sich mit seinem burgenländischen Kollegen ausgetauscht hätte.

Jay erhob sich mühsam aus seinem Stuhl, Mercedes folgte ihm. Jetzt, außer Dienst, hatte er eine Leibwächterin. Als er zurückkam, hielt er eine Flasche Bourbon in der einen, zwei Gläser in der anderen Hand. Rachel hatte sich scheiden lassen. Der Dritte hatte seinen Präsidenten nicht vergessen.

Zur Feier des Unabhängigkeitstages, sagte Jay, Besuch aus der Heimat, Lucy, was sagst du dazu? Wir können nicht mehr ins Burgenland, dafür kommt das Burgenland zu uns.

Er blickte auf den Pool, den er für viel Geld hatte abdecken lassen. Lucy sollte nicht hineinfallen.

Ich legte mein Telefon neben das Polaroid. Die Tonaufzeichnung lief.

Vor ein paar Jahren, sagte Jay, war ich froh, keine Waffe im Haus zu haben. Grauer Star, graue Gedanken. Hab nicht gewusst, wie stark wir sind. Ich hätte es nicht übers Herz gebracht. Bei dir, Lucy. Zu oft in Wohnungen gekommen, wo ein Mann zuerst seine Frau und dann –

Er tastete nach Lucys Hand.

Zurück in die Zukunft, was hast du gelacht über den verrückten Professor mit dem wirren weißen Haar, über das Auto, mit dem er in die Zukunft und in die Vergangenheit reisen kann.

Er streichelte Lucys Hand.

Heute verstehen wir die Zeitmaschine. Jede kleinste Veränderung in der Zukunft oder in der Vergangenheit ändert alles. Wäre Martys Mutter in der Vergangenheit in ihren Sohn aus der Zukunft verliebt geblieben – es hätte ihn nie gegeben. Hätte so viel anderes beeinflusst. Kettenreaktion auf eine klitzekleine Veränderung. Wenn ich gefallen wäre und dein Bruder nicht, wäre die Geschichte anders verlaufen. John sah ja nicht wie Reagan aus.

Er nahm einen Schluck Bourbon.

Enorme Auswirkungen, so ein kleines Leben. Dabei gibt's das gar nicht, ein kleines Leben. Was man tut, und was man nicht tut, verändert alles. Wenn ich eine Zeitmaschine hätte? In die Vergangenheit reisen, Hitler töten? Wären dann John und Ed und die Millionen von Menschen nicht umgekommen? Ja, Schatz, ich weiß, da wird einem ganz schön schwindlig. Uns kann nichts mehr umwerfen.

Er nickte.

Es genügt nämlich nicht, die Zeit zurückzudrehen. Man muss sie verändern. Ich würde ein Medikament aus der Zukunft holen, um es dir in der Vergangenheit zu geben. Für meine Augen würde ich auch was mitnehmen. Magst du eine Banane?

Bis es so laut vor dem Weißen Haus hupte, dass selbst Jay Immer es hörte, war er kaum anzusprechen. Lustlos stocherte er im Essen herum, das täglich ins Haus kam, nickte bisweilen und sagte zu Lucy, sie solle nicht behaupten, Präsidenten seien nun mal so. *Er* sei nicht so.

Mein Lebensretter!, rief der Präsident, als Michael Powell in den Garten kam.

Lass gut sein, sagte Michael.

Erzähl's meinem Biografen, sagte Jay. Er lachte. Für einen Moment schien es, als wäre die Welt ganz anders und näher an der richtigen.

Hab den Präsidenten geschlagen, sagte Michael. Mit der flachen Hand ins Gesicht. Patsch.

Er stand neben Jay, und obwohl er einen halben Kopf kleiner war, sah er größer als der dreiundachtzigjährige Präsident aus.

Gut, dachte auch, du wärst tot. Eigentlich –

Wolltest du Reagan schlagen, sagte Jay, streckte seine Hand aus und ließ sich hochziehen.

Auf dem Weg in die Garage setzte Jay einen behutsamen Schritt vor den nächsten. Michael erzählte von dem Abend vor einem Jahr, an dem Jay ihn angerufen und er nur *Komm* verstanden habe, dann nichts mehr. Michael hatte Lucy auf dem Schlafzimmerboden und Jay in der Küche wimmernd an den Kühlschrank gelehnt gefunden.

Hab ihn in den Rollstuhl gesetzt, der am Morgen für Lucy geliefert worden war, sagte Michael. Auf einmal sackt er in sich zusammen, Kinn auf die Brust, leblos.

Eine schallende Ohrfeige verpasst hat er mir gegeben, sagte Jay.

Offener Oberschenkelhalsbruch, sagte Michael. Als er wieder zu sich kam, wollte er nicht, dass ich die Rettung rufe. Hätte Herr Powell nicht die Rettung gerufen, sagte die Ärztin bei der Visite, lägen Sie jetzt ein paar Stockwerke tiefer, und zwar im Gefrierfach.

Jay öffnete die Beifahrertür seines weißen Lincoln Town Car, Michael hielt sie weit auf und blieb stehen. Er wollte sicher gehen, dass der Präsident auf dem Sitz und nicht daneben Platz nehme.

Während die beiden nun einträchtig nebeneinandersaßen und Michael Powell die Geschmeidigkeit des alten Lincoln lobte, versuchte ich mir vorzustellen, wie der Präsident seine

First Lady zum ersten Mal im Rollstuhl ins Schlafzimmer geschoben hatte, um sie ins Bett zu bringen. Wie sie auf ihn gefallen war. Wie er sich mühsam befreit und auf allen vieren durchs Schlafzimmer, vorbei am Badezimmer und durchs auf einmal viel zu große Wohnzimmer zum Telefon in der Küche gekrochen war.

Hupen, sagte der Präsident.

Michael Powell hupte.

Am Ufer des Lake Michigan, die Wagentüren geöffnet, mit Sandwiches und Limonaden, beschrieb Michael Powell dem Präsidenten seine Stadt, was neu gebaut worden sei und wie es aussehe. Jay meinte, sein inneres Auge könne die fehlenden Zwillingstürme in *seiner* Stadt nicht sehen, als ich auf seiner alten Ledertasche auf dem Sitz neben mir den IPA-Aufkleber entdeckte: blauer Globus, rote Kontinente. *International Police Association.* Mein Großvater hatte den gleichen Aufkleber auf der Windschutzscheibe seines Wagens gehabt. Damit bekomme er nirgendwo Probleme.

Als ich den Lincoln zum ersten Mal fuhr, sagte Michael, kam ich mir beinahe wie ein Präsident vor.

Gehupt wie ein Irrer, sagte Jay. Ich war erstmals seit 1980 bei einer Wahl.

Hast auch für Lucy gewählt, sagte Michael.

Nicht verraten, flüsterte Jay.

Der See glitzerte, Jay atmete die leichte Brise ein.

Ich will noch einmal durch den Sand gehen, sagte er und setzte seinen Gehstock auf den Asphalt.

37

Ich höre fern, Lucy, was sagst du dazu?

Mit großen gepolsterten Kopfhörern saß der Präsident vor einem Flachbildschirm. Er hörte Baseballspiele und Nachrichten, über die Abendspiele der Cubs ärgerte er sich noch immer. Ein steirischer Muskelprotz, meinte er, könne Gouverneur von Kalifornien werden, aber nur nachdem ein Burgenländer, der einmal selbst Gouverneur von Kalifornien gewesen war, zum Präsidenten gewählt worden sei. Dass Schwarzenegger das erste Gesetz der Vereinigten Staaten zur Reduktion von Schadstoffemissionen erlassen hatte, fünfundzwanzig Prozent weniger Ausstoß bis 2020, habe Pomerance dem anderen Reagan angerechnet. Jay winkte ab. Er wurde von Jahr zu Jahr gebrechlicher. Seine letzte Mission zehrte ihn aus. Er wollte sich nicht unterkriegen lassen.

Jay Immer wusste, was in der Welt geschah, und was nicht, er kannte seinen Kontostand auswendig, seine Rente floss direkt in Lucys Pflege – und in seine, da machte er sich nichts vor. Das Telefon, das früher so oft geklingelt hatte, blieb die meiste Zeit stumm. Trotz eines neuen Hörgeräts hörte er immer schlechter. Aber er hörte, wenn eine Frauenstimme *Opa* oder *El Presidente* rief.

Sie hießen Mercedes, Victoria, Gracia oder Manuela. Sie kamen aus Mexiko und lebten mit ihnen. Sie wechselten einander ab, die Anstellung bewegte sich im rechtlichen Graubereich, aber das war ihm einerlei. Sie sprachen leidlich Englisch, er schnappte ein paar Brocken Spanisch auf. Er mochte die c's, für die man die Zunge zwischen die Zähne legen musste, sie erinnerten ihn an Cancún, an andere Sonnenuntergänge. Es war wieder Leben im Haus.

Die Frauen kamen und gingen. Nur Mercedes kehrte immer wieder zurück. Er mochte ihre tiefe Stimme, ihr lautes Lachen. Er sah die Umrisse einer kleinen, pummeligen Frau, die Lucy ins Bett heben konnte. Sie nannte sie *Oma* oder *First Lady*, manchmal hörte er Lucy glucksen. Er rief Mercedes *Benz* oder *Star* – sie hatte ihm erklärt, was ihr Name bedeutete. Er mochte ihre Bohnenpaste und die Guacamole. Er hatte die dritten Zähne. Immer öfter steckte er sie nicht in den Mund.

Lucy hatte viele Wandlungen durchlaufen. Er hatte sie vor dem Pool gefunden, in dem Bananenschalen und Taschentücher trieben. Ein Wahnsinn, hatte sie gerufen, was diese Leute meinem Jay antun! Als es *feschirrte* Laibchen hätte geben sollen, die er geformt und gewürzt hatte, war Jay mit Jim ins Haus gekommen, es hatte verbrannt gerochen, sie waren in die Küche geeilt, Lucy hilflos vor dem Herd, die Laibchen direkt auf den glühenden Platten. An einem anderen Tag war er von seinem Spaziergang zurückgekehrt, Lucy stand auf der Straße vor Jims Moped, mit beiden Händen hielt sie die Hände des Briefträgers auf den Lenker gepresst, wie könne man nur so fett sein. Eine Weile hatte sie Jay vorgehalten, ein Kind mit dieser Lady zu haben, bei der es sich um Nancy Reagan handeln musste. Sie war nicht böse gewesen, dass er ein Kind mit einer anderen hatte. Es hatte sie empört, dass er sich nicht darum kümmerte.

Wie schaust du denn aus?, war das Erste, was Ronald V. Knapp jemals von Lucy Immer zu hören bekam. Es war kurz vor Obamas Wahl, fünf Jahre vor meinem ersten Besuch. Sie stand neben Jay vor der Eingangstür und blickte den Gast entrüstet an. Ihr Gesicht war rot angelaufen.

Mit so was auf dem Kopf! Eine Schande! Friss nicht so viel!

First Lady, sagte Knapp, es ist mir eine Ehre, Sie endlich kennenzulernen. Er deutete auf das Feuermal: So wurde ich geboren. Er strich über seinen Bauch: so allerdings nicht. Sie haben recht: Sollte mehr im Freien arbeiten. Wie Ihr Gemahl, unser Präsident.

Will ich meinen, sagte Lucy, und Jay sagte nicht, dass ihn mittlerweile das Rasenmähen an den Rand der Erschöpfung brachte.

Auf der Couch konnte Lucy ihren Blick nicht von Knapp nehmen. Manchmal zeigte sie Jay den Vogel und deutete auf ihren Besucher. Knapp lachte. Nichts konnte seiner guten Laune etwas anhaben.

Sowjetische Hymne, rote Fahne mit Hammer und Sichel, ab auf die Bühne. Knapp klatschte. Noch immer dasselbe, Sowjetunion hin oder her: Er tanze, gebe sein Lied zum Besten, erzähle Witzchen und saufe mit in den Nacken gelegtem Kopf Wasser aus Wodkaflaschen. Unlängst habe ihn eine Iranerin erkannt, die ihn zu Sowjetzeiten in Aserbaidschan auf einem Werbeplakat mit der Aufschrift *Das andere Russland* gesehen habe.

Sagen Sie selbst, verehrte First Lady, *dieses* Gesicht in *Aserbaidschan*? Das ist doch –

Knapp lachte so herzhaft, dass Lucy einstimmte. Sie japste nach Luft, klopfte auf ihre Schenkel. Knapp schnitt eine Grimasse. Sie lachte noch lauter.

Wie lange hatte Lucy nicht mehr gelacht. Mit einem Mal war ihr Gesicht wieder jung, die Anspannung verschwunden.

Jay spürte es. Sie strahlte Knapp an, auch wenn er dick war und ein Feuermal auf der Stirn hatte. Jay wusste es. Knapp war ein Magier. Er hätte den Sozialismus gerettet.

Warum kann der Russe so gut Englisch?

Chweil er Schbion isst! Chweil er Chossackenchönick isst!

Und Knapp stand auf, johlte, jaulte und klatschte, während er in die Hocke ging, die Hände vor den Knien gefaltet, und einen schweren Schritt vor den nächsten setzte. Lucy klatschte und lachte, als er sich auf den Boden plumpsen ließ. Er tat, als fiele es ihm unheimlich schwer, seinen massigen Körper aufzurichten. Also plumpste er mehrmals auf den Boden zurück und landete auf seinem Hintern. Zum Abschluss seiner Darbietung kniete Gorby vor der First Lady nieder, neigte sein Haupt und deutete einen Handkuss an.

Er hat Manieren, sagte Lucy.

Er ist Russe, sagte Knapp, und Indianer.

Knapp saß in Jays Lehnstuhl, als der Präsident zurückkam.

Bist ein Held, sagte Knapp.

Ach was.

Glaubst du, Nancy hatte keine Hilfe?

Ich bin nur ein frühzeitig pensionierter Polizist, der einem toten Präsidenten ähnlich sah.

Du bist ein verdammter Filmstar, Mann! Ich bereue nur eines: Hätte niemals *Hot Shots II* absagen dürfen! Dann wären wir gemeinsam verewigt.

Verewigt, wiederholte Jay.

Zu Beginn des Films soll ein Präsident namens Benson den Spatenstich für seine Bibliothek setzen. Seine Vorgänger sind anwesend. Zuerst sieht man die echten in einer Einspielung, dann berichtet eine Reporterin vor Ort. Im Hintergrund die Doppelgänger nebeneinander aufgereiht, ausnahmslos in zu großen billigen Anzügen. Bei dem Dreh hatte Jay gedacht, der Mann neben ihm, der Bush darstellen sollte, sei viel zu dick, er selbst zu klein, während Nixon so geknickt dastehe, als hätte er keine Wirbelsäule. Mit einem Spaten schreitet Benson frohgemut die Reihe seiner Vorgänger ab, bleibt vor Reagan stehen, hebt den Spaten, will ihn abstellen. Er stößt ihn aber direkt auf Reagans linken Fuß, Jay zieht wimmernd seinen Fuß hoch, umklammert ihn mit schmerzverzerrtem Gesicht. *Oh, oh*, ruft er auf einem Bein, *zur Hölle, Mami, Mami*! Da dreht sich der Präsident um, stößt Bush den Stiel in die Weichteile, was diesen gegen Jay prallen lässt. Präsident Benson dreht sich in die andere Richtung und versetzt Jay im Umdrehen mit dem Spaten eins auf den Hinterkopf. Jay fasst sich wehklagend an den Kopf und humpelt taumelnd aus dem Bild.

Zehn Mal gedreht, sagte Jay, mindestens. Einmal trifft Benson meinen linken Fuß nicht, dann bekomm ich den Spaten auf die Wange. Ein paar Mal hab ich nicht richtig gejammert.

Wie du da raushüpfst!, sagte Knapp.

Michail Sergejewitsch, im Kühlschrank sollte noch Bier sein. Lassen Sie uns über etwas anderes sprechen. Besuche sind selten geworden.

Jay hatte ihren Freunden ein Bild von Lucy bewahren und ein anderes ersparen wollen. Er hatte sich nicht für sie geschämt.

Schau mich an, Jay, sagte Knapp, als er zurückkam. Was siehst du?

Gorby.

Siehst du mein Feuermal?

Klar.

Kannst du nicht sehen. War so verschmiert vom Lachen, dass ich es abgewaschen hab. Lass dich operieren.

Als Jay nach der Operation im Krankenhaus aufgewacht war, war nichts besser gewesen. Er hatte die Stimme der Ärztin gehört. Wie sie ausgesehen hatte, konnte er nicht sagen.

Wenn Mercedes Lucy ins Bett gebracht hatte und in ihrem eigenen Zimmer telefonierte, saß der Präsident mit seinen großen Kopfhörern vor dem Fernseher, trank ein oder zwei Bier, dazu ein Glas Bourbon, und ließ sich nach Saigon, Auschwitz, Moskau oder in die Normandie entführen. Eine Weile hatte er sich alte Filme mit Reagan bringen lassen, aber dann war es ihm schade um seine Zeit gewesen. Wenn Lucy schlief, ließ er sich das Zwanzigste Jahrhundert erzählen. Die Erderwärmung schien es nie gegeben zu haben.

Tagsüber erzählte er Lucy, wie sie früher war. Er erzählte von ihren Eltern, von der Hochzeit, von Freunden und Bekannten. Von Lucys Arbeit in einer Bäckerei, die sie aufgegeben hatte, als Barbara zur Welt kam. Von dem Schrecken, den er ihr mit dem Foto eines gesuchten Mörders auf ihrem Nachttisch eingejagt hatte. Was er erzählte, erzählte er Lucy. War's nicht so, sagte er dann, oder: Hattest recht, hast es gleich gesehen.

Er spürte sie, wenn er ihre Hand hielt und sich ihr Griff lockerte. Mercedes berichtete, wie sie aussah. Im Gesicht hatte sie einen Ausschlag bekommen, dunkelrote Flecken, die sich immer tiefer in die Haut fraßen. Manchmal röchelte sie nach Luft. Dergleichen hörte er, wenn Barbara mit Mercedes sprach und meinte, ihr Vater hätte sein Hörgerät abgestellt. Lucy war abgemagert, das Haar trocken, grau und kurz. Ihre Augen waren kaum zu sehen, kleine Schlitze, die nur selten aufgingen. Er konnte sich das kaum vorstellen. Er konnte sie *so* nicht vor sich sehen.

Man konnte es auch anders sehen: Lucy saß seit Jahren regungslos in einem Rollstuhl. Sie wusste nicht, welcher Tag es war, noch welches Jahr. Seit Jahren hatte sie keine Worte mehr. Die meisten Menschen erkannte sie längst nicht mehr. Ihn musste sie nicht erkennen. Sie kannte ihn. Ihr Atem beruhigte sich, wenn er sich über sie beugte. Sie zeigte Regungen, aß und trank, schied das Gegessene und Getrunkene wieder aus. Manchmal brachen Laute aus ihr. Er führte ihr Gespräch fort. Wer redete, war nicht tot. Wer die Rede hörte, wen sie berührte, war nicht tot. Sie redete mit ihm, aber anders. Wenn er das erzählte und die anderen nickten, wusste er, dass sie es für eine Ausgeburt seiner Fantasie, für eine notwendige Selbsttäuschung hielten. Seit Jahren saß neben ihm, was von seiner Frau geblieben war: das Leben, das leben wollte.

Lucy hätte *so* nie leben wollen. Aber sie lebte. Etwas in ihr lebte. Manchmal fragte er sich, ob nicht Lucy die bessere der beiden Nieten gezogen habe. Er war so schwach, so elend, mit Krücken konnte er ein paar mühsame Schritte in Begleitung tun. Bisweilen fiel ihm Clintons Witz ein. Eine schwere Krankheit hätte *es* schnell beendet. Dann hätte auch Jay abtreten können. Er war eine Ruine; er bewohnte sie noch immer. Lucy lebte. Er harrte aus.

Unkraut vergeht nicht, sagte er, hat meine Mutter gesagt.

Als ich dem Präsidenten verriet, dass ich ihn mit meinem Mobiltelefon fotografierte, aufnahm und bisweilen filmte, fragte er, ob man damit auch telefonieren könne. Mercedes lachte.

Das Internet beschäftigte ihn. Jahrelang hatte er Bobs Versuche, ihm einen Computer zu schenken, ausgeschlagen. Das war etwas für junge Leute – und für Knapp. Jetzt hätte er sich gern damit ausgekannt. Seit Jahren hörte er im Fernsehen vom Internet, von Seiten, die man besuchen, von Adressen, denen man schreiben, von Profilen, denen man folgen solle. Ständig kam etwas Neues hinzu.

Aus der Zeit gefallen, sagte er. Weiß nicht, ob das gut oder schlecht ist.

Im Internet hätte er Lucy gefunden, die ganze, lebendige, strahlende Lucy. Er hätte seine Eltern, Ed und sich gefunden – und das Manifest des Schiffes, mit dem sie auf Ellis Island gelandet waren. Er hätte seine Großeltern kennenlernen, Schulfreunde wiederfinden, Pomerance und Hansen beobachten können. Das Internet erschien ihm wie die Zeitmaschine aus *Zurück in die Zukunft*.

Kannst du mir was nachsehen?

Es war kurz nach seinem sechsundachtzigsten Geburtstag, Mitte November 2012, Obama war eben wiedergewählt worden. Lucy schnarchte im Schlafzimmer, Mercedes telefonierte, ich hatte den Brief fotografiert, den Lucy vor drei Jahrzehnten mit Kussmündern versehen hatte. Sie waren ausgebleicht, ein leises Rosa, aber immer noch zu sehen.

Hab unlängst von einer Eule gehört, die ihren Flug am Abend beginnt. Minerva, glaub ich.

Der Steinkauz, sagte ich nach einem Blick auf mein Telefon.

Kenn ich nicht persönlich. Ich kenn den Streifenkauz. Mysteriös, bisschen unheimlich. Und die Schleiereule, eines der schönsten Geschöpfe überhaupt. Wie sieht mein Steinkauz aus?

Ich las den Eintrag vor.

Im Englischen, sagte er, sind alle drei Eulen. Im Deutschen gibt's wieder Extrawürste. (Wir sprachen Englisch, nur Extrawürste sprach er deutsch, also burgenländisch aus: *Extrawiaschdl.*) So viele Namen für ein Wesen, das eigentlich nur es selbst ist.

Der Steinkauz, las ich weiter, sei im alten Griechenland mit Weisheit gleichgesetzt worden, später auch von den Römern, denen die Eule der Minerva zudem als Botin des Unheils und Todes gegolten habe.

Er schwieg eine Weile. Mercedes sah sehr laut fern.

Was ist jetzt mit dem Satz? Kannst du ihn finden oder nicht?

Von einem deutschen Philosophen.

Lies, sagte er, aber langsam.

Er drehte an seinem Hörgerät herum, es surrte kurz.

Wenn die Philosophie ihr Grau in Grau malt, las ich, dann ist eine Gestalt des Lebens alt geworden, und mit Grau in Grau lässt sie sich nicht verjüngen, sondern nur erkennen; die Eule der Minerva beginnt erst mit der einbrechenden Dämmerung ihren Flug.

Wann geschrieben?

1820.

Flaschenpost aus der Zeitmaschine, sagte Jay, deutete auf den Bourbon, ich goss nach.

Er hielt sein Glas in die Höhe.

Ich hör schon den Hahn krähen.

38

Anderthalb Jahre später saßen wir wieder abends auf seiner Couch. Jay hatte von einer *Symphonie aus der Neuen Welt* gehört, Michael Powell ihm eine Aufnahme besorgt. Der Präsident legte den Kopf in den Nacken und drückte einen Knopf auf seiner Fernbedienung. Ich erschrak, als die ersten Takte erklangen. Die Nachbarn mussten mithören können; vielleicht erreichte die Musik sogar Lucy. Nach dem ersten Satz hob Jay seinen Plastikbecher und nahm einen Schluck Bourbon. Der Dritte hatte wieder geheiratet und einen Vierten gezeugt. Jay scherzte über den Plastikbecher, mit dem er nicht viel Unheil anrichten konnte. Immerhin befülle er ihn immer wieder, das sei er der grünen Mütze schuldig.

Die husten alle, sagte Jay nach dem zweiten Satz. Als hielten sie nicht aus, das erlebt zu haben. Dritter Satz, die Vögel, halt dich fest.

Als nach dem vierten Satz der Vorhang mit einem Trompetenstoß fiel, blieb es still. Unglaublich, meinte Jay, da habe jemand in sich Musik gehört, sie in Noten niedergeschrieben, und seither versuchten andere, anhand dieser Noten wiederzuerschaffen, was ein Mensch in sich gehört habe.

Der Komponist, sagte er, kam aus unserer Gegend. Untertan der Habsburger. Ließ sich von der Musik der Indianer inspirieren, bis er herausfand, auch die Schwarzen – hat mir Michael aus dem Internet vorgelesen. Für mich geht's in dieser Symphonie um meine Eltern.

Er stellte den Fernseher an und setzte seine Kopfhörer auf.

Auf dem Bildschirm waren sowjetische Panzer zu sehen, die über die Berge Afghanistans ratterten, die Münder gealterter Generäle bewegten sich tonlos, Jays Kopfhörer rauschten, die Sakkos der Generäle waren mit Orden gespickt. Jay nickte, als machte er etwas mit sich aus.

Darf ich dich was fragen?, rief ich.

Mich darf man alles fragen.

Er nahm den Kopfhörer ab. Sie waren halb so groß wie sein Gesicht.

Was war dein größter Fehler?

Zu viel gearbeitet.

Und zu schnell geschossen, sagte er nach einer Weile. Nicht nur im übertragenen Sinn.

Auf dem Bildschirm waren ein polternder Goebbels und ein brüllender Hitler zu sehen, entrückte Massen mit ausgestreckten Armen, ausgemergelte Gestalten in einem Vernichtungslager. Jay gab sich einen Ruck. Auf einmal saß er aufrecht da und strich sich durchs dünner gewordene, angegraute Haar.

Natürlich habe ich auch vieles versäumt, sagte er, aber bestimmt nichts Wichtiges.

Seine Stimme klang anders. Ich kannte sie aus den Ansprachen des anderen Reagan.

Hab ich in einem Interview gesagt. Die Journalistin hat laut gelacht. Aber ich *habe* viel versäumt. Frag mich, ob ich Träume hatte. Keine Zeit zum Träumen. Stattdessen tausendundeinmal den Rasen gemäht.

Er nahm einen Schluck Bourbon, tastete mit der freien Hand nach dem Untersetzer auf dem Tisch und stellte seinen Plastikbecher darauf ab.

Aber Noordwijk, sagte ich, Wixom.

Es ist spät. Im Kühlschrank muss noch Bier sein.

Ich reichte ihm seine Krücken. Er stemmte sich mühsam hoch und tätschelte meine Wange.

Der Steinkauz, sagte er, muss zu seiner Schleiereule.

39

Gleich, wie früh ich aufstand, der Präsident saß bereits in der Küche oder im Wohnzimmer, das verbliebene Haar nach hinten frisiert, eine große Tasse Milchkaffee vor sich. Noch immer rasierte er sich jeden Morgen, und obwohl er nichts sah, war kein Stoppel zu entdecken, kein Schnitt, selbst die Härchen um die Mundwinkel entgingen ihm nur selten. Mir fiel ein, wie er gemeint hatte, mein Großvater, der Inspektor, habe beim Rasieren wegen des Leberflecks bestimmt äußerst achtsam vorgehen müssen. Im frühen Morgenlicht sah es aus, als hätte Ronald Reagan seinen eigenen Tod überlebt.

Als ich mich zu ihm an den Küchentisch setzte, holte er sein Hörgerät aus der schwarzen Plastikbox, fixierte es, mit einem hellen Pfeifen sprang es an.

Bin ich noch ein Mensch?, sagte er. Das Ding lässt mich *etwas* hören, und das da – er deutete auf seine eingefallene Brust –, dieser Motor hält mein Herz am Laufen.

Ich erzählte ihm von YouTube, dass jeder Mensch Videos hochladen könne, die so gut wie überall zu sehen seien. Um wie viel einfacher man heute Videos aufnehmen könne, etwa mit dem Telefon, mit dem man notfalls auch telefonieren könne. Ich verglich es mit seiner Zeit, mit seinen Ansprachen, als es Kamera und Stativ gab, kleine Kassetten, die man in Adapter steckte, um sie im Videorekorder abzuspielen. Ich erinnerte ihn an die Kopien, die von seinen Ansprachen zirkulierten. Noch immer wusste kein Mensch, wie viele es davon gab, wer sie wo warum kopiert hatte und wie viele Menschen sie gesehen hatten. Die Originale standen neben dem Flachbildschirm. Videorekorder gab es keinen mehr.

Er solle sich vorstellen, was los gewesen wäre, hätte es zu seiner Zeit YouTube gegeben. Das Chaos, das ausgebrochen wäre, hätte Ronald Reagan plötzlich auf einmal mehr oder weniger das Gegenteil von dem gesagt, was er sonst sagte. Man hätte nicht darauf hoffen müssen, dass ein Sender Ausschnitte aus seiner Rede in Wixom bringe, der ganze Auftritt wäre millionenfach gesehen worden. Man hätte nicht mehr gewusst, wer wer sei, niemand hätte den Richtigstellungen des Weißen Hauses Glauben geschenkt. Reagans Beliebtheit wäre ins Unermessliche gestiegen; allerdings hätte man nicht gewusst, um welchen Reagan es sich handelte. Es hätte zum Duell kommen können, zur Wahl zwischen Reagan und Reagan, zwischen Reagan und dem anderen –

Schon gut, sagte Jay Immer. Ich mach's.

Ich half ihm beim Ankleiden. Der marineblaue Anzug war viel zu groß, der ausgemergelte Körper passte nicht in das gestärkte weiße Hemd. Die bordeauxrote Krawatte band er selbst, der Knoten saß perfekt. Während er sich im Badezimmer frisierte, zwinkerte mir Mercedes beim Schminken seines Gesichts im Spiegel zu. Jay fragte, wie lang das noch dauere. Es kitzle.

Wir stellten den Schreibtisch vor die Wand. Unter dem gerahmten Brief der Agentur hing der gerahmte Brief von Patti Davis. Mercedes legte einen Füller auf den Tisch. Ich nahm die grüne Mütze von der Kommode und legte sie daneben. El Presidente, sagte Mercedes, als er endlich saß und sie ihm seine Anstecknadel angeheftet hatte, qué rico.

Eine Aufnahme, sagte Jay, kurz und bündig. Hab gestern nicht alles erzählt.

Als sich Jay Immer aufrichtete, die Augen aufschlug, die Hände vor sich auf dem Tisch faltete, als er zweimal abhustete und tief Luft holte, war er verwandelt. Auch wenn aus den viel zu weiten Ärmeln eines viel zu großen Sakkos viel zu knochige Hände kamen, hatte er etwas Erhabenes.

Liebe Menschen, sagte er mit fester Stimme, fürchten Sie sich nicht. Er ist nicht zurück. Mein Name ist Jay Immer, eigentlich Julius Imre Junior, aber das tut nichts zur Sache.

Er holte Luft.

Vor vielen Jahren, in einem kleinen Land namens Österreich, im Burgenland, an der Grenze zu Ungarn, wo der Eiserne Vorhang stand, nickte ich nach einem Auftritt als Präsident auf der Rückbank eines Opel Kadett ein. Ich träumte von einem Storch, auf dessen Rücken ich stand, hoch in der Luft, darunter meine Familie, die mich nicht sonderlich beachtete. Ich wollte ihre Aufmerksamkeit. Ich schrie: *Rückwärtssalto!* Ich machte mich bereit. Aber niemand sah hin.

Er nickte.

Noch heute spüre ich, wie unendlich ich es damals bedauerte, aufgewacht zu sein. Wie gern hätte ich diesen Rückwärtssalto vollführt. Zumindest im Traum.

Seine Hände, die anfangs leicht gezittert hatten, zitterten nicht mehr.

Ich habe keinen Rückwärtssalto vollführt.

Für einen Moment schloss er die Augen. Als er sie wieder öffnete, zog er die Brauen hoch.

Gut, ich habe es versucht. Mit meinen Ansprachen, in Wixom und in Noordwijk. Auch das habe ich sein lassen, um Ruhe zu haben. Damit meine Frau nie wieder Agenten vor dem Haus sieht. Damit man mich nicht weiter in der Öffentlichkeit abschlachtet. Also habe ich getan, als hätte ich nicht zum Rückwärtssalto angesetzt. Zurück in die Zukunft II? Hot Shots II? Mein kleiner Ruhm?

Er seufzte leise.

Wenn ich in die Vergangenheit reisen könnte, ließe ich 1958, als Millionen von Menschen *The Unchained Goddess* sahen, alle Mächtigen einen CO_2-Reduktionsplan unterzeichnen. Dann hätten Sie heute als Wunder der Technik nicht nur kleine Telefone, mit denen Sie mich sehen und allerhand kaufen können, sondern auch einen gesunden Planeten. Wir müssten für das, was wir mit unseren Lebensgewohnheiten dem Planeten angetan haben, Reparationszahlungen für unsere Nachfahren leisten. Schlagen Sie Kiribati nach.

Sein Hörgerät piepte kurz und schrill.

Habe ich mich jemals gefragt, wen und was ich als Polizist schütze? Die Interessen von Geschäften und Konzernen. Wie Reagan, mein Präsident. In Wahrheit müssten sich alle Menschen fragen, wem sie in ihrem Beruf dienen. So einfach ist das.

Er hielt inne und schien seinen Worten nachzuhören. Er tastete nach der Mütze. Als er sie endlich zu fassen bekam, setzte er sie kurz auf, ehe er sie behutsam zurück auf den Tisch legte.

Es gibt keine Zeitmaschine. Wir müssen die Notbremse ziehen. Jetzt ist immer.

Dann bedeutete er mir, die Aufnahme zu beenden, und sagte:

Erst nach meinem Tod.

40

Alles fiel ihm schwer, selbst das Telefonieren. Mercedes versuchte, ihn aufzuheitern, mittlerweile weinte er selbst vor ihr. Er weinte, wenn er sich von Barbara verabschiedete, er weinte, wenn er Michael Lebewohl sagte, er konnte nichts dagegen ausrichten.

Lange bin ich nicht mehr da, sagte er dann, und Michael strich ihm über die Schulter und sagte, er brauche ihn noch, man brauche ihn noch, er sei stark. Er war stark, und er war äußerst schwach. An dem Tag, an dem er Knapps Anruf entgegennahm, nachdem er sich so oft hatte verleugnen lassen, war er klatschnass aufgewacht. Am Vorabend hatte er zum ersten Mal die *Symphonie aus der Neuen Welt* nicht zu Ende hören können. Er hatte das Heimweh des dritten Satzes nicht ausgehalten.

Na, Ronnie, wie geht's? Hier ist Donald.

Kein Wort über den.

Dein Nachfolger. Indianerehrenwort.

Erinnerst du dich an *Zurück in die Zukunft!*?

Wie könnte ich deine gerötete Visage vergessen!

Biff, der Halbstarke, der Martys Vater drangsaliert, der alle terrorisiert, der – in der Zukunft ist er alt und ein Diener, weil Marty in der Vergangenheit was verändert hat – Kannst du mir folgen?

Ich hab Trump drangekriegt.

Der Sportalmanach mit allen Ergebnissen für die zweite

Hälfte des 20. Jahrhunderts fällt ihm in die Hände. Biff steigt in die Zeitmaschine, und als Marty nach ihm wieder in der Gegenwart von 1986 landet –

Jay seufzte. Er hatte lange nicht mehr so viel gesprochen.

Landet er in einer ganz anderen Gegenwart. Chaos, Terror, jeder gegen jeden. Auf dem Hauptplatz der Kleinstadt ein Hotel, das gleichzeitig ein Casino ist. Darauf in fetten Lettern Biffs Name. Er ist der Herrscher über die Stadt, hat Martys Vater getötet, seine Mutter geheiratet. Er behandelt sie mies, ist umringt von Nutten, überall hängen geschmacklose überlebensgroße Portraits von ihm. Sein Imperium auf Schwindel gebaut. Biff ist Trump. Der gleiche Typ.

Mercedes wird's an den Kragen gehen, sagte Knapp.

Ist jetzt nicht lustig.

War auch nicht lustig gemeint. Warum ich anrufe: Muss dir was vorlesen. 16. Oktober 2016. Hast ihn einmal begnadigt. Aber der will sich nicht begnadigen lassen!

Knapp las einen Zeitungsbericht über Carl Kabat vor, der mit dreiundachtzig Jahren, in weißen Turnschuhen, auf einen Stock gestützt vor Gericht erscheint. Er ist des unbefugten Zutritts und der Zerstörung von Eigentum durch das Verschütten roter Farbe am 4. Juli in einer Nuklearraketenanlage südlich von Kansas City angeklagt. Ein Wärter wird vom Ankläger gefragt, ob der Täter im Gerichtssaal sitze. Pfarrer Kabat, sagt der Wärter und deutet auf ihn. Woher er seinen Namen kenne? Er habe die Anlage schon öfter besucht, entgegnet der Wärter.

Es war der fünfte Unabhängigkeitstag in Folge, an dem Kabat die Anlage mit roter Farbe markiert hatte. Knapp wies darauf hin, dass andere an diesem Tag Hot Dogs um die Wette fräßen.

Jay ging nicht darauf ein. Kabat wusste nicht, wie oft er verhaftet worden war, fünfunddreißig, vielleicht vierzig Mal. Insgesamt mehr als siebzehn Jahre Gefängnis, zehn davon nach jener Tat, für die ihn nur der andere Reagan begnadigt hatte. Üblicherweise, las Knapp und wurde von heftigen Lachanfällen unterbrochen, werde Kabat schuldig gesprochen, erhalte eine Minimalstrafe samt der Anweisung, sich in Zukunft von der Anlage fernzuhalten. Er werde nicht eingesperrt, weigere sich aber beharrlich, seine Strafen zu begleichen. Richter hielten ihn davon ab, vor Gericht den Spieß umzudrehen und Administration und Unternehmen wegen der Herstellung von Massenvernichtungswaffen anzuklagen. Er verlasse das Gericht, und niemand – Knapp wurde wieder von heftigem Lachen unterbrochen – scheine etwas dagegen zu haben.

Das Jackett, rief Knapp, das er vor Gericht trug, war mit roter Farbe bespritzt!

Jay wusste, dass er früher über den Irrsinn und den Mut des Priesters gelacht hätte. Es war ja lustig, was der Wärter sagte. Aber Jay spürte es nicht mehr. Er konnte auch nicht so tun, als lachte er. Kabat kam ihm wie ein trauriger, alter Narr vor, der sich selbst spielte.

Ich mach's nicht mehr lang, Ronald.

Hast du mich eben Ronald genannt?

41

Am späten Vormittag des 9. November 2016 kamen Barbara und Bob. Sie versuchten, ihre Niedergeschlagenheit zu verbergen. Biff war am Vortag zum 45. Präsidenten der Vereinigten Staaten gewählt worden.

Wie seit Jahren – er wusste nicht mehr, seit wie vielen – hatte ihm Barbara an Lucys Stelle ein Geschenk gekauft. Sie legte Lucys Hand in seine und das Päckchen auf seinen Schoß und sagte auch gleich dazu, was darin war: sein Parfum, damit er auch mit neunzig gut rieche. Lucys Hand blieb kalt und starr. Er drückte sie, er strich über sie, Barbara schob ihren Rollstuhl nah an seinen heran. Er tastete nach Lucys Gesicht, fuhr die Konturen ab, dann beugte er sich nach vorn und küsste sie auf die Stirn. Er strich seiner Frau über den Kopf. Sie rührte sich nicht. Er küsste sie auf den Mund.

Einen alten Präsidenten hast du, sagte er, steinalt. Ein Steinkauz.

Barbara legte ihre Hand auf seine Schulter und wischte die Tränen von seinen Wangen. Dann umarmte sie ihn so fest, dass er kaum Luft bekam, und Bob beugte sich zu ihm, tätschelte seine Wangen. *Alles Gute, Papa,* sagte er, *danke, für alles.*

Dann kam Mercedes, küsste seine Stirn und sagte: *Feliz cumpleaños, abuelo*, auch von meinen Kindern. Sie hatte ihm eine Torte gebacken, die sehr schön sein sollte, mit neun großen Kerzen. Als Barbara das Licht ausschaltete, sah er neun helle Zünglein, und er sah sich von außen: Es sah nicht gut aus. Auch das war gut.

Bob schenkte Champagner ein, Jay nippte an seinem Glas, stieß mit den anderen an, das heißt, die anderen stießen ihre Gläser gegen seines, das er linkisch in beiden Händen vor sich hielt. Barbara führte ihr Glas behutsam an Lucys Mund. Ein Segen, dass er das nicht sehen konnte. Zum Wohl, Mama, sagte sie, dein Julius ist heute neunzig Jahre jung!

Der First Lady schmeckt's, sagte Bob, aber Lucy hatte Alkohol nie gemocht. Jay hörte, dass ihr auch die Torte schmeckte. Torten hatte sie immer gemocht. Sie aß, womit man sie fütterte, sie war nicht mehr wählerisch. Er zwang sich, das kleine Stück vor ihm mit der einen Hand zu ertasten, mit dem Gäbelchen in der anderen zu zerteilen und in seinen Mund zu führen.

Fantástico, Mercedes, sagte er. Aber er konnte das Stück nicht aufessen.

Kannst es ja nachher zum Kaffee essen, sagte Barbara.

Jay gab sich einen Ruck und erzählte von Lucys sechzigstem Geburtstag, von Gaetano und den Artischocken nach jüdischer Art, manchmal richtete er sich an Lucy und erzählte ihr, wie gut es ihr geschmeckt, wie sie gestrahlt habe und dass sie wie eine überaus feine Dame ausgesehen habe. Er sprach von dem jungen Südamerikaner, der ihm in der Küche gesagt hatte, ihm gefalle nicht, was der Präsident in Südamerika tue, und auf einmal fragte sich Jay Immer, ob dieser eine Satz aus dem Mund dieses jungen Mannes seine Präsidentschaft für immer verändert habe. Barbara und Bob lachten; sie hatten die Geschichte nie gehört. Bob nannte seinen Schwiegervater einen ausgefuchsten Halunken, das freute ihn. Er erzählte von dem Foto, das in Zeitungen aufgetaucht war, von dem

Gerücht, Reagan habe mit einer Geliebten im Hinterzimmer eines Nobelitalieners zu Abend gegessen.

Aber das war, wie seine Mutter gesagt hätte, alles nicht mehr wahr.

Am frühen Nachmittag klingelte es zweimal kurz hintereinander. Zuerst umarmte ihn Michael Powell, ohne dessen Ohrfeige ihm vieles erspart geblieben wäre. Er wünschte ihm alles Gute. Michael war ein feiner Mensch, der sagte, was er meinte und sagen konnte. Gesundheit, Glück, Erfolg – all das konnte man Jay Immer nicht mehr wünschen. Michael wusste das. Er hatte eine CD für Jay, die angeblich beste Aufnahme der *Symphonie aus der Neuen Welt*, und flüsterte ihm laut ins Ohr, er sei auch weiterhin mit größter Freude das weltweite Netz des anderen Reagan.

Aber Jay wusste mittlerweile alles. Nur das Wichtigste wusste er noch nicht.

Da wurde es laut und lebendig, als Ronald V. Knapp polternd zur Tür hereinkam, den Präsidenten aus seinem Rollstuhl hob und dreimal auf die Wangen küsste, wie es die Russen nun mal täten. Er nannte ihn seinen liebsten Feind, den härtesten Verhandler, den Reykjavík je gesehen habe, den menschen- und planetenfreundlichsten Präsidenten aller Zeiten, den nicht einmal das Schnarchen seiner Zimmergenossen aus der Fassung bringe. Jay konnte die Seufzer der Anwesenden hören, auch wenn das Gerät, das sie seinen Ohren vernehmbar gemacht hätte, erst in der Zukunft bereitstünde. Knapp stellte eine Flasche Beluga-Wodka auf den Wohnzimmertisch, den besten und teuersten aus Sibirien, weil selbst ein patriotischer Präsident nicht ausschließlich Bourbon aus den Südstaaten trinken könne. Er klatschte in die Hände und bat Mercedes um acht Schnapsgläser, die er aus einer kleinen Flasche randvoll befüllte, für Lucy nur einen halben Fingernagel breit, um die Zunge zu kitzeln. Die große Flasche war einzig und allein für das Geburtstagskind. Sie hat heute einen besonderen Platz in meinem Wohnzimmer.

Knapp hielt eine kurze Rede, der Jay nicht mit allzu großer Aufmerksamkeit folgte. Er war müde. Unermesslich müde. Aber er bemerkte, dass Knapp von ihm und nicht von sich sprach. Da forderte Knapp alle auf, die Gläser zu heben und auf Jay Immers nächstes Dezennium zu trinken.

Jay leerte sein Glas in kleinen Schlucken. Er war das nicht mehr gewohnt. Er schüttelte den Kopf. Knapp lachte schallend.

Natürlich redeten die anderen über den Wahlabend, über das Elend, das jetzt hereinbreche. Sie waren empört und fassungslos. Barbara meinte, man müsse nach Kanada auswandern, Bob sagte, man müsse hier demonstrieren und äußerst achtsam sein, Michael Powell sprach vom Pendel, das in die andere Richtung ausgeschlagen habe, nur Mercedes schwieg, und als Knapp von jenem kalten Dezembertag 1988 in Manhattan zu sprechen anhob, sagte Jay:

Es reicht. Kein weiteres Wort über Biff. Das ist mein letzter Geburtstag.

42

Zu Weihnachten hatte ich das Manifest aufgetrieben, das Jays Eltern auf dem Dampfer hatten ausfüllen müssen, auch das Dokument, in dem stand, dass sie am 28. Juni 1929 Ellis Island erreicht hatten: Julius Imre, geboren am 8. Mai 1899 in Aschau, Rosa Imre, geboren als Rosa Stolz am 12. September 1906 in St. Martin in der Wart. Daneben stand Westungarn; jemand hatte es durchgestrichen und Österreich darüber geschrieben.

Sein Vater war 1,76, seine Mutter 1,65 Zentimeter groß, als letzten Beruf hatte er Arbeiter, sie Haushaltshilfe und Landwirtin angegeben. Keine ansteckenden Krankheiten, kein Rückschluss auf schwere psychische Störungen, weder Anarchisten noch Polygamisten, beides hatten sie im Fragebogen ebenso verneint wie die Frage, ob sie einmal, und wenn ja, warum, vom Eintritt ins Land abgehalten oder aus ihm gewiesen worden seien. Sie führten nicht mehr als fünfzig Dollar bei sich, die Überfahrt hatten sie selbst bezahlt, der letzte Wohnort hieß Oberwart, geschrieben mit th, die ersten Tage würden sie bei einem John Stelzer in der Orchard Street verbringen.

Eduard Imre war am 22. Februar 1924 geboren worden, sein neunzigjähriger jüngerer Bruder konnte sich weder an John Stelzer noch an eine Wohnung in der Orchard Street erinnern. Jay musste lange überlegen, ehe ihm einfiel, wann er seinen Vater und seine Mutter zum letzten Mal gesehen hatte. Sie entfernten sich immer weiter. Nichts war mehr wahr.

Barbara und Bob waren gekommen, Mercedes hatte ein Christbäumchen in einem Topf gekauft. Er hörte davon; es berührte ihn nicht mehr. Er spürte das Leben aus sich weichen, Tag für Tag ein wenig mehr. Er beobachtete es ohne Wehmut und ohne Furcht.

Lucy war noch da, er würde dieses eine Versprechen seines Lebens nicht halten können. Sie war zu zäh. Noch immer hing Leben in ihr. Er sprach das Vaterunser mit, das Barbara angestimmt hatte, Mercedes betete am lautesten, er betete nicht für sich, er betete für Lucy, *dein Wille geschehe*, sein Wille reichte nicht mehr. Er strich ihr über die Hände, sie waren seltsam kalt, er fuhr ihr mit seinen knochigen Fingern über die Wangen, er spürte die Krater, die der Ausschlag in sie gefressen hatte, er murmelte ihren Namen, er rief den Herrgott, von dem er nicht wusste, ob es ihn gab, von dem er hoffte, dass es ihn gab, um Erbarmen für seine Frau an, für Lucy Immer, geborene Fuith, dass er sie erlöse und gehen lasse und *es* endlich aus ihr nehme. Er weinte kurz und heftig, Barbara stimmte ein Ave Maria an, Jay bewegte seine Lippen dazu: Heilige Maria, Mutter Gottes, bitte für uns Sünder, jetzt und in der Stunde unseres Todes.

Amen.

43

Zwei Tage später, am Stefanitag, wie seine Eltern gesagt hätten, hatte er keine Kraft mehr. Er wusste nicht, was ihm fehlte, ihm fehlte alles, plötzlich wurde er auf eine Bahre und in einen Krankenwagen gehoben, und er hörte Mercedes heulen, und Barbara hielt seine Hand, sie ließ sich nicht abwimmeln von den Menschen, die um ihn waren, wir schauen, was ist, Papa, sagte sie, du gefällst mir gar nicht. Dann hielt sie inne, als erschreckte sie über sich selbst. Jay Immer riss sich das Hörgerät aus den Ohren.

44

Es war etwas mit den Beinen und der Lunge und Wasser. Nicht, dass er nicht mehr wollte. Er konnte nicht mehr. Er wollte raus. Nach Hause. Es ging schon besser, die Ärztin, oder wer immer das war bestätigte es, es war der 30. Dezember 2016, und er wollte, er musste den Jahreswechsel bei seiner Frau verbringen. Zu Weihnachten hatte er Michael Powell gesagt, er sterbe, und Michael hatte nur gesagt: Ich liebe dich, Jay. Jetzt stand das neue Jahr vor der Tür, man ließ ihn gehen, und Barbara hielt seine Hand, sie fuhren in einem Wagen, er sah Bob ihn begrüßen, Mercedes küsste ihn auf die Wangen, Oma, sagte sie, gehe es gut. Er war müde, er wollte ins Bett, neben Lucy, endlich schlafen. Mercedes schob ihn ins Schlafzimmer, er war zuhause, im Weißen Haus, ein Kardinal sang, er konnte ihn hören, der blaue Jay fiezte dazwischen, die Wanderdrossel trillerte, und das musste das Rotkehlchen sein. Barbara küsste ihn auf die Stirn, er solle sich ausruhen; Jay nickte. Es war das Rotkehlchen. Er musste auf die Toilette. Als er sicher war, dass außer Lucy niemand im Zimmer war, richtete er sich auf.

Lucy, sagte er, ich geh jetzt.

45

Im einzigen Nachruf auf Jay Immer, der in einem Chicagoer Lokalblatt erschien, stand, der größte Moment seines Lebens sei jener gewesen, in dem er Ronald Reagan begegnet sei. Ein halbes Jahr später wurde Lucys Sarg zu Jays Urne in die Erde gelassen.